CLARA'S DOCHTERS

Ad van Gils

# Clara's dochters

UITGEVERIJ 'WESTFRIESLAND'

Eerste druk in deze uitvoering 2002

NUR 344
ISBN 90.205.2628.6

# HOOFDSTUK 1

Het was zaterdagavond. Nog niet donker, dat niet, want het was de maand juli, hoog zomer en dat maakte de dagen lang. Dat maakte ook de werkdagen lang, voor de boeren en de handwerkslieden. Het waren de dagen waarin de kost verdiend moest worden voor het hele jaar, waarin de oogst binnengehaald moest worden om de komende winter het hoofd boven water te kunnen houden.

Martha van Overveld trok door de stoffige straten van het dorp, zeulend met haar zware handnaaimachine. Ze liep er een beetje scheef van en zo nu en dan stond ze even stil om de last over te nemen in de andere hand. Dan zuchtte ze een keer, blies de golvende, kastanjebruine krullen van haar voorhoofd en vervolgde haar weg.

Martha was naaister bij de mensen aan huis en ze had nogal wat klanten die van haar diensten gebruikmaakten. Dat waren lui die het zich konden veroorloven elke week een naaister in huis te halen om het herstelwerk te doen. Of die er gewoon de tijd of de kundigheid niet voor hadden om het zelf te doen. En er waren mevrouwen bij die het beneden hun stand vonden om zelf achter de naaimachine te gaan zitten. Het waren meest vaste klanten. En zodoende kende Martha het reilen en zeilen van de gezinnen die achter de statige gevels woonden in de Hoofdstraat en van de grote boeren buiten het dorp.

Van de vrouwen die van haar diensten gebruikmaakten hoorde ze verhalen waar haar kleine oortjes van gingen tuiten. Heel intieme kwesties met mannen, die ze niet begreep, omdat ze daar nog te jong en onschuldig voor was. Roddelpraatjes over de andere dames van de zogenaamd betere stand. Wat er zoal te koop was tussen dezen en genen. Over heimelijke relaties waar een luchtje aan zat. Ze luisterde ernaar met onbegrip en ze zweeg erover. En daardoor was ze gewild, daardoor en omdat ze een heel goede naaister was. Ze verstond haar vak als geen ander.

Ze was nog jong, amper twintig. Haar naam deed denken aan een kloeke jonge vrouw maar ze was integendeel klein en tenger. Ze had een lief gezicht, dat niet uitgesproken knap mocht heten en dat omkranst werd door de warme weelde van het haar dat ze achter op het hoofd in een knot bijeenhield. Ze was eenvoudig gekleed, maar altijd keurig. Haar uiterlijk was haar handelsmerk en dat werd gewaardeerd. De mensen hadden graag met haar te doen.

Vandaag had Martha drie klanten afgewerkt en ze had het er druk mee gehad. Vooral bij mevrouw Sanders van de drogist met haar zeven kleine kinderen. Wat die apen in een week versleten en kapot stoeiden, dat was bijna niet te geloven. Wasmanden vol! Er was bijna geen doorkomen aan.

Daarna was ze naar boerin Pijpers gegaan aan de met bultige keien bestrate Klotweg. Bijna een uur heen en terug, langs uitgeholde karrensporen. Wegspringend voor de venijnig uitvallende kettinghond van Manders. Balancerend over het smalle loopbruggetje dat achter de melkfabriek van de coöperatie over de diepe sloot lag, met twee vingers de neus dichthoudend, omdat het leverkleurige water zo stonk.

En op de terugweg had ze een paar uur werk gehad bij vrouw Bulkmans, die meestal vrouwke Bukkem werd genoemd omdat Piet, haar man zaliger een viskraam had waarmee hij in de stad rondtrok en op de markt stond. Vrouwke Bukkem leefde nu alleen in een klein kot. Zonder man of kinderen. Want Piet was niet in staat gebleken om haar moeder te maken, iets wat ze toch graag gewild had. Nu was ze oud van jaren en stond ze stijf van de reumatiek. Ze kon haar eigen kleren niet verstellen en daarom deed ze een beroep op Martha. En die kwam graag bij haar. Vrouwke Bukkem verkocht geen kletspraatjes.

Door dat alles was het laat geworden. Het liep al tegen achten toen Martha de smalle Heistraat achter de kerk in liep.

Smal inderdaad, en eigenlijk kon men het amper een straat noemen. Het was een zwart pad, met enkele, willekeurig naast elkaar staande, bescheiden huizen. Huizen zonder geur of smaak, met een stuk grond ernaast en erachter. Er werd met grote koppigheid groente op gekweekt. Ja, met koppig volhouden, want de rulle zwarte aarde was met geen mogelijkheid vruchtbaar te krijgen. En pal achter die troosteloze tuinen en tuintjes lagen de velden en de weilanden. En weer wat verderop begon het woeste natuurgebied van hei, moerassen en donkere sparrenbossen. Een eldorado voor de dorpsjeugd. In de Heistraat stond de jongensschool en wat was er heerlijker voor de vlegels dan recht van de harde schoolbanken de bossen in te rennen. Al bij al een armoedige, troosteloze buurt, waarin de mensen gelaten hun dagen sleten, verstoken als ze waren van enig uitzicht op verbetering.

Martha woonde halverwege dat straatje, pal naast de speelplaats van de jongensschool. Ze woonde daar met haar moeder en haar twee zusters Mientje en Loes in een eenvoudig huis met aan weerskanten van de voordeur een smal raam. Binnen was alles navenant: krap en benepen. Twee kamertjes aan de voorkant met een korte gang er tussen die naar de huiskamer voerde. Een vertrek van drie bij vier meter, waar het hele dagelijkse leven zich afspeelde. Vanuit de kamer kwam je in de keuken en om naar het toilet te gaan moest je naar buiten, de kleine binnenplaats op die lag ingesloten door de hoge muren van de jongensschool. Daar was de berging en daar weer achter de plee. Eenvoudige mensen spraken niet over toilet of wc. Als je moest, dan ging je naar de plee, punt uit.

De voordeur stond wijdopen, zoals bij alle huizen in de straat. Om de benauwenis onder de lage daken te verdrijven en tegelijk verlost te worden van de zware etensgeur die bij dit hete weer in de krappe kamers bleef hangen.

De mannen zaten voor de deur. Moegebeuld achter het weefgetouw, zoals Jacob de Meerdere, de thuiswever. Of onder de brandende hitte op het land, zoals Neider Stoepkens, die nu in de zomertijd als losse knecht bij de boeren in de omtrek zijn kostje opscharrelde, dan hier, dan daar. Neider had het moeilijk te halen met zijn ziekelijke vrouw en negen bloedjes van kinderen, maar het deed geen afbreuk aan zijn altijd zonnige humeur.

„Dag meidje, wat zie je er toch weer uit om op te vreten!" groette hij vrolijk toen Martha passeerde.

„Dat kan ik van jou niet zeggen, Neider," gaf Martha vlot terug.

„Ze moet me niet meer," zei de afgewezene spijtig tegen Jacob.

„Allicht niet. Ze heeft er betere in haar boekje staan. Nietwaar, liefje?"

„Dat ga ik jou niet aan je neus hangen," lachte ze.

„Laat ze maar kletsen, meid," zei Janna, de vrouw van Jacob.

„Blatende schapen zijn het."

„Bè! Bè!" deed Jacob en iedereen lachte.

„Nog zo laat op pad, Martha," zei buurvrouw De Vries die vadsig op een stoel tegen de voorgevel hing.

Martha maakte in het voorbijgaan een gebaar met duim en wijsvinger. „Er moet brood op de plank komen, buurvrouw. Het geld groeit niet aan de bomen."

„En daar mag jij voor zorgen. Het is toch zonde. Zo jong en dan al zo in de weer."

„Iemand moet het doen."

Martha ging naar binnen en liep meteen door de korte gang naar de huiskamer. Daar was moeder, even klein en tenger als haar oudste dochter. Ze was vroeg grijs geworden tot in de haarwortels na het overlijden van Marinus, haar man die steenhouwer was. Hij liet haar achter met drie dochters en zonder een bron van inkomsten. Nu ze opgegroeid waren en ze de niet-aflatende steun had van Martha, was het leven dragelijk geworden. Maar ze ging nog steeds in het sombere zwart gekleed zoals het een eerzame weduwe betaamde.

Bij de binnenkomst van Martha keek ze op en een blijde trek kwam op haar gezicht. „Ben je daar eindelijk," zei ze opgelucht. „Ik maakte me al ongerust. Heb je zo lang werk gehad?"

„Ja, ik had het er druk mee," antwoordde Martha. Ze maakte er een paar losse opmerkingen over en toen vroeg ze: „Waar zijn Loes en Mientje?"

„Wat dacht je, de deur uit, natuurlijk. Mientje is naar Nellie Bondelaar van de bakker. Loes dient vandaag bij Truus van Beek van de koster. Tenminste, dat zei ze toen ze vanmorgen de deur uitging. Zoveel werk is daar niet te doen, ze zal zo thuis zijn. Ik heb geen vat meer op die meid." Moeder zuchtte. „Ik wou dat jij haar een beetje aan de lijn kon houden. Jij blijft tenminste goed in de pas."

„Omdat ik de kans en de tijd niet heb om te doen als zij, moeder," zei Martha gepikeerd. „Als Loes vast werk had zou je zo niet praten. Maar een losse daghit is dan hier, dan daar bezig. Zo gaat dat. Er is niets mis met Loes, denk dat niet."

„Ze had allang thuis kunnen zijn."

Martha had geen zin om erop door te gaan. Ze kende haar moeder.

Loes, de weelderige, blondgelokte tweede dochter van Clara was zich op dat moment niet bewust van de korte woordenwisseling tussen haar zuster en moeder. Ze was bezig met het lappen van de ramen bij Van Beek en als dat klaar was kon ze haar daggeldje beuren en naar huis.

Het leven als losse daghit was geen lolletje. Het betekende in het gunstigste geval het zware werk opknappen voor mensen die daartoe niet in staat waren of er geen zin in hadden. In wezen was het een armeluisbaantje, er werd op neergekeken. Als ze je nodig hadden moest je maar klaarstaan, of het nu uitkwam of niet. Een weigering werd als een groot affront beschouwd. „Wat verbeeldt die meid zich wel!" werd er dan gezegd. „Ze moet blij zijn dat we haar vragen. We betalen ervoor!" Ja, een grijpstuiver, dacht Loes opstandig. Ze kwam even overeind en strekte haar rug. Ze keek de straat af die op dit uur van de dag stil en uitgestorven leek. Uit de poort van Joppe Boon, de kolenboer, kwam een stootkar, voortgeduwd door twee jonge kerels. Loes bleef kijken. Uit gewoonte, maar vooral omdat ze de mannen kende.

De kar dokkerde over de keien, ze kwam dichterbij tot bij Loes. Als bij afspraak hielden de kerels in en keken naar haar. Loes blies een haarlok weg die voor haar ogen hing.

„Nog niet afgewerkt, meid?" vroeg de oudste van de twee.

„Dat zie je toch, Frans Stije," gaf ze brutaal terug. „Of heb je een strontje in je oog?"

„Er mankeert mij niets aan mijn ogen en wat ze zien bevalt me best!"

„Ja, dat zal wel. Pas jij nu maar op je kleine broertje."

„Ik ben zijn kleine broertje niet," protesteerde Marius Stije. „Allang niet meer."

„Ja, jij bent al een hele knul," suste Loes. „Nog een paar jaar en dan mag jij ook meepraten. Als je je grote broer maar niet gaat nadoen, want die deugt niet!"

„Zeg, wil je wel eens ophouden!" zei Frans, op een komisch beledigde manier. „Pas op hoor, of ik dans niet met je vanavond." Meteen veranderde hij van toon. „Je komt toch vanavond? Dansen."

„Naar Het Wit Paardje? Met jou zeker? Ik had nog net zo lief…"

„Ik kom wel als je dat liever hebt," zei Marius.

„Jou wordt niets gevraagd," zei Frans. „Nou, Loes, wat doe je?"

„Ik weet niet… ik zal wel zien. Wacht maar af."

„Oh, jij komt. Daar ben ik zeker van. We moeten verder. Tot straks, lekker jong!"

Loes stak een puntig tongetje uit en keek hen na. Terwijl ze haar werk afmaakte bleven haar gedachten bij de broers, Frans en Marius Stije, twee zonen van de grote boer Stije. Marius was nog maar een jongen, maar Frans was een door de wol geverfde, graag geziene vent op de versiertoer. En ze wist dat hij een oogje op haar had. Nu ja, het kon slechter, dacht ze terwijl ze haar emmer in de goot leegde. Ze droogde haar handen af aan haar schort. Ze was klaar. De vrije avond lag voor haar.

Martha stond met haar moeder in de keuken toen Loes, met nog vochtige, hoog opgestoken haren achterom binnenkwam.

„Mart! Ben je klaar? We moeten voortmaken!"

„Bij ons zeggen ze goedenavond," zei moeder zuinig. „Waar moeten jullie op af?"

„Ach ja! We zouden vanavond naar Het Wit Paardje gaan," herinnerde Martha zich spijtig. „Totaal vergeten. Het ziet er naar uit dat ik me voor niets heb rot gerend."

„Niks hoor, we kunnen best nog gaan. Het is tot elf uur dansen en het is nu al zo druk. Maak voort, Mart, dan zijn we weg!"

„Dat zul je toch wel laten!" schrok moeder. „Jullie gaan nu niet meer de deur uit."

„Ik heb het haar beloofd," bekende Martha. „Ik heb er niet eens aan gedacht. Het spijt me, Loes. Het is nu toch te laat geworden."

„Dan ga ik alleen!"

„Geen sprake van! Jij alleen? Dansen met die lompe, zuipende kerels? Het gebeurt niet. Wat zullen de mensen er wel niet van zeggen. Ik zou me doodschamen."

„Loes, doe me een lol," zei Martha. „Ik kom net binnen, ik heb nog geen hap door mijn keel gekregen. En ik ben bekaf, we gaan volgende week zaterdag wel."

„Nee, ik wil nú. Dat hebben we afgesproken. Als je opschiet, hebben we nog de hele avond voor de boeg."

Martha keek moeder aan. Die hief haar armen op in een moedeloos gebaar. „Doe maar wat jullie niet kunnen laten."

'Het Wit Paardje'. Een kroeg zoals je die in elk dorp in de wijde omgeving aantrof. Gevestigd in wat eens een boerderij was met de lange gevel langs de straat. Cees van der Pas en zijn vrouw hadden er jaren geleden een café van gemaakt. Ze hadden het handjevol koeien en varkens van de hand gedaan en een tapkast in de woonruimte gezet met wat tafeltjes en stoelen erbij. Een geplaveide vloer met elke morgen wit zand erover. In een zijkamertje konden de kerels zich op zaterdagmiddag laten scheren door een zoon van Cees.

Het werkte wel. Want het bleef natuurlijk niet bij scheren. Voor en na de behandeling werden er pintjes gepakt en de laatste dorpsroddels besproken. En in de winterdagen was het goed toeven rond de grote, hoge kachel die middenin de gelagkamer stond.

Van wat eens de stal was, hadden ze een danszaal gemaakt. Nu ja, ze hadden er niet veel aan veranderd. Je keek nog steeds tegen het wat verzakte strodak aan. En je moest uitkijken dat je je nek niet brak over de nog steeds aanwezige diepe mestgroeven als je naar de dansvloer wilde. Cees had in al die jaren nog geen kans gezien om die te dichten.

Maar dat alles mocht de pret niet drukken. Er stond een orgel en het gejengel drong lokkend door tot in de verste hoeken van het dorp. De dansavonden werden druk bezocht. De kerels met hun schoongeboende rode koppen en de meiden, op hun zondags uitgedost, wilden na een week lang ploeteren wel eens een verzetje. Er werd gehost en er werd stevig ingenomen. Soms, zo tegen het einde van de avond, werd er gevochten, dat hoorde erbij. En als de vechtersbazen dan met bebloede koppen door de zoon van Cees waren buitengewerkt, was er geen vuiltje aan de lucht.

'Het Wit Paardje' lag aan een stoffig pleintje tussen een paar andere boerderijen. Aan de overkant van de kale zandplek stond de kapel van Sint Benedictus. Een plaatselijke heilige, volgens de mensen, die ze vertrouwelijk Sint Ben noemden.

Toen Martha en Loes al klaarstonden om naar 'Het Wit Paardje' te gaan, was Mientje thuisgekomen. Een vrolijke spring-in-het-veld van zestien en al voorzien van alle vrouwelijke kenmerken. Zoals altijd klaagde ze breedvoerig haar nood, omdat haar oudere zussen konden gaan dansen en zij bij moeder thuis moest blijven.

„Jouw tijd komt nog wel," had moeder gezegd. En ze had er, bezorgd als altijd, aan toegevoegd: „En ik hou mijn hart vast als het eenmaal zover is."

„Poeh!" deed Mientje minachtend. „Ik zal heus niet zo gek zijn als zij, hoor! Ik ga niet achter de jongens aan! Ik kijk wel uit. Het zijn mispunten."

„We spreken elkaar nog wel, over een paar jaar," zei Loes heel levenswijs. „Bij jou gaat het net zo kriebelen als bij ons, reken daar maar op."

„Wil je er mij alsjeblieft buiten laten," verzocht Martha preuts.

„Doe me een lol en hoepel op als jullie toch zo nodig moeten," verzocht moeder. „Ik heb nu even geen behoefte aan heibel."

„We zijn al weg!" zei Loes en ze trok Martha mee, de deur uit.

Terwijl ze over het pleintje naar de danstent liepen, kwam het lawaai hen al tegemoet. De dubbele staldeuren van de zaal stonden wijdopen, het orgel vermoordde piepend en jengelend een polka en de rook walmde naar buiten alsof er binnen een groot, open vuur werd gestookt.

Zoals altijd hingen er jonge kerels bij de ingang, een glas bier in de hand. Loes zag van verre dat Frans Stije er ook bij stond.

„Kom nou, Martha," spoorde ze haar zus aan.

„Zeg, hou je fatsoen," waarschuwde Martha. „Het is geen veemarkt." Maar ze liet zich meetrekken en toen de kerels, waarvan enkelen amper achttien jaar waren, hen met een soort bronstig geloei begroetten, kon ze een glimlach niet onderdrukken.

Frans maakte zich van het groepje los en kwam even naar hen toe. „Hallo," zei hij tegen Martha. Tegen Loes zei hij meer dan hij vroeg: „Ik zie je dadelijk."

„Ik zal me heus niet verstoppen, hoor," beloofde Loes.

Nu was het Martha die Loes meetrok. Ze gingen de tot danszaal ingerichte stal in en de vermoeidheid die ze nog voelde toen ze van huis gingen, viel van haar af. Nu was ze blij dat ze toch was gegaan. Wonder boven wonder vonden ze nog een vrij tafeltje. Bart van de Pas, de zoon van Cees, kwam op hen af en vroeg wat ze wilden drinken. Ze bestelden allebei een glaasje grenadine. Bart grijnsde. „Dat is link spul, denk je wel aan je taks."

„Ik leef graag riskant," gaf Loes gevat terug.

„Hou toch je mond, brutaal nest!"

„Waarom? Als hij meent dat hij alles mag zeggen, mag ik het ook."

„Je moet je fatsoen houden."

„Hier?" lachte Loes en ze wuifde uitbundig naar een lange blonde knul. „Ze zijn hier allemaal door de wol geverfd, hoor."

Martha begon bijna weer spijt te krijgen dat ze was meegegaan. Ze sloeg haar ogen neer voor de vorsende blikken van de jonge kerels. Ze wilde best gevraagd worden, maar niet meteen. Ze was niet als Loes. Ze moest altijd even wennen voor ze loskwam. Haar ogen dwaalden rond. En toen, plotseling, zag ze hem.

Hij stond in de opening van de openstaande deuren, gekleed in een lakens pak en met hoge, matglanzende knoopschoenen eronder. Om zijn schouders hing een wijde cape, zoals dokters die wel droegen en op zijn hoofd stond een zwierige gleufhoed. Een beetje speels schuin. En om het helemaal compleet te maken, speelde hij schijnbaar achteloos met een wandelstok met zilveren knop.

Martha zag dat allemaal in één oogopslag, maar het was zijn gezicht dat haar aandacht trok. Hij was nog jong, zeker nog geen vijfentwintig. Hij had een goedgevormd gezicht met een gezonde huidskleur en zijn grijze ogen keken wakker, zelfs een beetje vrijpostig de wereld in. En hij was in het bezit van een parmantige knevel, met zorgvuldig opgedraaide punten.

„Is er iets?" Loes stootte haar aan.

„Kijk daar," fluisterde Martha.

Loes volgde haar steelse blik en slaakte een diepe zucht. „Een prins gelijk, maar dan zonder paard! Hoe komt die hier verzeild? Ken je hem?"

„Ik heb hem nog nooit gezien," bekende Martha.

„Tjeempie, meid, hij komt deze kant op. Hij komt naar ons toe!"

„Nee toch?" zei Martha. „Oh jee, wat doen we nu?"

„Gewoon blijven zitten. Ik tenminste wel."

Martha werd zenuwachtig en dat nam ze zichzelf kwalijk. Meestal raakte ze niet zo gauw van de kook als het om mannen ging. Maar dit was anders. Dit was een man zoals zij zich een man altijd had voorgesteld: goed gekleed en knap om te zien bovendien. Veel tijd om daar over na te denken kreeg ze niet, want hij stond al bij hun tafeltje.

„Goedenavond," zei hij met een in Martha's oren welluidende stem. „Er is nergens anders plaats. Is het gepermitteerd?"

„Van mij wel, hoor," antwoordde Loes vlot. „Maak het je gemakkelijk."

„Heb jij ook geen bezwaar?" vroeg hij aan Martha. Hij toonde een wervende glimlach.

„Nee. Nee, hoor. Waarom zou ik?"

„Het was maar een vraag." Met een zwierig gebaar liet hij de losse cape van zijn schouders glijden, hing die over de rugleuning van een stoel en nam zijn hoed af. Hij had donkerblond haar, zag Martha nu, keurig met een scheiding in het midden en naar links en rechts achter de oren gekamd in zorgvuldig aangelegde golven. Een dandy eerste klas, dacht ze, maar wel een knapzak. Jammer dat zijn oren wat aan de grote kant zijn. Maar het misstaat niet.

Hij ging zitten, vlot met de benen over elkaar en stak gelijk een hand op naar Bart van de Pas. Bart kwam en hij bestelde een biertje. Loes stootte Martha aan en gebaarde steels met haar hoofd naar de dansvloer waar de rondhossende koppels met een foxtrot bezig waren. Haar lippen vormden een onuitgesproken woord: „Dansen!"

„Nee, ik denk er niet aan," fluisterde ze. Maar hij had het gehoord. „Het spijt me, ik kan niet dansen," zei hij.

„Je bent nooit te oud om te leren," zei Loes meteen vlot. „Martha... dit is Martha, mijn zuster, die kan goed dansen. Beter dan ik. En ik heet Loes, als je het weten wilt."

„Oh, wat onbeschoft van mij. Ik ben Albert... Albert Hagelaar." Hij richtte zich bijna rechtstreeks tot Martha. „Je neemt het mij toch niet kwalijk?"

„Ik? Nee, waarom zou ik?" zei ze een beetje onhandig.

„Ben jij echt zo goed in dansen?"

„Nee, hoor. Ze kletst maar wat."

„Je heet Martha...Martha hoe?"

„Van Overveld." Daar wilde ze het bij laten, maar tot haar eigen verbazing hoorde ze zich vragen: „Ben je verdwaald of zo? Dat moet haast wel, anders zou je wel weten hoe ik heet. Ik ken jou trouwens ook niet."

„Dat is wederzijds... jammer genoeg." Hij keek opzij naar Loes, die er nu wat verloren bij zat. „Jullie zijn dus zusters?"

„Gut, ja, dat zei ik toch!" antwoordde Loes nogal kortaf. „Ben je altijd zo nieuwsgierig? Waarom vraag je niet meteen of we nog andere zusters hebben, waar we wonen en of onze moeder het goedvindt dat we nog zo laat op straat komen?"

Hij keek haar even betrapt aan, toen spleet zijn gezicht open in een brede glimlach. „Met jou moet ik oppassen, geloof ik."

14

„Als je het maar weet. Kom, Martha, we gaan dansen." Maar Martha maakte geen aanstalten. Ze zat er wat verward bij, alsof ze een beetje van slag was.

Op dat moment kwam Frans Stije naar hen toe en maakte een uitnodigend gebaar naar Loes. Loes, niet verlegen, haakte meteen bij hem in. Frans keek haar met een brede grijns aan en Loes toonde hem een vrolijk, uitnodigend gezicht. „Zullen we dan maar?" vroeg ze guitig. „Je komt net op tijd, ik verveel me dood." „Als je niet bang bent voor een paar blauwe tenen," was het even gevatte antwoord en weg waren ze.

Martha zag hen met een onzeker gevoel gaan. Nu ze alleen met hem was, durfde ze Albert niet recht in het gezicht te kijken. Ze zocht naar woorden en in een opwelling zei ze: „Nu weet ik nog niet waar je vandaan komt."

„Vind je dat zo belangrijk?" Hij zag haar verontwaardigd opkijken en haastte zich te zeggen: „Uit de stad."

„Oh." Ze was een beetje teleurgesteld. Ze hield niet van stadsmensen. „De stad? Wat zoekt een stadsmens hier?"

„Gewoon, wat vertier. Dat mag toch?"

„Natuurlijk," zei Martha, maar ze bleef het vreemd vinden.

Loes kwam niet meer bij hen zitten. Toen de dans was afgelopen had ze even bij hun tafeltje gestaan, gearmd met Frans. Ze had het tweetal een beetje meewarig aangekeken en met een veelbetekenende blik naar de stoere boerenzoon gezegd: „Ze zoeken het verder zelf maar uit." En voor Martha kon protesteren, kon zeggen dat het toch de bedoeling was dat ze bij elkaar zouden blijven, liep ze weg naar de andere kant van de zaal om zich daar bij een vrolijk feestende groep te voegen.

„Je zus weet van aanpakken," zei Albert Hagelaar. En toen Martha niet reageerde: „Jij bent van een heel ander kaliber, is het niet?"

„Och," schokschouderde Martha. „Ze is best aardig."

„Dat geloof ik ook. Wil je dansen?"

„Je kon toch niet dansen. Dat zei je toch?"

„Ik heb een beetje gejokt." Hij kon dansen als de beste. Bij de eerste dans, een wals, hield Albert zich keurig aan de regels. Zijn houding en zijn bewegingen waren correct en algauw draaiden ze rond alsof ze al jaren een paar vormden. En na afloop bracht hij haar bijna plechtig naar hun tafeltje, zoals het een heer betaamt.

15

Martha was van hem gecharmeerd, al wilde ze dat zich zelf niet bekennen. Ze vond hem aantrekkelijk, maar ook vreemd. Hij week zo af van het vertrouwde beeld van mannen uit het dorp, uit haar directe omgeving. Ze vroeg zich af of hij wel echt was, in de zin van: spéélt hij nu de deftige heer, of ís hij werkelijk iemand van betekenis?

„Hoe ben je hier gekomen?" vroeg ze op een gegeven moment. „Te voet?"

Hij lachte. „Nee hoor. Zo gek krijgen ze me niet. Ik kon meerijden met iemand die ik goed ken. Misschien ken jij hem ook? Sanders, de drogist."

„Ben je met de sjees van Sanders? Ja, die ken ik," zei Martha verbaasd. En na enige aarzeling: „Ik kom daar wekelijks over de vloer. Ik ben naaister."

„Oh? Je bedoelt…?"

„Ja, dat bedoel ik," kapte ze een beetje gepikeerd af. „Valt je dat tegen?"

„Nee, absoluut niet. Ik zou niet weten waarom." Hij keek haar eens goed aan en schudde het hoofd. „Ik begin te geloven dat je mij maar een verwaande kwast vindt. En dat begrijp ik ook wel. Ik pas niet erg in deze omgeving. Zo is het toch? Laat me je dan zeggen dat ik recht van een bruiloft kom waar ik getuige mocht zijn. Deze kleren zijn niet van mij, ik heb ze gehuurd. Maandagmorgen moet ik ze weer netjes terugbrengen en dan ben ik weer dezelfde berooide sloeber die ik altijd ben."

„Het zijn niet alleen je kleren," zei Martha, toch wel verbaasd. „Je doet ook zo…"

„Alsof ik een man in bonus ben? Och, dat is maar komedie. Ik kon de verleiding niet weerstaan om eens lekker de grote bram uit te hangen. Ik ben een gewone jongen, hoor. Mijn pa werkt in de textiel en mijn broers zijn gewone arbeiders."

„En jij?"

„Ik? Ik hak met hamer en beitel in graniet en ik knoei met klei."

„Steenhouwer? Ben jij steenhouwer? Wat toevallig, mijn vader was ook steenhouwer."

„Ik ben beeldhouwer," verbeterde Albert. „Tenminste, dat verbeeld ik me." Hij moest zelf lachen om de woordspeling.

„Oh," zei Martha verbluft. Ze zat met een kunstenaar opgescheept. Dat was het toppunt!

16

De avond verstreek. Ze dansten nog enkele keren met elkaar. Ze spraken over onnozele dingen, alsof ze al te intieme onderwerpen wilden vermijden. Albert lanceerde een melige mop die bij Martha een krampachtig lachje losmaakte.

Loes kwam nog even langs. Ze hing letterlijk aan de arm van Frans Stije. Ze plofte bezweet en opgewonden op een stoel. „Frans wil me thuisbrengen. Je houdt je mond tegen moeder hoor."

„Je kent moeder," zei Martha. „Samen uit, samen thuis. Ze komt er toch achter, ook al zeg ik niets."

„Kan me niet schelen." En weg was Loes weer met haar Frans.

„Het ziet ernaar uit dat ik jou moet thuisbrengen," zei Albert.

„Je moet niets. Ik kan de weg wel alleen vinden."

„Ik laat je niet alleen naar huis gaan." Hij keek haar vol en ernstig aan. Ze sneuvelde voor zijn ernstig kijkende, grijze ogen.

„Het is goed," zei ze.

Toen ze de danszaal verlieten, zag Martha dat Loes en Frans Stije juist het pleintje overstaken en langs de kapel de duisternis van het veld daarachter ingingen. Ze keek vlug even naar Albert. Zijn gezicht vertoonde geen enkele uitdrukking en daar maakte ze uit op dat hij het niet had gezien. Gelukkig maar, dacht ze.

Ze liepen zwijgend door het dorp. Het was donker, alleen bij de kerk en in de buurt van het gemeentehuis brandden een paar gaslantaarns die een zwakke, gelige lichtkegel uitstraalden.

Albert waagde zich niet aan intimiteiten. Even raakte hij haar arm aan toen ze een hoge stoep passeerden. „Val niet."

„Wees maar niet bang. Ik hoor hier thuis."

„Ach, ja, natuurlijk."

Op de hoek van de Heistraat hield ze hem staande. „Nu moet je gaan," zei ze. „Je begrijpt: moeder."

„Ik begrijp het." Maar hij bleef staan en zocht haar hand. „Ik wil je terugzien."

„Zo, wil je dat? Waarom?"

„Nou, gewoon, dáárom."

„Dat is geen antwoord."

„Wat moet ik dan zeggen? Dat ik je aardig vind? Goed, ik vind je aardig en een mooi meisje bovendien. Ja, wat nog meer? Ik denk... ik wil je beter leren kennen."

„Meen je dat? Echt? Of..."

„Ik wil je niet versieren, als je dat soms denkt. Ik wil nog eens langskomen en met je praten. Ja, dat meen ik echt."
„Ik zal je niet tegenhouden, maar verwacht er niet te veel van."
„Ik kom. Morgen? Zo rond de middag, hier, op deze plek?"
„Wat haal je in je hoofd?" schrok Martha. „Gut, je loopt wel erg hard van stapel, zeg. Ik zie het al gebeuren. Jij hier op de hoek van de straat, met alle buren als toeschouwers. En vergeet mijn moeder niet. Ze staat alleen, maar ze is niet makkelijk."
„Zeg jij het dan maar."
„Je kunt naar het lof komen in de namiddag. Daar zie ik je wel."
„Ik zal er zijn," beloofde hij. Even aarzelde hij. Toen boog hij zich snel voorover en drukte een zachte kus op haar wang. „Tot morgen, Martha." Hij beende weg, met wapperende cape, en terwijl zijn voetstappen wegstierven, bleef ze staan waar ze stond.

Het kostte Frans Stije geen moeite om Loes mee te loodsen. Loes, roekeloos en warmbloedig als ze was, dacht er niet aan om te weigeren. Ze kende de reputatie van Frans en dat prikkelde haar meer dan ze zichzelf wilde toegeven. Oh, ze wist best hoever ze met een vrijer kon gaan. Frans was de eerste niet. Ze speelde met die knullen, maakte hen de kop gek, maar ze wist precies waar de grens lag. En daar ging ze nooit overheen. Zo verstandig was ze wel, meende ze. Ze dacht er dan ook niet aan om te weigeren toen Frans haar nogal abrupt in de armen nam en een hete zoen gaf die aanhield. Ze hijgde een beetje toen ze hem zacht van zich afduwde en zei: „Een beetje kalm aan mag wel, Frans Stije! Wie denk jij wel dat je bent?"
„Je vrijer! Speel met mij geen kiekeboe, meidje. Je weet dat ik je wil hebben, al een hele tijd. En jij wilt mij, of ik moet me al heel sterk vergissen."
„Je vergist je…" De rest werd gesmoord in een nog heviger zoen. Frans drukte haar begerig tegen zich aan, zijn handen gleden omlaag naar haar ferme billen. Loes kreeg even de aanvechting om zich te weren, maar iets hield haar tegen. Haar snel ontvlambare aard joeg het bloed naar haar slapen. Ze voelde hoe zijn stevige handen op onderzoek gingen. Haar knieën knikten. Zo was het genoeg!
„Laat dat!"
„Wat moet ik laten?" vroeg Frans uitdagend.

„Dat weet je best. Handjes boven de heupen, jongetje, anders kun je de rest wel vergeten."

„Aha, bedoel je dát? Zeg dat dan." Hij legde brutaal een hand op haar parmantige borst. Ze wilde zijn hand wegslaan, maar wist dat het zinloos was. Vlug trok ze hem naar zich toe en kuste hem. Maar ze kon niet verhinderen dat zijn hand tussen hen in bleef en dat hij voortvarend aan de sluiting van haar keurs begon te friemelen. Loes kreunde zacht van verrukking.

Thuis was het donderen. Clara van Overveld zat op haar dochters te wachten, zoals haar gewoonte was. Ze had geen rust of duur als een van hen in de avonduren de deur uit was. Ze zat op een stoel naast de tafel, met een omslagdoek over de schouders en haar voeten op een stoof. In de wintermaanden stond daar een vuurpotje in, nu was dat niet nodig, al trok de stenen vloer wat kil op. Zo zat ze al de hele avond. Alleen, omdat Mientje al hoog en droog in haar bed lag. Ze soesde zo nu en dan weg. Het was haar bedoeling geweest om wat te breien of te haken, maar het was er niet van gekomen. Naarmate de tijd verstreek begon de onrust bezit van haar te nemen. Ze wist dat Martha een oppassende meid was. Maar Loes, dat was een ander verhaal. Die genoot maar al te gretig van haar jonkheid. De enige geruststelling die Clara had, was dat Martha erbij was. Die zou er wel voor zorgen dat de levenslustige spring-in-'t-veld niet in zeven sloten tegelijk liep.

Moeder Clara hoorde de klink van de deur en meteen kwam ze overeind. Martha kwam binnen en zei, zo gewoon mogelijk: „Dag. Je bent nog op, zie ik."

„Had je anders verwacht?" Ze wierp een speurende blik op het donkere deurgat achter haar oudste dochter „Waar is Loes?"

„Die... die komt dadelijk," antwoordde Martha, en toen ze een trek van ergernis op moeders gezicht zag verschijnen, zei ze gauw: „Ze zal niet lang wegblijven."

„Wat is dat nu voor onzin? Is ze niet bij je? Zeg op, waar is ze?"

„Toe nou, moeder. Moet ik op haar passen? Het is geen kind meer."

„Ze is erger als een kind. Het is een dolle griet."

„Leuk om dat van je eigen dochter te zeggen." Martha had geen behoefte aan gekibbel. Ze was met haar gedachten heel ergens anders. „Ik ga naar bed."

„Geen sprake van. Wil je mij in onrust alleen laten? Je gaat haar zoeken. En vlug een beetje. Of nee, je blijft hier, beneden, met mij. Wat zullen we nu krijgen?"

„Moeder!"

„Je blijft op. Ga zitten."

Er verstreek een halfuur in onplezierig zwijgen. Toen knalde de deur open. „Hallo! Wachten jullie op mij?" Het was Loes. De uitbundige avond had zijn sporen achtergelaten. Ze had een felrode kleur op haar wangen, de haren hingen als een warrige pruik om haar hoofd en haar jak hing halfopen.

„Loes! Je ziet eruit alsof je in een beerput hebt gezeten! Schaam je!"

„Schamen? Waar moet ik me voor schamen?" Het meisje wierp een vragende blik naar Martha, maar die trok ook een afkeurend gezicht. „Je hebt over mij gekletst."

„Ze heeft niets gezegd en dat is ook niet nodig," zei moeder fel. „Meid, jij komt nog eens verkeerd terecht. Gebruik toch je verstand."

„Ik weet niet wat je bedoelt, moeder."

„Oh, jawel, dat weet je heel goed. Té goed. Het is nu te laat geworden, anders kreeg je van mij voor een paar stuivers! Wij spreken elkaar nog, meisje! En nu naar bed. Ga allebei naar bed. Ik wil jullie niet meer zien."

Loes trok een gezicht naar Martha, maar die reageerde daar niet op. Ze ging de trap op die vanuit de hoek van de kamer naar boven wees. Loes haalde onverschillig haar schouders op en na een: „Welterusten, moeder," volgde ze haar oudste zus.

Martha sliep niet meteen. Ze lag op haar rug in het krakende, ijzeren ledikant en staarde in het donker naar de kale dakpannen boven haar. Loes, die naast haar sliep, had nog geprobeerd met haar aan de praat te komen. Ze wilde praten, vertellen over haar belevenissen met Frans die plotseling zo stapel op haar was. En ze wilde haar zuster deelgenoot maken van haar eigen verlangen, haar verliefdheid op die stoere boerenzoon. Maar toen Martha niet wilde luisteren, had ze algauw gezwegen en nu sliep ze.

De gedachten van Martha waren bij Albert Hagelaar. Ze was verward, onzeker. Ze had nog nooit iets met mannen te maken gehad, ze had er nooit tijd voor en het interesseerde haar ook niet. Nu

20

was Albert gekomen en hij had iets in haar losgemaakt dat ze niet kende, dat ze ook niet wilde kennen, omdat ze er bang voor was. Ze wist niet wat verliefdheid was, ze had er geen notie van wat jongens en meisjes tot elkaar dreef. Ze was niet onnozel, ze wist wel wat er tussen mannen en vrouwen te koop was. Ze geloofde echt niet meer in de ooievaar. Maar dat was juist wat een zekere weerzin bij haar opriep. Als ze daaraan dacht, liepen de huiveringen over haar rug. En daarom begreep ze Loes niet, die zo vrij en aanhalig kon doen tegen die lomperiken in 'Het Wit Paardje', die zich liet inpalmen en misschien nog wel meer. Zij, Martha, zou zoiets nooit doen.

„Oh nee, Martha van Overveld? Zou jij dat nooit doen?" vroeg een inwendige stem. „Waarom heb je je dan door Albert thuis laten brengen? Waarom heb je goedgevonden dat hij morgen terugkomt en waarom heb je hem niet op zijn plaats gezet toen hij je kuste?"

„Het was maar op mijn wang," verdedigde ze zich zwakjes. „Iets van niks." Onbewust ging haar hand naar de wang die door de lippen van Albert was beroerd.

Ze streelde er zacht over en tegelijk besloot ze.

Ik ga morgen niet naar het lof. Ik blijf thuis. Dan komt hij maar voor niets naar het dorp. Mij een biet!

Maar ze ging wél. Niet om hem, maakte ze zichzelf wijs, maar omdat moeder het vreemd zou vinden als ze niet naar het lof ging. Moeder zou daarvoor een verklaring vragen en ze zou een smoes moeten verzinnen. Zeggen dat ze ziek was of iets dergelijks. Nee, dat kon ze niet doen. Moeder zou er vreemd van opkijken, haar oudste dochter was nooit ziek. En liegen ging haar ook niet zo goed af. In de kerk knielde ze met Loes en Mientje op de harde bankjes voor het gewone volk, links van het middenschip aan de vrouwenkant, achter een pilaar. Ze zat daar veilig, de mensen achter in de kerk konden haar niet zien. Met een beetje geluk kon ze Albert ontlopen.

Ze zat de korte dienst uit zonder aandacht of devotie, daar stond haar hoofd niet naar. Ze was nerveus en gespannen, hoewel ze daar niet aan wilde toegeven. De spanning steeg toen ze met haar zusters de kerk uitging.

Toen ze vanuit de schemering van de kerk in het heldere zonlicht trad, zag ze hem meteen staan. Hij had nu gewone kleren aan, zoals de meeste jongemannen. Een wat vormeloze broek, een zwart jasje met daaronder een boezeroen zonder boord. De deftige knoopschoenen waren vervangen door stevige hoge stappers en de hoed had plaatsgemaakt voor een pet. Zo is hij dus, dacht ze. En ze was er blij om. Maar het gezicht was hetzelfde als dat van gisteravond en de snor stond nog net zo parmantig met de punten omhooggekruld. Toen hij haar zag, kwam er meteen een blijde lach op zijn open gezicht en hij hief zijn hand op als groet.

„Martha! Daar is Albert!" hoorde ze Loes opgewonden zeggen, maar ze was al weg. Al haar vaste voornemens waren als sneeuw voor de zon verdwenen en voor ze het wist stond ze bij hem. „Je bent tóch gekomen," zei ze een beetje buiten adem.

„Had je anders verwacht?" vroeg hij met een guitige lach.

„Te voet?"

Hij knikte: „Met de billenwagen, hoe anders. Ik kan me geen fiets veroorloven. Ik heb nog geprobeerd om de fiets van mijn pa te lenen, maar ik had hem net zo goed om honderd gulden kunnen vragen. Iedereen blijft van zijn fiets af. Dus moet ik lopen."

Martha keek om zich heen, ze zag mensen naar hen kijken. Loes en Mientje stonden er ook nog. „Wat doen we nu?" vroeg ze zenuwachtig.

„In geen geval hier blijven staan," antwoordde hij. „Ga je mee?"

„Ja, maar niet lang, hoor!" Ze gebaarde naar haar zusters, dat die maar naar huis moesten gaan. Die wisten genoeg en giechelend gingen ze weg.

„Kom," zei Albert. Hij nam haar zacht maar resoluut bij haar arm en loodste haar mee, uit de kring van belangstellenden, het kerkplein over en een pad in tussen twee boerderijen, en zo verder het dorp uit, tot tussen de akkers en weilanden.

„Ik kan niet lang wegblijven," zei Martha. „Ik zal toch al op mijn kop krijgen van mijn moeder."

„Hoe oud ben je, Martha?" vroeg hij zacht.

„Twintig. Waarom vraag je dat?"

„Twintig jaar, hè? En je werkt voor de kost als naaister en je helpt je moeder zoveel je kunt. Tenminste, daar zie ik je voor aan. En je bent bang dat ze er iets van zal zeggen als je met een jongen gaat?"

„Moeder is erg bezorgd. Ze staat er alleen voor, moet je denken. En dan met drie meiden."

22

„Een vrouwenhuishouding," lachte Albert. „En nooit een man, een vriend?"

„Nooit."

Hij hield haar staande, met zijn handen op haar schouders. „Maar je wilt toch niet dat dat altijd zo blijft? Dat kan je moeder toch niet van jou verlangen?"

„Dat ligt er, denk ik, maar aan met wat voor kerel ik op de vlakte kom."

„Kijk me eens aan, Martha." Ze deed het, ze keek in de heldere, grijze ogen en smolt weg. „Ik ben niet op een avontuurtje uit, meidje," hoorde ze hem zeggen. „Je bent het liefste wezen dat ik ooit heb ontmoet. Zou je moeder er iets op tegen hebben als ik bij jullie over de vloer kwam? Als ik voor jou kwam?"

„Ik weet het niet," zei ze hulpeloos.

Ineens waren zijn lippen op de hare, ze voelde de kriebeling van zijn snor op haar wangen, maar vooral proefde ze de zoetheid van zijn kus. Zo zuiver, zo teer. En ze gaf zich over, totaal willoos. Hij sloot haar in zijn armen en zo hield hij haar lange tijd gevangen. Martha had zo wel voor altijd willen blijven staan, veilig in zijn sterke armen, en het kostte haar heel wat moeite om zich uit die omarming te bevrijden.

„Dat... dat moet je niet doen," fluisterde ze verlegen.

„Zeker wel. Ik kan niet anders. Vind je het erg?"

Ze schudde haar hoofd. „Nee, ik vind het niet erg." Ze keek hem aan en haar ogen straalden. „Ik vind het helemaal niet erg. Maar ik... ik moet naar huis... moeder."

„Goed." Albert knikte. „Als je naar huis moet, ga ik mee!"

„Nee! Dat kan niet!"

„Moet je eens opletten. Kom mee, liefste, naar je moeder!"

„Albert! Je zei liefste. Meen je dat? Meen je dat echt?"

„En of ik het meen. Of wil je liever dat ik het achterwege laat?"

Ze schudde haar hoofd. „Nee. Het is... ik hoor het graag... maar het is ook vreemd. Liefste!" Ze snapte niet dat ze het woord over haar lippen kon krijgen. „Ik ken je amper."

„Dat is wederkerig, meidje," zei Albert en hij lachte breed. „Daar moeten we heel gauw iets aan doen. Ik wil dat wij elkaar leren kennen. We gaan korte metten maken."

„Je bent iets van plan," zei Martha beducht. „Ik vertrouw je niet. Wat ga je doen?"

23

„Om te beginnen jou thuisbrengen, tot aan je deur."
„Oh, nee, dat kan niet! Echt niet!"
„Moet je eens opletten." En zonder plichtplegingen nam hij haar in de arm en ging op pad. Zij kon niets anders dan hem volgen.

Moeder Clara stond in de deuropening op haar oudste dochter te wachten en zij zag haar komen, met een wildvreemde knul bij zich. De uitdrukking op haar gezicht sprak boekdelen. Ze zei niets, ook niet toen het tweetal tot vlak bij haar genaderd was.
„Moeder ik heb iemand meegebracht," zei Martha benauwd.
„Ik ben niet blind," was het kille antwoord. Ze keurde Albert geen blik waardig. Haar afwijzende blik was voor de dochter. „Waar bleef je zolang?"
„We hebben een ommetje gemaakt," antwoordde Martha naar waarheid.
„Een ommetje. Ja, ja! En daar weet ik niets van. Dat zeg je niet even, zodat ik weet waar je uithangt? Mooi is dat!"
„Toen ik naar het lof ging wist ik nog niet... ik wist niet..."
„Jawel, Martha, dat wisten we wel," bracht Albert vrolijk in het midden. „Ik had met haar afgesproken, vrouw Van Overveld. Misschien heeft ze dat vergeten te zeggen."
„Of ze heeft haar mond niet open durven doen."
„Dat weet ik niet. Dat zou u haar zelf moeten vragen."
„Wat ik dan ook zeker zal doen." Nu keek Clara Albert pas recht aan. „En wie ben jij dan wel? Ik ken je niet, je bent niet van hier."
„Hij heet Albert Hagelaar en hij komt uit de stad," zei Martha vlug.
„Ik vroeg jou niets. Laat hém praten, daar heeft hij een mond voor gekregen."
Het gezicht van Albert kreeg een andere uitdrukking.
„Wie ik ben, heeft Martha al verteld, vrouw Van Overveld. Ik heb je dochter gisteravond voor het eerst ontmoet. Nu ben ik teruggekomen om haar weer te ontmoeten. Ik heb haar gevraagd mij de kans te geven haar beter te leren kennen en dat vindt ze goed. Het leek mij passend om jou daar meteen van op de hoogte te stellen. Ik heb me kennelijk vergist. Dat spijt me en ik wens je goedendag."
„Albert!" schrok Martha.
„Het spijt me, lieverd." Hij maakte inderdaad aanstalten om weg te gaan.

24

„Kom binnen!" Het was bijna een bevel. „Kijk niet zo, ik meen het. Je bevalt me."

„In dat geval, graag, vrouw Van Overveld."

Ze dronken thee met een meelkoekje erbij. Albert deed algauw alsof hij kind aan huis was. Hij had een natuurlijke flair, die vooral op Loes en Mientje indruk maakte. Mientje zat de plotseling opgedoken vrijer van Martha met haar ogen te verslinden. Loes was een beetje overdonderd. Het eerste wat ze zei toen Martha met hem binnenkwam, was: „Dat heb je vlot voor elkaar gekregen." Het klonk een beetje bitter. Die doen het anders dan Frans en ik, dacht ze.

Moeder Clara beheerste de situatie. Nu ze haar aanvankelijke ergernis had overwonnen, sloeg ze spijkers met koppen. Zij bepaalde de spelregels. „Als je in eer en deugd om Martha komt, is dat goed. Op woensdagavond en op zondagmiddag, zoals nu."

„En op zaterdagavond?" waagde Albert.

„Woensdagavond en zondagmiddag. Martha heeft het druk door de week."

„Als het niet anders kan, dan moet het maar." Albert maakte een berustend gebaar naar Martha. Die zat te stralen. Ze was dolgelukkig dat moeder Albert zo vlot en bijna moeiteloos had geaccepteerd.

Ze zat te popelen op haar stoel, ze had wel kunnen dansen van vreugde. Maar ze wist dat dat geen pas zou geven. Ze diende te blijven zitten, zedig met haar handen in haar schoot. En al kostte het haar veel moeite toch wist ze de uitdrukking op haar gezicht in toom te houden. Alleen de schittering in haar ogen verried hoe gelukkig zij was.

Albert bleef tot het tegen het avondeten liep. Toen liet Martha hem uit.

„Vijf minuten!" waarschuwde moeder.

„Je moet geduld hebben," fluisterde Martha in zijn oor.

„Maar niet lang," zei hij en drukte een felle kus op haar uitnodigende mond.

Hij ging en ze keek hem na tot hij om de hoek van Heistraat verdween.

# HOOFDSTUK 2

Albert Hagelaar had dus het pleit gewonnen.

„Over de drempel," zeiden de mensen in het dorp. En vaak daar meteen achteraan: „Snap je dat nu, van Clara? Dat ze zo'n wildvreemde kerel vanuit de stad zomaar in huis haalt? Om met Martha te vrijen nog wel! Ze kan die meid beter een maand of wat in huis houden tot de bui over is. Want dat het een blijvertje is, dat gelooft toch niemand?" Maar of iemand het nu geloofde of niet, Albert kwam en hij bleef komen. Keurig op de woensdagavond en de zondagmiddag zoals moeder het verordonneerd had. Soms kwam hij te voet naar het dorp, de hele lange weg vanuit de stad. Een enkele keer kon hij de fiets van zijn vader bemachtigen. En zo nu en dan, als hij er het geld voor had, kwam hij met de bus om te voet weer naar huis terug te keren.

Clara had in het begin ook haar twijfels over de verkering van haar oudste dochter. Maar nadat ze die twee een paar keer tersluiks had gadegeslagen begon haar twijfel te tanen. Albert was geen eendagsvlieg, dat zag ze algauw in. Ze wist zelf niet of ze daar nu blij om moest zijn of niet. Want van houwen komt trouwen, is het niet vroeg dan toch later. En daar zat Clara niet op te wachten. Maar ze begon er niet over, met geen woord, want ze wilde geen slapende honden wakker maken.

Het doen en laten van Loes baarde haar groter zorgen. Loes was altijd al een wildebras geweest, meer een kwajongen dan een ingetogen meisje. En zolang het niet uit de hand liep, had Clara zich daarbij neergelegd met de verwachting in haar achterhoofd dat het onstuimige gedoe wel zou minderen met de jaren. Maar die verwachting was tot heden niet uitgekomen en de laatste tijd liep het werkelijk de spuigaten uit. Loes werd onberekenbaar, ze kon het ene moment luidkeels in de keuken staan zingen onder de afwas en het volgende moment liep ze zonder boe of bah de deur uit. Het hielp niet dat Clara haar daarover onder handen nam. Ze vermaande Loes, eiste van haar dat ze zich fatsoenlijk gedroeg in huis. Ze probeerde aan de weet te komen wat er met haar tweede dochter aan de hand was. Maar Loes lachte haar bezorgdheid weg, vroeg haar waar ze zich druk over maakte en zei dat ze beter op Martha en haar stadse vrijer kon letten!

Vooral dat laatste maakte iets bij Clara los. Loes had ook een kerel aan de hand! Het was maar een vermoeden, maar dat bleef het niet lang. Het was Mientje die het onomwonden zei op een moment dat ze meende met Loes alleen te zijn. „Jij vrijt met Frans Stije, hè?" zei ze. „Ontken het maar niet, Nellie van de bakker heeft jullie gezien. Ze heeft het mij zelf verteld."

„Zeg haar dan maar dat ze liegt, of ze is stekeblind!" reageerde Loes fel. „En als je zoiets stoms nog eens durft te zeggen als moeder erbij is, krab ik allebei je ogen uit!"

„Dan zou ik maar gauw beginnen," zei moeder, die met een mand vol strijkgoed van de trap kwam. Ze bleef uiterlijk volkomen kalm. „Mientje, ga naar buiten, kind."

„Nee, ze blijft hier!" riep Loes. „Je gelooft die snotmeid toch niet?"

„Jij houdt je mond tot ik je zeg dat je hem mag opendoen. Ga spelen, Mien." Mientje ging. Moeder Clara en Loes maten elkaar met de ogen. Het was Loes die verloor, ze sloeg haar ogen neer.

„Antwoorden!" zei Clara. „Is het waar? Ga jij met Frans Stije om?" Even neigde Loes ertoe te ontkennen, maar ze wist dat ze daar niets mee opschoot. Ze besloot in de aanval te gaan. „Nou, en wat zou dat, moeder? Ik ga met Frans! Wat is daar mis mee? Ben ik er niet oud genoeg voor? Valt er iets op hem aan te merken?"

„Dat zijn drie vragen en ik zal daar in volgorde antwoord op geven. Punt een: daar is van alles mis mee! Punt twee: misschien ben je er wel oud genoeg voor in jaren, maar je gedraagt je als een verwend kind. En punt drie. wat er op Frans Stije valt aan te merken, hoef ik je niet te vertellen, want dat weet je waarschijnlijk beter dan ik! Iedereen weet wie en wat Frans Stije voor een hufter is, vooral waar het vrouwvolk betreft. Hij deugt niet! En met zo'n kerel ga jij om? Mijn dochter gaat met zo'n rokkenjager om? Durf jij aan mij te vragen wat ik daarop heb aan te merken?" Carla raakte zo opgewonden dat Loes ervan schrok.

„Frans gedraagt zich keurig tegen mij. Echt waar," zei ze vlot.

„Je liegt! Ik zie het aan je gezicht." En Clara spuwde de woorden uit die ze liever voor zich had gehouden: „Heeft hij aan je gezeten? Doet hij dat en laat je dat toe?"

„Moeder! Moeder, dat is gemeen!" krijste Loes. „Om zoiets van mij te denken!" Ze liep naar de deur, rukte die open.

„Loes, blijf hier! Hier blijven, zeg ik je!" Maar ze luisterde niet en liep de straat op.

Waar zou Loes anders heen gaan dan recht naar Frans Stije? Ze deed het, zonder erbij na te denken. Ze was kwaad op moeder. Ook al moest ze in haar hart toegeven dat moeder haar had doorzien. Maar dat gaf haar nog niet het recht om zulke intieme vragen te stellen, vond Loes, en zeker niet op zo'n toon! Haar verliefdheid maakte haar blind. Want ze hing werkelijk aan Frans en wat deed zijn bedenkelijke reputatie er dan nog toe? Hij zou haar niet bedriegen zoals hij andere meisjes had bedrogen. Ja, daar had moeder gelijk in, ze wist heus wel wat voor vlees ze met Frans in de kuip had. Maar ze was zelf ook door de wol geverfd, ze waren aan elkaar gewaagd. En dat wist hij. Zij, Loes van Overvelt was geen willoos lam, zoals die onnozele schapen die zich door hem hadden laten grijpen en die hij daarna voor evenveel had laten staan.

Deze en andere gedachten speelde door haar verhitte hoofd op haar weg naar de hoeve van de Stijens. Maar toen ze de grote boerderij in het oog kreeg, aarzelde ze. Ze was nog niet bij hem thuis geweest, misschien wisten zijn ouders niet eens dat zij met elkaar omgingen. Het kon goed zijn dat Frans niet eens wilde dat ze het wisten. Het kwam niet in haar op daar bedenkelijke twijfels aan te verbinden. Tenslotte had zij het zelf ook voor haar moeder geheim gehouden.

„Ik ga er niet aan," besloot ze. „Ik loop er langs en als ik Frans zie, of als hij mij ziet, zal hij wel naar mij toekomen. En dan zal ik het hem vertellen."

Terwijl ze langs de hoeve liep, keek ze met een steelse blik het erf af. Daar was niemand en wonderlijk genoeg was dat een opluchting. Haar woede ebde weg. Eigenlijk was het belachelijk wat ze deed. Ze stelde zich aan als een verliefd schoolmeisje. En dat wilde ze niet. Zo was ze niet. Frans was toch niet haar eerste vriendje? Maar toch, Frans was ook niet de eerste de beste. De meiden in het dorp die wisten van hun omgang met elkaar, waren zo afgunstig als de pest! En dat gaf een lekker gevoel, naast het feit dat ze echt smoor was op hem!

Ze was de hoeve al bijna gepasseerd toen ze haar naam hoorde roepen. Ze keek om. Het was Marius, de jongere broer van Frans. Hij kwam naar haar toe.

„Hallo," zei hij. „Ik zag je lopen. Waar ga je op af?" Ze wilde hem afblaffen, maar zag daar de onredelijkheid van in.

28

„Nergens heen," antwoordde ze. „Ik ben aan de wandel."

„Oh, ja, natuurlijk." Marius trok zijn wenkbrauwen in een komisch bedoelde grimas op. „Stom van mij om zoiets te vragen. Jij loopt hier, zonder jas of das, zonder doel. De gewoonste zaak van de wereld. Of ben je misschien op zoek naar iemand?"

„Marius, doe niet zo kinderachtig."

„Doe íik kinderachtig?" Zijn stem kreeg een ernstige klank. „Ik ben niet zo kinderachtig als je denkt, Loes. Ik zou willen dat je me een beetje voor vol aanzag. Een kind kun je wat wijsmaken, maar mij niet. Je komt om Frans, is het niet?"

„Dat gaat je niets aan."

„Dat is waar. Maar misschien heb je er iets aan als ik je vertel dat Frans niet thuis is. Hij zit met een stel vrienden in de kroeg van Bram Jolen een eind verderop. Dat doet hij wel vaker, dat vindt hij leuk. Intussen mogen ik en mijn andere broers zijn werk opknappen. Je weet toch hoe onze Frans is?"

Loes keek hem onderzoekend aan. „Jij mag je grote broer niet erg, is het wel?"

„Oei! Valt dat op? Dat is niet mijn bedoeling."

„Je laat het anders goed merken."

„Frans is mijn broer, maar hij is niet mijn lichtend voorbeeld."

„Wat bedoel je daarmee?"

„Dat hoef ik je toch niet te zeggen? Je weet wat ik bedoel."

„Nee, dat weet ik niet. Zeg het me maar."

„Je zou niet blij zijn met wat ik te zeggen heb."

„Doe het toch maar. Ga je met modder gooien?"

„Nu laat je weer merken dat je me niet goed kent. Frans is mijn broer." Het klonk bitter. „In die zin geef ik om hem. En als dat nodig is, sta ik naast hem. Maar zijn manier van doen is de mijne niet en zal dat ook nooit zijn. Dat is niet helemaal zijn schuld, het wordt hem nogal makkelijk gemaakt. Als je begrijpt wat ik bedoel."

„Heb je het nu over mij?" vroeg Loes fel.

„Nee, jij bent een levenslustige meid, maar er is niets mis met jou. Daar ben ik van overtuigd. Maar die anderen…"

„Oh, jij bedoelt de kletspraat die er over hem verteld wordt? Dat geroddel van de sloeries die hem niet kunnen krijgen!"

„Waar rook is, is vuur, Loes. Dat weet je best."

„Frans en ik zijn het eens! Ik ben zijn scharreltje niet."

„Ik hoop dat je gelijk hebt. Ik hoop dat Frans er ook zo over denkt."

Loes kreeg er genoeg van. De woorden van Marius riepen vragen bij haar op, ze maakten haar onzeker. „Je kletst maar wat, Marius Stije! Laat me toch met rust, jongetje!"

„Zoals je wilt." Terwijl hij wegliep, wees hij. „Je weet nu waar je hem kunt vinden."

Loes bleef staan tot hij achter de hoeve was verdwenen. Ze keek de weg af en even kwam het in haar op om er heen te gaan. Maar ze wist dat ze zich belachelijk zou maken als ze dat deed. Met lood in haar schoenen ging ze weer op huis aan.

In de dagen die op het incident volgden, hing er een ongemakkelijke stemming in het eenvoudige huis van moeder Clara. Ze had geen woord meer met Loes gewisseld toen die zwijgend en met een nijdig gezicht thuiskwam en meteen de trap opging. Ook later, toen ze door Mientje werd geroepen voor het eten had Loes haar mond niet opengedaan, alleen om er eten in te steken.

Toen Martha haar vroeg wat er scheelde, had Loes haar bepaald onvriendelijk toegevoegd: „Mij mankeert niets, kijk naar je eigen!" Clara bezwoer de verbaasde reactie van Martha met een waarschuwend handgebaar. „Laat haar maar met rust!" bedoelde ze daarmee en Martha had haar schouders opgehaald. Haar zuster had de bokkenpruik op, daar zou ze haar reden wel voor hebben. En als ze er niet over wilde praten, dan moest ze dat zelf weten. Martha had zelf zo haar kleine zorgen en problemen.

Albert had al vanaf het begin van hun verkering geprobeerd om haar mee te krijgen naar zijn ouders in de stad, maar daar voelde Martha weinig voor. Ze was er een beetje huiverig voor om die wildvreemde mensen te ontmoeten. En ze was er in haar hart blij om dat moeder er ook bezwaar tegen had.

„Je moet jezelf niet na een blauwe maandag voor de leeuwen laten gooien," had ze tegen Martha gezegd. „Alles op zijn tijd. Ik vind het al gek genoeg dat Albert hier zo vlug over de vloer komt. De mensen maken er praat over." Ze zei er niet bij dat ze niet zo'n hoge dunk had van stadse lui. Ze hield het er maar op dat het nog geen pas gaf en dat er eerst zekerheid moest zijn. De kans dat de verkering een overhaaste bevlieging bleek te zijn, zou van een meer publieke kennisgeving een aanfluiting maken, een schande, die ook haar en de andere dochters zou treffen. En op bezoek gaan bij de familie van de vrijer mocht men met reden een naar buiten treden noemen. Dus moest Albert geduld hebben.

Hij had het in die weken wel voor elkaar gekregen dat Martha een naam had gekregen die volgens hem beter bij haar paste. „Martha is geen naam voor jou, mijn lief," zei hij op een dag. „Hij past helemaal niet bij je tengere, kleine gestalte. Het is alsof je met een botte beitel op een weerbarstig stuk steen staat te hakken. Waar komt die naam eigenlijk vandaan?"

„Van Martha uit de bijbel, lieverd," antwoordde ze. „Het is toch een mooie naam."

„Uit de bijbel? Moet dat? We zullen er een fraaie roepnaam van maken. Ik heb je de laatste weken Maartje genoemd. Wat vind je daarvan?"

„Wat heb je tegen de bijbel? Toen ik nog op school zat heette ik Maartje."

„Wat is er dan op tegen om je zo te blijven noemen? Van nu af aan heet jij Maartje. Maartje van Overveld. Dat klinkt als een klok en het past bij je."

„Het klinkt goed, maar moeder zal het een rijkeluisnaam vinden."

„Ze zal er toch aan moeten wennen, schat. Want ik noem je voortaan Maartje, daar kun je donder op zeggen."

De reactie van moeder Clara viel mee. De eerste keer dat Albert de nieuwe naam in huiselijke kring bezigde, trok ze haar wenkbrauwen op en om haar mond verscheen een gemelijke trek. Ze snoof een keer, maar zei niets. En natuurlijk bleef ze haar oudste dochter een hele tijd noemen zoals ze haar altijd had genoemd. Maar het veranderde toen Loes en Mientje ook de nieuwe naam gingen gebruiken. En toen de buren het ook overnamen, ging moeder overstag. Martha van Clara van Overveld heette vanaf dat moment Maartje.

Uiteindelijk brak toch de dag aan waarop Maartje haar intrede deed bij de familie Hagelaar. Albert was met de fiets van de stad gekomen. Een hoog, bonkig rijwiel, zonder tierelantijnen, maar met een degelijk bagagerek, voor aan het stuur. Albert had de fiets geleend van de bakker bekende hij. „Ik rij jou als een prinses de stad in," zei hij trots.

Moeder vond het maar niets, ze hield haar hart vast, bekende ze,

31

en: „Er komen vast ongelukken van." Albert stelde haar gerust, beloofde dat hij heel voorzichtig zou zijn en daar gingen ze.

In het dorp hadden ze veel bekijks. Het was ook een unicum: een vrijer die met zijn meisje voor zich op de fiets door de straten toerde.

Maartje stond in het begin doodsangsten uit, maar eenmaal buiten het dorp, op de verharde baan, ging het gesmeerd. Albert trapte er lustig op los, haar loshangende haren beroerde, zijn gezicht en zo nu en dan keek ze naar hem op, met alle verliefdheid die ze voor hem voelde. Ze vergat even waar ze heen gingen. De benauwdheid daarvoor kwam pas goed opzetten toen ze door de nauwe straten van de fabrieksstad reden.

Ze kwam bijna nooit in de stad. Een heel enkele keer, als er iets gekocht moest worden dat in het dorp niet te krijgen was. Bijvoorbeeld iets wat met de vrouwelijke vormen te maken had. En altijd in het gezelschap van moeder. Dit was anders, spannender, opwindend. Albert reed de ene straat in, de andere uit en Maartje werd er benauwd van. Als hij mij hier achterlaat, kom ik nooit meer thuis, dacht ze.

Ze kwamen op een plein met een muziekkiosk. Vanuit dat plein gingen er straten in allerlei richtingen. En in een daarvan woonde Albert. Het was een straat met trottoirs aan weerskanten. En huizen, groot en klein, aaneengesloten in blokken van vier of vijf met daartussen een paar vrijstaande huizen. Pas op het einde van de straat stopte Albert.

„We zijn er," zei hij.

Maartje zag een groot, oud, vrijstaand huis met een spits dak. Het stond op een open, zanderige plaats, een paar meter van de straat. Ze zag een paar houten loodsen achter het huis, een grote, loslopende hond, kippen die met grote ijver het mulle zand loswoelden op zoek naar pieren, en enkele fruitbomen. En kinderen die opzij van het huis aan het spelen waren. Maartje was erg onder de indruk. „Gossie, jullie zijn rijk!" zei ze.

„Als mijn vader dat hoort, lacht hij zich een beroerte," zei Albert. „Het lijkt heel wat, maar het stelt niets voor. Denk je erom dat je in deze bouwval de deuren zachtjes dichtdoet als je eenmaal binnen bent? Anders dondert de hele zaak in elkaar!"

Maartje kreeg geen kans om te reageren, want er kwam een forse vrouw in een boezelaar uit een zijdeur. Ze had haar mouwen opgestroopt en haar handen zagen wit van het meel. Ze wenkte. „Blijf daar niet staan, Bert! Breng dat kind hier!"

„Heet jij Bert, vuile opschepper?" vroeg Maartje plagend.

„Alleen thuis. Kom maar mee," zei Albert gauw.

Moeder Hagelaar kwam hen tegemoet. Ze bekeek Maartje van hoofd tot voeten en knikte. „Ze is inderdaad klein, zoals je zei, Bert. Maar het is een schatje." En tegen Maartje: „Kom gauw binnen, kind. Je zult wel moe zijn. De anderen zitten al op je te wachten. Kijk niet te veel om je heen, want ik heb geen tijd gehad om de boel aan kant te maken." Ze toonde haar bestoven handen. „Ik bak een appeltaart. Dat lust jij toch wel, appeltaart?"

„Oh, ja, mevrouw," zei Maartje beleefd.

„Haha! Hoor je dat, Bert? Ze heeft nog manieren ook. Daar kun jij nog wat van leren." Albert wilde wat zeggen, maar zijn moeder duwde de zijdeur open en riep: „Hier is ze!"

In een grote, betegelde keuken zaten vier mannen aan een grote tafel. Vader Hagelaar en de drie broers van Albert. Een groter contrast als tussen de vader en zijn zonen bestond er niet. Het was een kleine, stille man, met een klein, kaal hoofd en een vriendelijke glimlach om de lippen. De zonen leken het meest op hun moeder. Net als zij waren ze flink uit de kluiten gewassen, forser dan Albert, met brede schouders en sterke werkmanshanden. Toen Maartje hun een hand gaf, noemden zij hun namen: Hein, Cor en Toon. Ze vergat meteen welke naam bij wie hoorde. De vader hield haar hand wat langer vast en hij knikte.

„Je bent een mooi meisje," zei hij vriendelijk. „Bert is een bofkont. Hij moet maar erg zuinig op je zijn."

„Dat is hem geraden ook," zei een van de broers, waarschijnlijk Hein, maar het kon ook Toon zijn.

„Ja, anders slaan wij hem de kop in," vulde een ander aan, die mogelijk Cor was.

„Hou je fatsoen!" commandeerde moeder Hagelaar. „Kind, ga gauw zitten, dan krijg je koffie. En let niet te veel op die lompe apen van mij. Ze weten niet beter." Maartje schoof naast Albert aan en even viel er een beklemmende stilte. De moeder ging in de weer met kopjes en koffie. De zonen zaten naar hun handen te kijken en de vader glimlachte. Albert schraapte zijn keel en meteen keek iedereen hem vol verwachting aan.

„Ik zal je dadelijk mijn atelier laten zien," zei hij.

„Oh," zei Maartje.

„Ja, dat moet je zeker doen," zei een van de broers. Hij wendde zich tot Maartje. „Hij heeft je toch verteld, hoop ik, dat hij artiest is? Hij ramt keien kapot!"

„Niet waar. Hij maakt beelden," zei een ander. „Je kunt niet zien wat ze voorstellen, maar het zijn toch echt beelden. Onze Bert zegt het zelf. Nietwaar, Bert?"

„Krijg de pest maar," wenste Albert. „Let maar niet op deze lompe beren, schat. Het zijn cultuurbarbaren, volslagen analfabeten. Ze weten niet beter."

„Zal ik eens achter de tafel vandaan komen?" vroeg de oudste, dat was Hein.

„Jij doet niets," gebood de moeder „Waar zijn jullie manieren? Wat moet dat kind wel niet van jullie denken. Drink je koffie en zwijg." En dat deden ze dan ook, terwijl de vader steelse glimlachjes naar Maartje weggaf. Nu het meisje van broer Albert was gemonsterd en goedgekeurd, vonden de broers dat het tijd werd om op te stappen. Ze moesten trouwens weer aan het werk, zeiden ze. Ze wilden graag langer blijven, maar dan riskeerden ze een boete.

„Werken jullie bij dezelfde baas?" vroeg Maartje belangstellend.

„Gelukkig niet," riep Hein. „Ik ben gasfitter."

„En ik spijker planken aan elkaar. Ik timmer er op los," zei Cor.

„Ik werk bij de gemeentewerf," bekende Toon.

„Hij bedoelt dat hij daar rondhangt. Eigenlijk voert hij geen steek uit, maar dat valt daar in de drukte niet op," hoonde Albert.

„Hou jij je bek nu maar," zei Toon, nu echt boos. „Jij vreet van ons, je hangt de grote bram uit als kunstenaar, maar je brengt niets in. Begin jij maar eens met beeldjes te maken die de mensen wel willen kopen, in plaats van die onmogelijke vleeshompen. Niet ik, maar jij bent de schaafloper hier!"

„Dat laat ik me niet zeggen! Moeder! Vader!"

Maartje trok Albert aan zijn mouw. „Je zou me je atelier laten zien."

„Ja, doe dat maar," knikte de moeder. „En gaan jullie alsjeblieft weg. Dan doe je wat je zegt. Ik wil rust in huis."

Het atelier van Albert bevond zich in de achterste loods. Maartje wist niet wat ze ervan verwachtte. Ze wist niet eens hoe een beeldhouwer tewerk ging. In haar verbeelding zag ze grote, statige standbeelden zoals die in parken staan, of heiligenbeelden tegen de pilaren in de kerk.

Wat ze te zien kreeg, stelde haar nogal teleur. Een kale loods, waarvan een deel van de ijzeren golfplaten van het dak waren vervangen door glasplaten, zodat er veel licht binnenviel. Daardoor kwam de troosteloze kaalheid van de ruimte nog nadrukkelijker tot uiting. Er stond een lange werkbank langs de muur met daarop allerlei gereedschap. Tegen de achterwand lagen en stonden grote brokken steen. Er was een schopschijf waarop iets van klei stond, afgedekt door een jutezak. Middenin de loods stond een hoog, granieten geval waarvan Maartje niet kon bedenken wat het moest worden of voorstellen. En langs de wand tegenover de werkbank waren legplanken en daarop zag ze allerlei beeldjes en vormen: de resultaten van Alberts kunstzinnige ambities. En overal, over alles heen, stof en gruis. Zelfs op de vloer lag een centimetersdikke laag stof.

„Hier moet nodig eens gepoetst worden," zei Maartje dan ook. Het was de ultieme manier om haar teleurstelling tot uitdrukking te brengen.

„Je vindt het maar niets, hè?" zei Albert sip.

„Jawel, heus wel," zei ze vlug. „Het is vreemd voor mij, dat is het. Maar, liever, het is jouw atelier en dat zegt mij genoeg. Maar je moet wel iets aan dat stof doen. Je zou er op den duur iets van aan je longen krijgen."

„Kom eens hier, dan zal ik je wat laten zien." Hij nam haar mee naar de schappen en pakte een beeldje van amper twintig centimeter hoog. „Kijk eens." Ze nam het van hem aan, keek en trok haar wenkbrauwen op. Het was iets van klei, maar met de ronde vormen wist ze geen raad. Ze keek hem vragend aan.

„De vrouw," zei Albert plechtig.

„Oh." Ze keek nog eens en nu zag ze rondingen die op billen leken en twee bultjes… „Het is bloot! Albert, dat moet toch niet een blote vrouw voorstellen?"

„Het is de vrouw zoals ik haar zie," zei Albert.

„Maar jongen toch! Het is… het is onfatsoenlijk en lelijk bovendien. Denk jij zo over vrouwen?"

„Lieve help, jij snapt ook helemaal niets van kunst, is het wel?" viel Albert uit. „Wil je liever dit zien? Dit heb ik ook gemaakt." Het was een kindje, beter gezegd, het hoofdje van een kindje. Meer niet. Alleen een kopje van een jongetje dat ondeugend de wereld inkeek. Maartje had wel vaker beeldjes gezien in het winkeltje van Manske Pap, die vrome, godvruchtige spullen verkocht. Engeltjes, fraai uitgedoste meisjes en jongens, onder beschermende vleugels van een engelbewaarder. Dat soort spul. Het waren levenloze poppetjes in vergelijking met wat Maartje in haar hand hield. Want dat was een echt kind, bijna van vlees en bloed, hoewel de vorm en de gelaatsuitdrukking van het jongetje op bijna ruwe, haastige wijze uit een brok klei was gevormd. De moeten van de driftig knedende vingers hadden hun indrukken achtergelaten. De neus, de oren en de oogkassen waren bijna nonchalant aangegeven en niet gladgestreken. Behalve het voorhoofd en de guitige wangen. Want daar had een liefdevolle duim met één rake streek een strakke, jonge huid aangebracht.

„Och, Albert!" fluisterde Maartje ontroerd. „Wat mooi! Het… het leeft! Het is echt!"

Haar reactie verraste hem. „Vind je het werkelijk mooi?"

„Zo mooi!" Ze keek hem met vochtige ogen aan. „Het is werkelijk prachtig."

Hij knikte. „Het is een jongetje uit de buurt. Hij moest een kwartje hebben voor het poseren. Ik heb zoiets nog niet vaak gedaan. Meestal laat ik mijn fantasie de vrije loop. Dan kan ik me uitleven. Dit? Dit is anders. Het gaat me niet zo makkelijk af."

„Je moet niet de makkelijkste weg zoeken, Albert." Ze had nog steeds het beeldje in haar handen en ze hief het omhoog. „Lieveling, ik heb geen verstand van kunst en je zult zeggen dat ik niet weet waar ik over praat, maar als jij dít kunt, als jouw handen zoiets wondermoois kunnen maken, zo levend en echt, dan ben je een kunstenaar. Dit moet je blijven doen, dit is je bestemming. Niet die rare vormen waar geen mens iets van snapt. Over vijf of tien jaar zal niemand er nog naar omkijken. Maar dit beeldje blijft. Je moet op deze weg verdergaan, Albert. Je móet!"

„Laat het niet vallen," zei hij en nam het van haar over. Hij zette het kopje terug op het schap. „Ik zal er over nadenken."

„Niet denken. Dóen!"

„Je hebt gehoord wat ik zei," zei hij. Hij schudde zijn hoofd. „Ik wil niet grof zijn tegen je. Kom eens hier." Hij nam haar mee naar de schopschijf. „Wat vind je hiervan?" Hij nam de jutelap weg.

Maartje sloeg haar handen tegen haar mond. „Dat ben ik!"

„Lijkt het? Het is nog niet af."

„Lieverd! Ik…" Nu was ze echt in tranen en hij sloot haar in zijn armen.

„Je moet je niet zo laten meeslepen door mijn probeersels," fluisterde hij.

„Probeersels? Noem je het zó? Jongenlief, je weet niet wat je bij mij teweegbrengt door die probeersels van jou. Hebben je broers dit gezien? En dat kopje? Je vader en je moeder?"

„Ze hebben er niet veel belangstelling voor."

„Je hebt het dus niet laten zien," stelde ze vast. Met een driftig gebaar veegde ze haar natte wangen af. „Dat moet je wél doen! Laat zien dat je niet zomaar in keien staat te hakken, zoals Toon zei."

„Het was Cor," glimlachte Albert.

„Kan me niet schelen. Laat hun zien wat je presteert. Beloof me dat! En nog iets. Je moet hier weg uit deze oude loods, achterop het erf van je ouders. Je moet een eigen ruimte hebben die de naam atelier verdient en waar jij je werk kunt uitstallen, zodat de mensen ernaar kunnen komen kijken."

„Ach, meidje van me, je weet niet wat je zegt," zuchtte Albert. „Meen jij dat ik daar nog nooit aan heb gedacht? Het is mijn grootste wens, maar het kan niet. Ik heb er het geld niet voor. Ik verdien niets, daar hebben mijn broers gelijk in. Ik heb nog nooit iets verkocht. Ja toch, een plaquette voor tegen de muur van de jongensschool. Weet je wat ik daarvoor kreeg? Vier gulden. Vier hele, harde guldens. En weet je wat het hoofd van de school tegen me zei? Dat hij het leuk vond dat een oud-leerling het had gemaakt. Want een echte kunstenaar was niet te betalen!"

„Albert, hou op!" Ze keek hem fel aan, dwingend. „Jij bént een kunstenaar! En ík ga ervoor zorgen dat iedereen dat weet. Ik geef je een schop onder je gat als je probeert mij tegen te houden. Heb je me verstaan?"

„Moet ik nu bang worden?" vroeg hij, maar zijn stem klonk niet geamuseerd. Want hij zag dat ze het meende.

Maartje keerde opgewonden en verward terug naar haar dorp. Er was iets op haar levenspad gekomen wat haar geest in vervoering had gebracht. Het had een impuls gegeven aan haar, voordien, eenvoudige manier van denken en doen. Het had haar het gevoel gegeven dat ze niet meer het simpele naaistertje was, met maar enkele jaren lagere school bij de nonnen. In die stoffige loods bij Albert had ze gezien dat het leven veel meer te bieden had. Rijker, niet in geldelijk gewin, maar in schoonheid en vervoering. Nu ze dit had ervaren, besefte ze hoe kaal en armetierig haar leven eigenlijk was. Maar ze besefte ook terdege dat ze voor een enorme kloof stond tussen haar eenvoudig bestaan als dorpsmeisje en de geestelijke rijkdom die ze naast Albert wilde verwerven.

Thuis sprak ze er niet over. Ze beantwoordde de vragen van haar moeder en haar zusters over de familie en de ouders van Albert. Dat het aardige mensen waren en dat ze in een flink huis woonden. Ze kon er niet toe komen te vertellen over haar belevenis in de loods van Albert. Ze hield dat voor zich, als een kostbaar kleinood waar ze heel zuinig op wilde zijn.

Tegelijk waren haar gedachten er voortdurend mee bezig. Ze had Albert voorgehouden dat hij moest uitzien naar een eigen atelier, maar in haar enthousiasme had ze er niet bij stilgestaan dat zoiets makkelijker gezegd kon worden dan gerealiseerd. Toch wilde ze hem helpen. Al wist ze niet hoe ze dat moest klaarspelen. Ze kon toch niet in die wildvreemde stad een goed onderkomen voor Albert gaan zoeken.

Nee, niet in de stad, dat besefte ze heel goed. Op het moment dat dat besef in haar opkwam, kreeg ze een idee. Albert hoefde toch niet in de stad te blijven? Hij kon toch elders onderdak zoeken... bij haar in het dorp! Door haar werk kende ze veel mensen van aanzien, mensen met grote huizen, met bedrijven. Mensen die contacten hadden, die wisten hoe je zoiets moest aanpakken.

En wat zou het heerlijk zijn als Albert vlakbij haar in de buurt zijn plek zou hebben, als ze hem dichtbij zich kon voelen en misschien wel elke dag zien. Bij die gedachte werd ze nog meer opgewonden en tegelijk schrok ze ervoor terug. Want wat zou moeder zeggen als ze hoorde dat Albert voortaan elke dag in het dorp zou zijn? Maartje hoorde het haar al zeggen: „Je kent de jongen amper zes weken en nu haal je hem al hierheen? Waar is je verstand?" Ja, dat zou moeder zeggen en het was daarom beter er zo weinig mogelijk over te spreken. Geen slapende honden wakker maken, zei moeder toch altijd?

Loes had vreselijk het land, al toonde ze het thuis niet. De ruzie met moeder was op een stilzwijgende manier bijgelegd, maar niet vergeten. Over Frans werd niet meer gesproken. En Mientje had de wacht aangezegd gekregen van moeder. „Jij houdt je mond voortaan over die vent," had ze gezegd. „Je hebt niks te maken met het doen en laten van Loes. Dat gaat je niet aan, je bent er nog een veel te grote snotneus voor. Heb je dat goed begrepen?" „Iedereen heeft het erover, alleen hier in huis wordt erover gezwegen," reageerde Mientje nuffig. „Dat is stom, hoor. Als de mensen dat wisten, werd het geklets nog erger. Reken maar." „En jij kunt een pak op je bliksem krijgen, zo groot als je bent, dametje, als dat gebeurt! Niemand heeft er iets mee te maken wat hier tussen de vier muren gebeurt. Als jij dat de straat op brengt en ik kom het aan de weet, zul je gaan wensen dat je nooit geboren was! Denk erom!" Waarop Mientje op haar beurt de trap opvloog om op haar bed haar gekrenkte trots uit te huilen.

De weerstand in huis kon Loes er niet van weerhouden met Frans Stije te blijven omgaan. Hij was háár verovering, ze had met Frans de grootste kanjer van het dorp te pakken! Tot grote ergernis en spijt van alle huwbare meiden van het dorp. Als ze laat in de avond met hem door het dorp flaneerde, genoot ze van de afgunstige blikken die haar werden toegeworpen. En op de zaterdagavond in 'Het Wit Paardje' vierde ze haar triomf breed uit. Frans was een getapte jongen bij iedereen. De meiden lagen aan zijn voeten en de jonge kerels verdrongen elkaar om bij hem in het gevlei te komen. Hij was allemans vriend, het grote voorbeeld. Ze keurden het niet goed dat hij zo met de meiden omsprong, want daardoor visten zijzelf vaak achter het net. Maar ze bewonderden hem er wel om. En nu hij met Loes van Overvelt ging, was hij als concurrent voor de andere mannen te verwaarlozen.

Bovendien was Frans gul met de knipbeurs. Waar hij het geld vandaan haalde voor de rondjes die hij zo nu en dan weggaf, vroeg niemand zich af. Hij dééd het toch maar, die dekselse Frans.

Loes was trots op hem en tegelijk, ook al klinkt dat gek, een beetje bang voor hem. Als ze met hem alleen was, kon hij flikflooien als de beste, maar in gezelschap zat ze er zo'n beetje voor evenveel bij. Zij was zijn meid, zijn bezit, en zo etaleerde hij haar ook. Ze mocht bij hem zijn, hij danste met haar, maar tegelijk had hij oog voor elk meisje dat er goed uitzag. Hij vond het niet alleen goed dat ze aan hem hingen alsof hij de hoofdprijs uit de loterij was, hij lokte het uit. En het gebeurde nogal eens dat hij Loes liet zitten en met een van die meiden aan de zwier ging.

„Moet kunnen, schatje!" zei hij dan luchtig als Loes er een voorzichtige opmerking over maakte. „Ik moet aan mijn reputatie denken!" Dat vond Loes maar een vreemde redenatie. En op een avond, toen Frans haar tot op de hoek van de straat naar huis bracht, begon ze erover.

„Ik vind het helemaal niet leuk dat je met die andere meisjes danst," zei ze. „Wij horen toch bij elkaar? Of heb je niet genoeg aan mij alleen?"

„Wat krijgen we nu?" lachte Frans. „Loesje, je bent een toffe meid! Ik heb het met jou geschoten, echt waar. Maar je moet nooit proberen mij aan banden te leggen. Zover zijn we nog lang niet. Maar als het eens zover komt, als wij eindelijk een vast stel zijn door dik en dun, dan mag jij aanspraak op mij maken."

Loes begreep het niet goed en dat zei ze ook. „Wat bedoel je daarmee, Frans?" vroeg ze.

Hij pakte haar bij haar schouders, hield haar een beetje van zich af en bekeek haar van top tot teen. Er lag een raadselachtige glimlach om zijn gulzige mond toen hij antwoordde: „Als je echt zoveel van mij houdt zoals je zegt, dan moet je toch alles voor mij overhebben? Snap je nu wat ik bedoel?"

Nee, schudde Loes.

„Je houdt mij aan het lijntje, schat," zei Frans op klagende toon. „Jij bent de eerste die dat voor elkaar krijgt. Ik hou echt veel van je, maar juist dáárom wil ik dat je helemaal van mij bent! Begrijp je het nu, of nog niet?"

Loes schrok. Wilde hij dát van haar? Ze kon haar oren niet geloven. „Dat mag toch niet!" zei ze angstig. „Zoiets mag je niet van mij vragen, liefste. Ik wil best van jou zijn, als… als we getrouwd zijn. Maar nu nog niet."

„Getrouwd? Moet ik daarop wachten?" schamperde Frans. „Wanneer denk je dat dat zal zijn? Over twee, drie jaar? En zolang moet ik het maar uitzweten!" Hij trok haar naar zich toe, omklemde haar stevig. Zijn stem klonk gesmoord in haar weelderige haren. „Meidje, je weet niet wat je van mij vraagt! Hoe verleidelijk je bent. Ik verlang zo ontzettend naar je!"

„Het kan niet!" Loes had moeite om zich uit zijn omhelzing te bevrijden. „Je moet niet zo tegen mij praten, Frans. Nooit meer! Ik wil het niet. Nóg niet!"

Zijn houding veranderde meteen. Hij liet haar los, deed zelfs een stapje terug. „Als je er zo over denkt…"

„Zo denk ik erover, ik kan niet anders. Ik ben geen losse floddermadam, al denken sommige mensen dat. Ik heb thuis geleerd wat wel en wat niet door de beugel kan."

„Je maakt een denkfout. Wij zijn toch niet met een los scharreltje bezig? Het is toch serieus aan tussen ons? Kun je niet begrijpen wat dat met mij doet?"

„Dat probeer ik," bekende Loes. „Maar ik mag toch verlangen dat je mij met respect behandelt? Heb geduld, Frans, alsjeblieft."

„Goed!" zei hij nors. „Ik zal geduld hebben. Maar niet tot in de eeuwigheid, amen. Ik zal je respecteren, maar ik verwacht van jou wat begrip voor mijn problemen."

„Ik heb daar begrip voor."

„Daar merk ik niet veel van. Maar we praten er nog wel eens over."

„Liever niet. Laten we het houden zoals het is."

„We zien wel," zei hij nukkig. „Kom, ik moet gaan."

„Krijg ik geen kus?"

Hij deed het met tegenzin, zo leek het. Hij liep weg, met de handen in de zakken en met hangende schouders. Ondanks haarzelf had ze medelijden met hem. Maar als ze zijn gezicht had gezien, en als ze in zijn binnenste had kunnen kijken, zou ze gemerkt hebben dat haar deernis verspilde moeite was. Frans Stye had zijn veroveringsstrategie gebruikt zoals hij dat al zo vaak had gedaan. En uiteindelijk had hij altijd zijn zin gekregen. Het was gewoon een kwestie van tijd…

Maartje sprak met vrouwke Bukkum over haar droomwens om Albert naar het dorp te krijgen, met mevrouw Sanders van de drogist en mevrouw De Moor, wier man een fabriek had in de stad. De dames luisterden geïnteresseerd naar haar enthousiaste verhaal over Albert en zijn kunst, maar als Maartje voorzichtig liet horen dat ze in het dorp op zoek was naar een geschikt atelier voor Albert, hielden ze de boot af. Een kunstenaar naar het dorp halen, dat was wel erg veel gevraagd. Als Albert nu een serieus bedrijf op poten wilde zetten, dan viel er misschien wel iets te regelen. Maar een beeldhouwer…? Maartje begon de moed te verliezen. Het was veel moeilijker dan ze had gedacht. En toen, in die mistroostige toestand, kwam ze op een avond met haar naaimachine zeulend over het plein voor de kerk. En daar stond Manske Pap in de deur van zijn winkeltje en hij wenkte haar.

„Wat is er, Manske?" vroeg Maartje.

„Zou jij voor mij ook eens wat willen doen?" vroeg hij. „Ik heb wat boezeroenen en zo, waar nieuwe kragen en manchetten aangezet moeten worden. Het komt niet zo nauw, als het maar netjes is."

„Ik heb het anders wel druk, Manske," zei Maartje. „Is het veel?"

„Kom maar kijken," zei hij. Hij ging haar voor, door het rommelige huisje naar de bijkeuken en toonde haar een uitpuilende wasmand. „Ik heb geen geld voor nieuw goed. En wat moet ik ermee, als vent alleen? Als je me wilt helpen…"

„Ik help jou," beloofde Maartje. En terwijl ze dat zei, wierp ze een blik door het raam naar buiten en haar ogen gingen wijdopen.

„Wat kijk je?" vroeg Manske.

Maartje wees. „Van wie is dat huisje, Manske?"

„Van mij, van wie anders." De oude man grijnsde, met glinsteroogjes. „Hoezo? Heb je er zin in?"

„Dat… dat weet ik niet. Misschien…" Maartje schudde het hoofd. Ze keek naar het huisje dat daar achter in de diepe tuin onder een paar hoge fruitbomen stond. „Het is me nooit opgevallen. Hoe kan dat nou? Staat het er al lang?"

„Sinds mensenheugenis," zei Manske. „Ik ben er in opgegroeid als kind. Toen was dit huis de winkel van mijn vader en moeder. Huishoudelijke spullen, snap je wel. Toen ze uit de tijd waren, ben ik er ingetrokken. Twee huizen is te veel voor mij, als man alleen."

„Dus het is leeg? Waarom verhuur je het niet?"

„Waarom zou ik? Het geeft immers alleen maar rompslomp, altijd mensen achter mijn deur. Zoals het nu is, blijft het hier rustig. En dat heb ik nodig, rust."

„Mag ik het eens zien?" vroeg Maartje.

„Kom maar mee. Al snap ik niet wat je ermee aan moet. Het is een bouwval."

Dat was niets te veel gezegd. De verwaarlozing van jaren had sporen nagelaten. Maar het was een huis, klein, maar compleet. Met een laag, spits dak, een half openhangende deur en met ramen waarin het glas op een aantal plaatsen was vervangen door een stuk triplex of karton. Maartje liep eromheen en bemerkte dat er ook een achterdeur was en dat er een smal paadje liep naar de verwilderde heg die de tuin omsloot. In die heg was een poort die in geen jaren open was geweest. De kruislings eroverheen gespijkerde planken wezen daar op. Ze keek Manske vragend aan.

„Dat is de achterom," verduidelijkte hij. „Je komt daar op het zwarte pad achter de huizen. De leveranciers maakten daar vroeger gebruik van, nu niet meer. Het gras groeit er billenhoog." Hij grinnikte. „Jij, als jonge meid, zult dat pad toch wel kennen."

„Hoezo?"

Manske toonde een vettige grijns. „Het is het meest beruchte vrijerspaadje van het hele dorp. 's Avonds in het donker kan het hier behoorlijk tekeergaan."

Maartje reageerde er niet op. Ze liep naar de achterdeur en toen die op slot bleek te zijn, liep ze weer terug om het huis en trok de voordeur verder open. Ze ging naar binnen en stond meteen in een rechthoekig vertrek dat duidelijk bedoeld was als leefruimte. Woonkeuken en zitkamer ineen. Ze schatte de lengte en de breedte. Hooguit drie bij vier meter. Er was een schouw, een zijdeur en een deur die naar achteren voerde. De zijdeur gaf toegang tot een tegen het huisje aangeplakt berghok. Achter was een washok met een granieten aanrecht en een pomp daarboven. Daar was ook de plee. Meer was er niet.

„Slaapkamers?" vroeg ze aan Manske die haar was gevolgd.

„Om te slapen moet je op de zolder zijn," zei hij. „Ruimte zat." Ze keek omhoog en zag het luik. Ze knikte, maar nam niet de moeite om de steile ladder te beklimmen die aan twee haken tegen de muur hing. Ze hoorde de vraag van Manske niet, omdat haar gedachten met haar op de loop waren. Hij herhaalde de vraag: „Heb je er zin in?"

„Ik?" Ze schudde haar hoofd. „Ik heb pas verkering, Manske. Moeder ziet me aankomen als ik erover begon."

„Wat goed is, komt meestal snel," orakelde Manske.

„Dat zeggen ze, ja," lachte Maartje. „Maar of het waar is? Kom, ik moet op huis aan. Wil je dat ik dat verstelgoed meeneem, of moet ik bij je langskomen?"

„Je zult er een heel gesjouw aan hebben. Kom maar naar hier, dan heb ik ook eens gezelschap. Voor mijn part breng je je vrijer mee."

„Misschien doe ik dat wel. Ja, daar heb je best kans op." Ze ging weg met een hoofd vol verwarrende indrukken.

Wat bezielde Maartje van Overveld? Wat dreef haar voort, vlug, vlug naar huis, hijgend haar handnaaimachine meezeulend? Opgetogen was ze en confuus tegelijk over hetgeen zij had ontdekt, over de perspectieven die het huisje van Manske bood. Beducht ook voor de houding van moeder, als zij te horen kreeg wat haar oudste dochter van plan was.

„Maar ze krijgt het niet te horen," mompelde ze in zichzelf. „Nóg niet. Eerst moet ik klaarheid hebben, zekerheid. Van Albert. Vooral van hem. Van hem hangt het af." De gedachte aan hem remde haar snelle loop, bracht haar aan het aarzelen. „Ik lijk wel gek!" fluisterde ze. „Ik hou van Albert met heel mijn wezen, maar ik ken hem amper een paar maanden. Hoe waag ik het om nu al zijn leven te willen regelen, hem te binden aan mij. Want dat is wat ik van plan ben: ik wil hem aan mij binden, omdat ik hem niet wil verliezen."

„Maartje? Is er iets?" Het was Neider Stoepkens, de buur. Hij stond plotseling voor haar, alsof hij haar de weg wilde versperren.

„Nee, hoor. Er is niets." Ze herstelde zich meteen. „Waarom denk je dat?"

„Je liep zo druk in jezelf te praten. Ik dacht dat er iets aan de hand was. Maar ik merk dat ik me heb vergist."

„Het geeft niet, Neider." Maartje toonde een wat krampachtige glimlach. „Ik praat wel vaker in mezelf."

„Daar moet je voor uitkijken, weet je dat?"

„Ik zal er aan denken. Dag, Neider." Ze liep gauw door met de weifelende blik van de buurman in haar rug.

Thuisgekomen deed ze haar best om niets te laten merken. Ze zei: „Dag!" tegen moeder, zette haar naaimachine op het tafeltje voor het raam, hing haar jas weg en liep naar de keuken waar ze een schort aandeed.

Moeder kwam haar achterna en zei: „Je vrijer is hier geweest."

„Albert? Wat kwam hij doen?"

„De aap vlooien," grapte moeder. Toen, ernstiger: „Hij kwam natuurlijk om jou. Maar ik wist niet waar je vandaag werkte, dus kon ik hem niet helpen."

„Dat jok je, moeder. Dat wist je wel."

„Nou ja, een leugentje om bestwil. Ik vind het geen pas geven om op een doordeweekse dag ook al achter je rokken aan te zitten."

44

Maartje vergat even haar schort vast te strikken. „Hoe oud was jij, moeder, toen je met vader aan het vrijen ging?"

„Achttien, maar dat doet er niet toe."

„Dat doet er veel toe! En hoe oud was je toen je met hem trouwde?"

„Dat weet je toch. Drieëntwintig."

„En jij wilt mij vertellen wat pas geeft en wat niet? Wees redelijk, moeder. Ik ben geen kind meer, zoals Mientje."

„Nee, en je bent ook niet zo'n dolle als Loes."

„Begin nu niet weer over haar."

„Ik moet wel." Moeder schudde het hoofd en barstte los: „Het is die windbuil, die Frans Stije! Wat weet jij eigenlijk van hem?" Maartje keek haar niet-begrijpend aan. „Ik ken hem van gezicht... en van wat er over hem wordt verteld. Jij kent de ouwe Stije toch wel?" Opeens begon het bij haar te dagen. „Bedoel je dat Loes..."

„Doe niet zo onnozel, het hele huis gonst ervan. Ja, ik ben bang dat ik me heb vergist. Ik hoopte dat het maar een rare bevlieging was van Loes. Maar nu blijft het maar aan. Loes heeft omgang met hem." Moeder blies eens minachtend. „Ze heeft verkering! Dat zei ze me recht in het gezicht toen ik erom vroeg. Alsof het de gewoonste zaak van de wereld is. Verkering! Zij wel. En nog wel met één van Stije!"

„Wat is daar mis mee?"

„Alles wat maar mis kan zijn. Ik ken die Frans niet, maar ik heb oren om te horen en ik ken zijn pa en zijn ma heel goed. Een mooi stel voor op de schoorsteen! Dat zul jij niet weten."

„Ik weet niets van die mensen. En van roddelen hou ik al helemaal niet." Maartje maakte een wegwerpend gebaar. „Ik hoor zoveel, de hele dag door. Het gaat bij mij het ene oor in en het andere uit. Dat moest jij ook doen, moeder. Je doof houden voor kletspraatjes. Hoezo ken jij die mensen van Stije?"

„Ze hebben mijn leeftijd. Vroeger deugden ze al niet. Ze moesten trouwen!"

„En daarom deugen ze niet?" Maartje was echt verbaasd. „Moeder, hoe kun je zoiets zeggen? Er is toch nog zoiets als vergeving? En ze zijn toch getrouwd? Ze hebben een goedlopende boerderij. Daar kunnen wij nog een puntje aan zuigen!"

„Als je vader dit hoorde..." Moeders ogen schoten vuur. „Als hij in leven was gebleven, zouden wij het nu ook goed hebben. Het is niet netjes van je om mij onze armoede voor de voeten te gooien. Dat heeft er niets mee te maken. Maar... maar het gaat de verkeerde kant op met ons. Met jou, met je beeldhouwer en nu met Loes, met die Frans die als een drinkebroer en meidenjager bekend staat. Ik maak me zorgen over jullie. Vind je het gek dat ik mij daarover druk maak?"

„Oh, zit het zo?" begreep Maartje. „Je ziet Albert ook liever gaan dan komen."

„Dat zeg ik niet. Het is best een aardige jongen."

„En ik ben gek op hem. Moeder, je hoeft je over ons geen zorgen te maken. Wij redden het wel, dat zul je zien. Wacht maar af. En wat Loes betreft..."

„Hoezo, wacht maar af?" vroeg moeder gealarmeerd. „Je gaat je toch geen gekke dingen in je hoofd halen, Maartje? Laat ik het niet merken. Je kent die knul een blauwe maandag, geef het zijn tijd. De komende jaren zullen je leren of Albert de ware Jacob is."

„Hij is het!" Maartje zei het luid, met een vastberaden trek om haar lippen. „Moeder, je kunt de tijd niet stilzetten. Ik heb de leeftijd waarop andere meisjes gaan trouwen. Ik heb me altijd kapotgewerkt voor jou en mijn zussen en ik heb dat nooit erg gevonden. Ik vond het mijn plicht. En ik zal jullie ook nooit in de steek laten. Maar nu ga ik wel degelijk aan mijn toekomst denken, moeder. Met hem, met Albert!"

„Dat doe je niet!" schrok moeder. „Nóg niet, in elk geval. Beloof me dat je nog een jaar of zo zult wachten. Kind, bezint eer je begint..."

„Zei de moeder die zelf op haar drieëntwintigste de bruid was!" spotte Maartje. Ze sloeg een andere toon aan. „Kom, moeder, maak je niet te sappel. Ik ga niet holderdebolder de deur uit. Echt niet. En als de tijd daar is, zal ik het je bijtijds laten weten. Dat beloof ik je."

„Ik hoop dat ik daarvan op aankan," zei moeder.

Toen Albert die avond kwam, trof hij het hele gezin bij elkaar om de grote tafel. Hij ging zitten op de stoel die hij als zijn plekje was gaan beschouwen. Moeder Clara schonk hem een kop koffie in en gaf er een sprits bij. Ze keek hem vragend aan, en toen hij niet meteen reageerde, zei ze: „Jij hebt het toch maar goed. Je werkt niet, je gaat en je staat waar je wilt. Kan dat allemaal zomaar? Vinden je ouders dat goed?"

„Ik werk wél, moeder Clara. Tenminste, dat probeer ik. Maar er zijn dagen dat het mij niet zo goed afgaat en dan moet ik ertussenuit. Zoals vandaag."

Loes keek op van haar handwerkje. „Een echte vrijgevochten kerel, dat mag ik wel."

„Hou jij je mond maar," maande moeder.

„Je was in het dorp, ik had het kunnen weten," zei Maartje koket. „Zocht je naar mij?"

„Ja." Hij lachte breed. „Vind je dat gek?"

„Niet echt." Ze bloosde onder zijn lokkende blik. „Had je me iets te vertellen?"

„Hij hield het niet langer uit, meid! Snap je dat nu nóg niet?" lachte Loes.

„Doe niet zo raar!" deed Maartje geschokt. „Wat is er, Albert?"

„Straks." Hij ontweek de blik van moeder.

„Wij hebben geen geheimen voor elkaar," zei deze. „Als je iets te zeggen hebt, kun je dat hier kwijt, waar wij allemaal bij zijn."

„Het heeft niets te betekenen, moeder Clara."

„Dan voor de draad ermee!"

„Nee, dat hoeft hij niet te doen als hij dat niet wil," zei Maartje.

„Oei, wat spannend!" riep Mientje. „Hij heeft een geheim!"

„Mond houden of ik stuur je naar bed!" dreigde moeder.

Er viel een stilte. Albert voelde zich niet op zijn gemak, dat was wel duidelijk. Maartje schoof haar naaiwerk opzij. „Zullen we een ommetje gaan maken?"

„Niet voor hij zegt wat er te koop is," zei moeder.

Albert gaf het op. Hij maakte een berustend gebaar. „Ik lig overhoop met thuis," zei hij op sombere toon. „Ze willen dat ik een vaste baan ga zoeken, net als mijn broers. Het is steeds hetzelfde liedje. Ik word er gek van."

„Ga dan werken," adviseerde moeder.

„Ik werk al, al wil niemand dat zo noemen. Het gaat niet van een leien dakje."

„En wat wil je nu doen?" vroeg Maartje bezorgd.

„Ik zoek een plaats waar ik kan wonen én te werken!"

„Nu breekt mijn klomp!" zei moeder.

## HOOFDSTUK 3

Het leven hangt van toevalligheden aan elkaar. Het was een uitdrukking die Maartje al vaker had gehoord, meestal van de oudere mensen in het dorp. Ze had het altijd voor kennisgeving aangenomen, het was een loze kreet, meer niet. Nu werd ze geconfronteerd met het bewijs van die gewaagde stelling. Ook al wilde ze haar ontdekking bij Manske Pap en de wat desolate ontboezeming van Albert niet als toevalligheden beschouwen. Het was een samenloop van omstandigheden, niet meer en niet minder. Het had wel wat bij haar teweeggebracht, en toen ze er Albert over vertelde toen ze hem uitliet, sprong hij bijna een gat in de lucht.

„Een huis? Helemaal voor mij alleen?" jubelde hij.

„Misschien. Heel misschien," remde ze af. „Ik weet niet of Manske er iets voor voelt. En zelfs al zou hij het goedvinden, hij zal zeker huur verlangen. En waar wil je dat van betalen, lieve schat?"

„Ik bezit nog geen luis om dood te drukken." Alberts enthousiasme zakte in elkaar als een slappe pudding. „Natuurlijk wil die man geld zien. Maar ik mag doodvallen als ik weet waar ik dat vandaan moet halen."

„Ik heb geld," zei Maartje gewoontjes. „Niet veel, maar ik heb toch wat gespaard."

„Oh nee, geen sprake van!" Albert speelde de verontwaardigde, onafhankelijke man met vuur „Ik zal voor mijn eigen kostje zorgen. Ik laat me niet onderhouden door jou. Ik zou me kapotschamen. Nee, lieveling, jouw spaarcentjes wil ik niet."

„Je bent een flinke jongen," prees Maartje. „Begin maar gauw te bedenken hoe je dat voor elkaar wilt boksen. Ik heb een idee, maar ik wil dat je er zelf opkomt."

„Meidje, je maakt me gek. Zég dan wat je in je lieve hoofdje hebt."

„Manske Pap heeft een winkeltje," zei ze.

„Een winkeltje," herhaalde hij onnozel. „Een snoepwinkeltje? Tabak?"

„Beeldjes," zei Maartje. „En schilderijtjes. Je weet wel, die je cadeau krijgt als je je communie doet."

„Oh?" Het klonk nogal desolaat.

„Ja, zeker, oh! Laat je grijze massa eens even werken, jongetje! Jij maakt toch beelden? Echte beelden. Kunst! Stel je eens voor dat jij je werk bij Manske voor het raam mag zetten en dat hij een gedeelte van de opbrengst krijgt als huur voor het huisje. Dringt het tot je door?"

„Ik heb er een hard hoofd in," zei Albert somber. „En het zal ook niet gebeuren."

„Dan wordt het tijd dat het wél gebeurt," zei Maartje ferm. „Jij gaat nu naar huis en je gaat nadenken. Over een paar dagen wil ik je hier terugzien en dan wil ik van je horen wat je van mijn plannetje vindt. En als je denkt dat het kan lukken, gaan wij samen met Manske Pap praten."

„Ik hoef niet na te denken. Er kan niets van komen."

„Waarom niet? Kom, lieverd, denk nu eens positief."

„Ik heb redenen om negatief te zijn. Zoals er ook een steekhoudende reden is waarom ik hier in het dorp heb rondgedoold. Lieveling, ik heb gelogen tegen je. Het is niet waar dat ik met mijn familie overhoop lig. Ik zit met mezelf in de knoop."

„Je wilt het uitmaken!" Het was de eerste gedachte die in haar opkwam.

„Nee, om de donder niet! Dat is juist het laatste wat ik wil. Ik wil je niet kwijt, nooit van mijn leven." Albert zuchtte diep. „Het is iets anders. Je zult er moeite mee hebben als ik het je vertel."

Maartje hield haar adem in. Het was alsof een kille hand haar hart omsloot. „Wat is het, Albert? Lieveling? Wil je mij alsjeblieft zeggen wat er aan de hand is?"

„Ik kan mijn werk niet in dat winkeltje van Manske Pap naast die heiligenbeeldjes zetten. Dat zou een aanfluiting zijn, een verloochening van mijn overtuiging."

„Oef, wat een grote woorden," zei Maartje. „Waar heb je het over?"

„Ik… mijn familie… wij zijn niet kerks, meisje." Het kwam er met horten en stoten uit. En toen hij zag hoezeer ze schrok, vervolgde hij haastig: „Vroeger wel, tenminste, dat heeft moeder me eens verteld. Maar nu niet meer, wij komen nooit in een kerk."

Maartje wist niet wat ze hoorde. Ze had alles verwacht, maar dit niet. Het was zoiets onvoorstelbaars. Ze had nog nooit een mens ontmoet die niet gelovig was. Ze had er wel van gehoord, op school, en daar werd dat soort mensen ketters genoemd, afvalligen. Het was een afvallige die haar in zijn armen hield!

„Waarom zeg je nu niets?" fluisterde hij. „Vind je het zo erg?"

„Maar die eerste keer ben je toch met mij naar het lof geweest," zei ze verward.

49

„Nee, je vergist je. Ik heb gewacht tot je uit de kerk kwam."
„En thuis, bij mij thuis, als we gingen eten en er werd gebeden?"
„Heb ik gedaan alsof," bekende Albert. „Je moeder zou me meteen de deur uitgeschopt hebben als…"
„Dat zal ze toch wel doen," schrok Maartje. „Albert, hoe kon je?"
„Omdat ik geen keus had. Omdat ik gek op je ben en omdat ik wil dat je mijn meisje blijft en later, als alles goed gaat, mijn vrouw wordt. Daar zou ik de hele wereld voor bij elkaar liegen! Waar ik het meest bang voor ben, is voor jou. Jij bent zo fijn als poppenstront en dat siert je. Wat gaat er nu met ons gebeuren, nu je het weet?"
Maartje gaf geen antwoord. Ze kon het niet bevatten. Ze had van alles kunnen bedenken, maar dit niet. Dat háár dit moest overkomen, verliefd worden op een ongelovige jongen! Dat mocht niet, het was verboden. Als ze ermee doorging en ze vertelde het in de biechtstoel tegen de pastoor, zou hij haar het schuifje geven. Hij zou haar buitensluiten! En moeder! Oh, die zou haar vast de deur wijzen als ze haar verkering met Albert niet onmiddellijk verbrak. Ze zou er niets mee te maken willen hebben. En hetzelfde gold voor alle mensen die haar kenden. Het hele dorp zou haar de rug toekeren. God in de hemel, wat moest ze nu?
„Lieveling, zég iets," smeekte Albert.
„Ik kan niet," antwoordde ze met verstikte stem. „Je moet naar huis gaan."
„Waarom? Stuur je me weg? Daarom?"
„Nee… ja… Ik weet het niet. Omdat het te laat is geworden."
„Je wilt er niet over praten. Heb ik je zo geschokt?"
Ze hield zich flink, schudde haar hoofd. „Ga nu maar, dolende zwerver." Albert nam haar in zijn armen en drukte haar vast tegen zich aan. Hij kuste haar fel, zó fel dat ze ervan schrok. Maar ze weerde hem niet af, zeker niet toen hij in haar haren fluisterde: „Ik voel me rot, lieveling."
„Dat gaat wel over. We vinden wel een oplossing."
„Ik wou dat het waar was." En weer, nog steviger nu, trok hij haar tegen zich aan.
Maartje schrok. Ze probeerde hem van zich af te duwen, maar hij liet het niet toe. „Niet doen, Albert! Niet zo! Niet nu!"
Meteen kwam hij tot bezinning en liet haar los. „Het spijt me, liefste. Het was niet mijn bedoeling…"

Ze legde een vinger op zijn mond. „Ik wil het niet horen. Ik begrijp het wel, maar ik wil het niet. Je bent de liefste van de hele wereld, maar je zult geduld moeten hebben. Je moet mij de tijd geven om na te denken. Het is ook niet niets, dat begrijp je toch wel."
„Ik weet het. Ik beloof je dat ik voortaan braaf zal zijn." Hij kuste haar zacht nu. „Dag lieveling. Morgen kom ik weer."
„Nee, over een paar dagen," zei Maartje haastig. „Zaterdag."
„Zo lang hou ik het niet vol," zei hij met een wanhopige stem.
„Je zult wel moeten, onnozele hals." Maartje liet een schraal lachje horen. „Je moet weg. Dadelijk komt moeder."
Ze keek hem na terwijl hij wegliep, met gebogen schouders, de handen in de zakken. En haar hart smolt. Want ze hield van hem.
Wat ze anders nooit deed, deed Maartje de volgende morgen wel. Voor ze naar boerin Pijpers aan de Klotweg ging om verstelwerk te doen, stapte ze de kerk binnen. De vroege mis was afgelopen. De kerk was nagenoeg leeg. Op het priesterkoor was koster Van Beek de kaarsen aan het doven. Toen hij de galmende voetstappen van Maartje hoorde, keek hij om en knikte even. Ze knielde gauw neer in een bank, zomaar middenin de kerk. De koster ging de sacristie in en nu was ze helemaal alleen in de grote, plechtige ruimte. Ze bad niet. Ze zat daar maar en haar ogen dwaalden rond. Het was zo'n vertrouwd beeld wat ze zag, ze was ermee opgegroeid, haar hele leven was ervan doordesemd. Ze kon zich een leven zonder geloof niet voorstellen.
Albert had geen geloof tenminste, dat zei hij. Hij was dus nooit in een kerk geweest, was dus niet gedoopt en had nooit zijn communie gedaan. Hij was een heiden. Ze verfoeide dat woord, maar het drong zich aan haar op omdat het alles zei, omdat het de naakte waarheid was. Ik vrij met een ongelovige, dacht ze. Hier zit ik, altijd braaf geweest, altijd met overgave mijn plichten vervuld, nooit getwijfeld aan de boodschap van de kerk. Omdat het mij is ingegeven met de paplepel, omdat ik een kind ben van mijn ouders. Maar ook, omdat ik mij een andere levensbeschouwing niet kan voorstellen. En juist nu, nu ik zo overtuigd gelukkig ben met Albert, met hoop op een mooie toekomst, komt dit op mijn pad. Word ik gedwongen een keuze te maken. Met hem doorgaan, tegen alles en iedereen in, op gevaar af uitgestoten te worden door alle mensen die mij dierbaar zijn. Of hem wegsturen, de man die ik liefheb en waarvan ik weet met alles wat in mij is, dat hij

degene is waarmee ik mijn leven wil delen. Het ging allemaal door haar heen terwijl ze daar zo roerloos zat en ze bemerkte niet dat een donkere gestalte haar naderde totdat hij vlak bij haar stond. „Martha van Overveld?" Het was pastoor Pulskens. „Wacht je ergens op?" Ze schrok, schokte overeind waarbij ze haar knie stootte.

„Meneer pastoor, ik kwam alleen even binnenlopen. Zomaar..." „Het is goed, hoor." De pastoor glimlachte geruststellend. „Hier aanwezig zijn kan heel heilzaam zijn. Het verheldert de geest, als je even de boze wereld achter je kunt laten. Even alleen met je eigen gedachten, je zorgen. Heb jij zorgen, Martha?"

„Zorgen, meneer pastoor? Ik?" Maartje schudde heftig haar hoofd, te heftig. „Waarom zou ik? Nee, er is niets."

Hij keek haar onderzoekend aan en weer liet hij die vaderlijke glimlach zien. „Ik heb je laten schrikken, dat spijt me." Heel even legde hij zijn hand op haar schouder en onbewust rilde ze even van die aanraking.

„Ik moet gaan, ik ben al laat," zei ze. „Dag, meneer pastoor." Ze liep de kerk uit met de galmende stem van de pastoor in haar rug. „Als je eens wilt prate,n kun je gerust langskomen, Martha." Eenmaal buiten begon ze hard te lopen, alsof de duivel haar op de hielen zat.

Ze deed haar werk bij Pijpers zonder er met haar hoofd bij te zijn. Ze was niet de opgewekte meid die zo plezierig bezig kon zijn met de kleine deugnieten van de boer, die altijd om haar heen hingen als ze in huis was. Want de naaister maakte in een handomdraai een jurkje voor een pop of een bal van lapjes stof. En voor een stoeipartijtje was ze ook altijd te vinden.

Nu zat ze gespannen achter haar naaimachine, zonder enige aandacht voor wat er om haar heen gebeurde. De koffie die vrouw Pijpers haar bracht, liet ze onaangeroerd. Nu en dan strekte ze haar rug, even soelaas zoekend voor de constant gebogen houding. Haar gedachten waren mijlenver. Vrouw Pijpers zag het wel, maar ze zei er niets over. Die jonge meiden kunnen tegenwoordig niets hebben, zo redeneerde ze. Als ze een paar dagen ongesteld zijn liggen ze al in de lappenmand. Wat moet dat worden als ze een stuk of vijf blagen op de wereld hebben gezet? Dan hebben ze geen tijd meer om te zuchten en te kreunen bij het minste of geringste.

Maartje werkte stug door en tegen het middaguur had ze de berg verstelgoed weggewerkt. De boerin betaalde haar uit en keek haar eens goed aan.

„Je bent niet in orde, meid," zei ze vlakweg. „Neem een goede raad van mij aan en kruip onder de wol met een warme kruik. Morgen is er weer een dag."

„Met een warme kruik nog wel!" Maartje toonde een wat verkrampte glimlach. „Ik heb het al warm genoeg. En van naar bed gaan kan geen sprake zijn. Ik moet naar Manders en als ik er de tijd nog voor heb, even langs vrouwke Bukkum."

„Laat ze wachten tot morgen. De wereld zal er niet door vergaan. Meid, je ziet eruit om op te schieten. Heb je iets onder de leden?"

„Nee hoor. Ik voel me prima." Toen zei ze, om ervanaf te zijn: „Een beetje kopzorg, maar dat gaat wel over."

„Ik hoop het voor je. Als ik iets voor je kan betekenen…?"

„Niet nodig. Echt niet. Ik red me wel."

Ze ging de lange baan af naar Manders, ontliep er de grauwende waakhond en niet lang daarna zat ze weer te naaien, met een wasmand vol verstelgoed naast zich. Ze snakte naar het einde van de dag, ze wilde alleen zijn, weg van alles en iedereen. Maar haar gedachten bleven haar achtervolgen, hoe ze zich ook op haar werk concentreerde.

Voor vrouwke Bukkum had ze deze keer geen tijd. Ze ging er wel even langs om te zeggen dat ze de volgende dag terugkwam. Daarna ging ze naar huis. Moe en moedeloos ging ze door het dorp met de loodzware naaimachine, die ze beurtelings in haar linker- en rechterhand droeg. Eenmaal thuis zei ze tegen moeder dat ze zich niet goed voelde en even op bed ging liggen.

Moeder Clara stelde geen vragen. Ze knikte even om aan te geven dat ze het begreep.

Mens, je weet niet hoezeer je je vergist! dacht Maartje, terwijl ze de trap opging.

De dagen kropen voorbij. Het werd zaterdag, voor de meeste dorpelingen een gewone werkdag zoals elke andere. Vroeg uit de veren, naar het land of de fabriek, aan de leest zoals Joop de schoenmaker, of zoals de onderwijzers en de nonnen voor de klas. Gelukkig betekende dat voor hen maar een halve dag. Na de middag konden ze zich klaar gaan maken voor het weekeinde. Alleen de boeren bleven daarvan verstoken. Voor hen maakte het niets uit of het doordeweeks of zaterdag was. Elke dag betekende werken tot de avond viel.

Dat gold ook voor Loes. Als losse daghit rende ze zaterdags van het ene huis naar het andere om te poetsen, te dweilen en te boenen. Ze werd ervoor betaald, maar elke cent die zij ontving, kostte zweet. Er waren adressen bij waar ze het makkelijk af kon. Waar niet meer van haar verlangd werd dan dat ze ervoor zorgde dat het huis weer toonbaar was voor de zondag. Dat betekende de woonkamer aan kant maken, dweilen en nieuw wit zand strooien, stof afnemen, de ramen lappen en de stoep voor het huis schrobben.

Maar er waren ook plaatsen waar matten en lopers op de vloer lagen en waar veel koper en zilver op de schouw en op de kasten prijkten. De bazin van zo'n huis verlangde dat alles wat te kloppen viel over de kloppaal ging en dat al die protserige pronkprullen werden gepoetst tot de lichtvonken erafsprongen. En meestal was het zo dat juist díe vrouwen een zuinig gezicht trokken als Loes haar hand ophield om haar loon te ontvangen. Het waren echt niet de minderbedeelden die doodvielen op een cent.

Loes had het niet makkelijk, maar ze verdroeg het zware werk door te denken aan de avond, aan het moment dat ze weer bij Frans kon zijn. Niet omdat de verkering met hem nog steeds een onverdeeld genoegen was. Frans begon te veranderen. Sinds ze hem duidelijk had gemaakt dat er grenzen waren aan zijn begerig gevrij, had hij een houding aangenomen van norse berusting. Hij gaf Loes het gevoel dat hij haar nog wel als zijn meid beschouwde, maar bij haar kwam het over alsof hij haar nog slechts duldde. Lieve woordjes kwamen niet meer over zijn lippen. Zijn onstuimige omhelzingen en hete kussen liet hij achterwege. En als ze na een avond samenzijn uit elkaar gingen, was hij nogal koel, alsof het hem niet zoveel meer deed. Zijn bravour leek gedoofd, zijn hunkering naar haar voorgoed het zwijgen opgelegd.

Dat leek zo, ja, maar Frans speelde het spel waarmee hij in het verleden altijd succes had gehad. Zo oppervlakkig als hij was, wist hij toch hoe hij een ontvankelijk meisjeshart kon winnen, hoe hij schijnbaar zonder dwang toch zijn zin kon doordrijven. En Loes was niet anders dan andere meisjes. Ze was zelfs warmbloediger dan de meesten van zijn veroveringen. Het vervelende was alleen dat ze een moeder had die haar vanaf de wieg had ingeprent wat goed en degelijk was en wat absoluut niet door de beugel kon. Die wijze lessen van Clara, gevoegd bij de hel en verdoemenis prekende pastoor, hadden Loes braaf gehouden. Zij wenste als maagd het huwelijk in te gaan, zoals alle deugdzame meisjes.

Maar Loes was erg levendig, ze wilde genieten van het leven, ze joeg het ijle geluk na. En daarbij zag ze de valkuilen niet die zij op haar pad tegenkwam. Frans Stije maakte daar dankbaar gebruik van. Hij wachtte alleen het goede moment af.

Maartje verwelkomde het naderend weekeinde met zeer gemengde gevoelens. Ze nam het zichzelf kwalijk dat ze ondanks alles naar Albert verlangde. Tegelijk zag ze er vreselijk tegen op. Ze had nog met niemand over haar probleem gesproken. Ook niet met Loes, met wie ze toch erg intiem was. Zij vertelden elkaar alles. Zo was Maartje er van op de hoogte dat Frans Stije heel vrijpostig kon zijn en dat het Loes veel moeite had gekost om hem van haar lijf te houden.

„Als ik hem zijn zin zou geven lagen we allang samen te rollebollen," verklaarde Loes openhartig. „Hij is zo leep als wat, hij weet hoe hij met vrouwen moet omgaan."

„Als je maar je verstand bij elkaar houdt," had Maartje gewaarschuwd.

Waarop Loes nogal onnozel had gereageerd met: „Ik ben niet achterlijk. Ik weet hoever ik kan gaan."

„En dat is bij jou heel ver. Loes, pas op! Ik ken je!"

Zulke openhartigheden wisselden de beide zusters met elkaar uit, waarbij Loes er wel voor zorgde haar onrust over Frans te verbergen. Maartje doorzag haar niet. Zij had zelf een groot probleem met Albert. Een probleem dat ze met niemand kon delen, dat ze voor zich moest houden. Zeker tegen Loes, omdat ze als de dood zo bang was dat die haar mond voorbij zou praten. Maar vooral omdat ze zelf nog niet wist hoe het zou aflopen.

Oh, als ze verstandig was en handelde zoals een fatsoenlijk rooms meisje betaamde was de uitkomst duidelijk. Ze moest Albert de bons geven, tenzij hij bereid was om ook katholiek te worden. Trouwens, ze wist niet eens of hij op een of andere manier toch gelovig was. Hij had gezegd dat ze bij hem thuis niet kerks waren, maar wat betekende dat? Waren zijn ouders wel gelovig geweest en hadden ze er om een bepaalde reden mee gebroken? Als dat zo was, bestond de mogelijkheid dat Albert toch gedoopt was. In dat geval was er misschien toch een mogelijkheid om de verkering aan te houden. En dan kon het idee over het winkeltje van Manske Pap toch bespreekbaar blijven.

Maartje besefte terdege dat ze zichzelf met zulke vergezochte theorieën zand in de ogen strooide. Maar, zo redeneerde ze, dat was toch heel begrijpelijk. Ze hield van Albert! De gedachte dat ze hem misschien moest wegsturen, voorgoed, maakte haar ziek van verdriet. Want ze wilde hem niet missen, ze kón het niet.

Die avond glipte Loes al vroeg de deur uit. Ze stoorde zich niet aan de afkeurende blik die moeder Clara haar nastuurde. Nu er in huis niet meer werd gesproken over Frans, voelde ze zich vrij om haar eigen weg te gaan. Ze vond het niet leuk dat moeder zo nors deed, maar ze nam het op de koop toe. Moeder zou wel bijdraaien, zo meende ze. Loes haastte zich naar hun vaste ontmoetingsplekje achter de kapel van Sint Ben. Frans was er al, hij ving haar op in zijn armen en kuste haar.

„Stond je allang te wachten?" vroeg Loes.

„Ik ben hier net," deed hij onverschillig. „Je denkt toch niet dat ik hier uren op je zou staan wachten?"

„Hè, Frans, wat doe je weer onaardig. Wees eens lief tegen mij."

„Dat kan niet. Als ik laat merken hoe ik me voel, kruip je meteen in je schulp. Ik moet me beheersen en dat doe ik. Voor jou."

„Toe nou, begin daar nu niet weer over. Laten we het over iets anders hebben. Gaan we dansen? Of heb je een ander plan?"

„Er is nog tijd genoeg. We kunnen een eindje oplopen."

„Oplopen? Bedoel je wandelen, nu?"

„Wat zou ik anders bedoelen?"

„Oh, ik vind het goed hoor."

Ze wandelden. Loes had haar arm om zijn leest en Frans legde zijn hand luchtig op haar schouder. Uit gewoonte, er ging niets van uit. Alsof we al jaren met elkaar omgaan, dacht Loes.

Ze liepen over de hei, te midden van de sparrenbomen die daar in beschuttende groepjes bij elkaar stonden. De zon stond laag en gaf aan de natuur een extra tintje. Om hen heen was het stil. Alleen de krekels lieten hier en daar hun schril geluid horen. Een avond zoals die alleen maar in de Kempen kan voorkomen. Het had zijn uitwerking op Loes. Ze werd er melancholiek van, een zoet gevoel dat haar week maakte doorstroomde haar. In een gebaar van aanhankelijkheid legde ze haar hoofd tegen de schouder van Frans. Zijn vingers streelden licht haar haren.

„We gaan hier even zitten," zei hij. Het was een plek tussen de bomen, waar het zonlicht vrij spel had.

„Ja, het is hier mooi," zei Loes.

Frans liet zich meteen languit achterovervallen en slaakte een zucht van genot. Loes lachte en ging naast hem zitten met haar armen om haar opgetrokken knieën.

„Kom eens hier, meidje," zei hij lokkend. Ze keek op hem neer, met een aarzelende, wat achterdochtige blik. „Kom," drong hij aan. „Ik zal je niet bijten."

Ze glimlachte en boog zich over hem heen. Ze kuste hem en wilde weer gaan zitten, maar hij voorkwam dat door zijn armen om haar heen te slaan. Met zachte drang trok hij haar op zich. „Niet zo snel, schatje," zei hij zacht. „Je bent toch niet bang voor mij?"

„Een beetje," gaf ze toe. Ze voelde de warmte van zijn sterke lichaam. Het was een fijn gevoel, maar tegelijk was ze er huiverig voor. Ze kende zijn lepe streken wel. Frans nam haar hoofd in zijn handen en drukte zijn halfopen lippen op de hare. Loes werd zijn gretige tong gewaar. Ze liet het toe, speelde het spel mee. Ze rilde, vond het algauw genoeg, maar hij liet haar niet gaan. Hij opende zijn benen en ze gleed ertussen. Zijn gerezen mannelijkheid drukte nu tegen haar lichaam en ze schrok.

„Nee, Frans. Niet doen. We hebben afgesproken…"

„Ik heb níets afgesproken," fluisterde hij hees. „Je bent toch van mij? Mijn meisje? Stel je nu niet zo aan." Zijn handen waren al onder haar rokken, schoven die omhoog. „Het moet toch een keer gebeuren, liefste van mij!" In één beweging rolde hij om, met haar in zijn armen, er was geen ontkomen aan. Nu lag hij bovenop haar en hij hield haar gevangen, terwijl zijn handen de weg vrijmaakten voor wat er ging komen. Loes gaf haar verzet op. Ze wist dat zij had verloren en op dat moment vond ze dat heel niet erg…

Maartje was die dag gewoon aan het werk gegaan. Ze had twee adressen waar ze gevraagd was om te komen naaien. Ze had er op gehoopt daar niet al teveel verstelwerk aan te treffen. Want ze wilde als het enigszins kon voor het middaguur klaar zijn. Het zou haar de tijd geven om zich op te frissen en om te kleden voor Albert kwam, zo had ze geredeneerd. Want dat hij zou komen, dat wist ze zeker. Daar verlangde ze naar, ondanks alles.

Ze had veel nagedacht, tot ziekwordens toe. Ze had zichzelf voorgehouden dat de kwestie over het wel of niet kerks zijn van Albert, op een of andere manier op te lossen moest zijn. Want wat had Albert gezegd? Dat zijn ouders vroeger wel naar de kerk gingen! Dat betekende dus dat ze van oorsprong toch gelovig waren. En was het dan zo gek te veronderstellen dat ook hun kinderen, dus ook Albert, daar wat van mee hadden gekregen? Natuurlijk hadden ze dat. Dat kon bijna niet anders. Mensen die eenmaal katholiek waren, kwamen daar nooit meer helemaal van los. Er waren in het dorp voorbeelden van. Echtparen die om welke reden dan ook de kerk de rug hadden toegekeerd, maar die op latere leeftijd tot een beter inzicht kwamen en weer kerks werden, vaak nog met meer overtuiging dan voorheen.

Aan die gedachte had Maartje zich vastgeklampt. Ze had zich voorgenomen om dat aan Albert te vragen, desnoods hem te dwingen er met zijn ouders over te beginnen. Eenmaal daartoe besloten, kon ze bijna niet wachten tot Albert kwam.

Ze hielp moeder met de zaterdagse beslommeringen, ze ging met Mientje boodschappen doen. Alles in grote haast, want ze wilde per se klaar zijn als haar schat kwam.

Nu was het avond. Loes had al vroeg de benen genomen, opgetuigd en opgewonden als altijd en ze had de afwas voor haar zussen laten staan. Maartje had erover gemopperd tegen moeder, maar die had daar geen oren naar. „Als jij kans ziet je zuster aan de ketting te leggen, vertel het me dan," zei ze op gelaten toon. „Ik krijg niet eens de kans om haar tegen te houden. Ze gaat gewoon." „Mooi is dat," had Maartje verontwaardigd gezegd. „Ik zou wel eens willen zien hoe je zou redeneren als ik hetzelfde ging doen!" Clara had haar even met een meewarige glimlach aangekeken en het hoofd geschud. „Zoiets doe jij niet. Daar ben je het type niet voor."

„Misschien ben ík wel zo'n type," zei Mientje toen opstandig. „Ik ben de dienstmeid van Loes niet!"

„Als je het ooit waagt, breek ik alle botten in je lijf, snotneus!" zei moeder kalm. En daar bleef het bij.

Albert kwam toen de meisjes nog in de keuken waren. Hij zei goedendag tegen Clara en keek zoekend rond. Ze wees naar achteren. Hij volgde de aanwijzing en kwam stil de keuken binnen. Mientje zag hem en Albert legde waarschuwend zijn vinger op zijn mond. Hij naderde Maartje stil van achteren en deed pardoes zijn handen voor haar ogen.

„Boe!" bromde hij in haar oor.

„Albert! Mispunt! Je laat me schrikken!" Maartje draaide zich om en sloeg met de vaatdoek naar hem.

Hij greep haar pols, trok haar naar zich toe. Ze waarschuwde met haar ogen. Niet waar Mientje bij is, wilde ze daarmee zeggen. „Het is geen kind meer," zei Albert en gaf Maartje een klinkende zoen.

„Oh, wat ben je toch een wijze man!" jubelde Mientje aanstellerig. „Om dat zomaar te zeggen. Ga gauw naar moeder en vertel het haar ook! Ik ben geen kind meer! Hoera!"

„Ga zelf naar je moeder en geef mij die afdroogdoek," zei Albert. „Wegwezen!"

Eenmaal alleen, keek Maartje haar vrijer onderzoekend aan. „Je bent zo vrolijk," zei ze.

„Mag dat dan niet?"

„Jawel, natuurlijk wel. Maar ik had het niet verwacht."

„Oh, is het zo laat," begreep Albert. „Je gaat er toch niet opnieuw over beginnen? Laat het toch rusten, lieveling. Ik heb nu geen zin in problemen. Ik wil bij jou zijn, ik wil dat wij samen een gezellige avond hebben. Geen gezeur aan mijn hoofd."

„Gezeur? Noem jij dat gezeur. Ik noem het…" Maar zijn gulzige lippen waren al op de hare en ze kon niet anders doen dan zijn kus met dezelfde gretigheid beantwoorden.

„Komt tijd, komt raad," fluisterde hij in haar oor.

Maar het liep allemaal anders dan Albert ook maar bij benadering kon voorzien. In de weken die volgden, bleef de geloofskwestie tussen hen onbesproken, en als op afspraak werd er over het winkeltje van Manske Pap ook geen woord meer gezegd.

Maartje had het anders gewild, maar Albert hield de boot af. Sinds hij haar op de hoogte had gesteld van de situatie bij hem thuis, was hij tot de overtuiging gekomen dat het beter was er voorlopig over te zwijgen. Hij begreep wel dat het voor Maartje een zwaarwegende kwestie was en hij was tot alles bereid om die op te lossen. Maar hij wilde onder geen beding hun verkering in gevaar brengen. Hij kon zich ook niet voorstellen dat dat ooit zou gebeuren. Hij kon niet geloven dat Maartje hem om die reden zou laten schieten. En al sprak hij het niet met zoveel woorden uit, hij vond het eigenlijk te gek om over te praten.

Zo verstreken de dagen en de weken in het huis van moeder Clara. Albert kwam en hij ging. Een enkele keer gingen ze samen uit, naar 'Het Wit Paardje'. Maar dat werd gauw minder. Ze hadden genoeg aan elkaar. Ze gingen wandelen, maar meestal bleven ze gewoon thuis bij moeder en Mientje. Een degelijk vrijerspaar.

Terwijl de wereld om haar heen gewoon doordraaide, veranderde het leven van Loes razendsnel. Frans had bezit van haar genomen en nu het hek van de dam was, toonde hij zich vaak een veeleisende minnaar. Loes onderging het gelaten. Ze probeerde zichzelf wijs te maken dat het was omdat hij zo intens van haar hield en ze sloot haar ogen voor het feit dat van de liefde van Frans steeds minder te merken was. Dat die steeds vaker plaats moest maken voor het zonder pardon bezitten en gebruiken van haar jonge lichaam. Het deed haar pijn als hij haar zo vanzelfsprekend zijn wil oplegde. Ze nam het zichzelf kwalijk dat ze het toestond, maar ze had geen verweer. Ze verlangde nog maar één ding: dat hij haar in volle openheid als zijn meisje presenteerde, in het dorp en vooral bij haar en bij hem thuis.

Toen ze dat ter sprake bracht, had hij vreemd gereageerd.

„Daar is het nog altijd vroeg genoeg voor, meidje," had hij wat meesmuilend gezegd. „We gaan niks overhaasten. Ik zie mezelf nog niet bij jou thuis over de vloer komen. Je moeder zou me de deur uitkijken en misschien heeft ze wel gelijk. Je weet hoe er over mij wordt gedacht in het dorp."

„Dat kan mij niets schelen, Frans. We hebben nu toch verkering? Eigenlijk zouden we over trouwen moeten praten. We zijn er aan toe, of niet soms?"

„Trouwen! Doe me een lol! Mijn ouders zullen me zien aankomen."

„Dat snap ik niet. Zouden ze er dan op tegen zijn, denk je?"

„Dat denk ik niet, dat weet ik wel zeker. Ik ben de oudste moet je rekenen, ze hebben andere plannen met me. Niet dat ik me daar iets van aan zal trekken, maar het heeft ook geen zin om ze nu al de gordijnen in te jagen. Ik moet ze heel langzaam aan het idee laten wennen. Dat is alles. Snap je?" Nee, Loes snapte het niet. Maar ze zweeg, omdat Frans het zo wilde. Het was allemaal zo verwarrend, ze verloor de realiteit uit het oog. Ook aan het risico dat ze liep dacht ze niet meer. En dat risico was toch levensgroot...

Het was Maartje gelukt om vroeg klaar te zijn met haar naaiwerk bij haar klanten. Ze had thuis nog een hoop werk liggen wat nodig gedaan moest worden.

Toen ze thuiskwam, vond ze haar moeder in haar gemakkelijke stoel met een bleek, strak gezicht. Ze had niet eens opgekeken toen Maartje binnenkwam en ze antwoordde niet op haar: „Dag, moeder." Mientje, die aan de tafel zat, maakte een waarschuwend gebaar wat Maartje niet begreep. Ze keek moeder aan en ze schrok. Haar eerste gedachte was dat Albert er al was, of was geweest, en dat er iets ergs met hem aan de hand was.

„Is er iets, moeder?" vroeg ze aarzelend.

„Dat kun je wel zeggen." Meer niet.

„Wat is er dan, moeder?" drong Maartje aan. „Gaat het over mij?"

„Over jou? Nee, mijn kind. Het gaat niet over jou. Goddank niet."

„Moeder, laat me niet langer raden, wat is er aan de hand?"

Op dat moment kwam Loes de trap af. Ze zag eruit als een vaatdoek en er was een radeloze blik in haar ogen. „Zij!" zei moeder met een schrille stem en wijzend met een opgestoken duim. „Zij kan het je vertellen! Of moet ik het voor je doen, slet die je bent!"

„Moeder toch!" schrok Maartje.

„Het is een slet!" Moeder Clara gooide het eruit alsof ze moest braken. „Zij brengt schande over ons. Oneer en schande!"

„Moeder, alsjeblieft, niet zo," smeekte Loes zielig. „Ik heb er zo'n spijt van."

„Waarvan? Wil iemand mij zeggen wat er is gebeurd?"

„Ons Loes krijgt een kind van Frans Stije!" zei Mientje bijna opgewekt.

„Wát?" Maartje wist niet wat ze hoorde. „Is dat waar? Loes? Nee toch." Loes begon te huilen.

„Ja, ga maar janken!" beet moeder haar toe. „Daar schieten we veel mee op."

Maartje ging naar Loes, nam haar gezicht in haar handen. „Zusje, zeg dat het niet waar is! Weet je het wel zeker?"

„Ik ben al meer dan een week over tijd," fluisterde Loes tussen het snikken door. „En ik voel me niet goed. Oh, ja, Maartje, ik weet het zeker. Frans heeft me zover gekregen."

„Geef hem de schuld maar," sneerde moeder. „Je was er toch zelf bij? Nu zit je met de gebakken peren. En wie kan er voor opdraaien, wie wordt erop aangezien? Ik, de moeder! Ik ben niet in staat gebleken mijn dochters het nodige fatsoen bij te brengen. Ik schaam me dood voor het hele dorp."

„Is dat alles, moeder?" vroeg Maartje geschokt. „Ben je daarom zo boos? Omdat je bang bent voor je goede naam? En Loes dan? Zij is zwak geweest omdat ze gek is op Frans en nu moet ze daar zwaar voor boeten. En jij maakt je druk over de praat van de buurt? Moeder zo ken ik je niet!"

Haar woorden raakten een gevoelige snaar bij de moeder. De verbeten trek op haar gezicht week en de hardheid verdween uit haar ogen. Ze schudde het hoofd. „Ik weet me geen raad," zei ze zacht. „Ik heb me altijd voorgesteld dat ik mijn dochters eens naar het altaar zou brengen, zo puur als honing. Het is nooit in mijn hoofd opgekomen dat het ook anders kan uitpakken. En nu dit!"

„Ja, dat is erg," knikte Maartje. Ze nam meteen de leiding. Ze gebaarde naar Loes dat ze moest gaan zitten en met haar ogen waarschuwde ze Mientje om die genietende uitdrukking van haar gezicht te halen. Het kind vond het alleen maar spannend.

„Moeder," vervolgde ze. „Kunnen we even rustig praten over wat er nu gedaan moet worden?" En toen ze geen antwoord kreeg vroeg ze aan Loes: „Ben je al naar de dokter geweest?"

„Nee, dat durf ik niet."

„Maandagmorgen gaan wij samen naar dokter Mommers. Weet Frans hier al van?"

„Ik heb het hem gisteravond verteld."

„En wat zei hij?"

„Hij schrok zich lam, dat kun je begrijpen."

„Nog een geluk dat hij zich niet heeft doodgeschrokken, dan had je nu zonder kerel gezeten," zei Maartje ruw. „Wat zei hij?"

„Hij vond het heel erg voor mij. En, Maartje, hij heeft mij beloofd dat hij mij niet in de steek zal laten. Dat hij voor mij zal zorgen en… en voor het kindje."

„Dus hij wil wel met je trouwen?"

„Trouwen! Daar hebben we het nog niet over gehad."

„Dat moet dan wel als de bliksem gebeuren," kwam moeder ertussen. „Wie zijn billen verbrandt, moet op de blaren zitten. Dat hij dat maar goed beseft. Hij..." Ze brak af, opeens werd het haar te veel, haar gezicht vertrok krampachtig en nu kwamen de tranen. Daardoor kreeg Maartje het ook te kwaad. Ze was even haar eigen problemen vergeten, nu kwamen die in alle hevigheid weer opzetten. Ze liet zich op een stoel zakken en sloeg haar handen voor haar gezicht. Van de weeromstuit ging Mientje ook mee doen. Een huis vol tranen.

Het was weer Maartje die zich tot kalmte dwong. „Het heeft geen zin om met zijn allen te gaan zitten snotteren," zei ze kordaat, terwijl ze haar natte wangen afveegde. Ze stond op. „We gaan eten. Met een lege maag kun je niet praten. Mientje, help me eens." Er kwam brood op de plank, beleg en boter. Maartje zette koffie. En ze aten. Dat wil zeggen, Mientje at. De rest kreeg met moeite een enkele snee brood naar binnen. Het brak wel de bijna ondraaglijke spanning en droefheid. En toen er was afgeruimd was het weer Maartje die de touwtjes in handen nam. Ze moest wel, want elk moment kon Albert op de vloer staan. En ze wilde voor geen prijs dat hij hen zo aantrof.

„Zie je Frans vanavond?" vroeg ze aan Loes.

„Nee, dat vond hij niet verstandig," was het antwoord.

„De schijtert," begon moeder weer, maar Maartje legde haar het zwijgen op.

„Niet schelden, daar komen we geen streep verder mee. Het is misschien ook beter zo. Stel dat Frans nu binnen zou komen, dan kwam er vast een hoop heibel van en dat kunnen we nu niet hebben. Loes, ga naar boven, ga je een beetje opknappen. Moeder, doe me een lol. Als Albert dadelijk komt, praat er dan met geen woord over. Als het werkelijk onvermijdelijk blijkt te zijn is het nog vroeg genoeg."

„Ik zal de vuile was heus niet buiten hangen," zei moeder „Maar jij blijft wel binnen, dat begrijp je zeker wel?" Dit tegen Loes.

Die protesteerde niet, ze ging stilletjes de trap op.

Niet lang daarna kwam Albert. Hij was nogal vrolijk, zich niet bewust van de gespannen sfeer in huis. Hij zei gedag tegen moeder, stoeide een beetje met Mientje die daarbij hoge gilletjes slaakte en liep toen door naar achteren, naar de keuken, waar hij Maartje in de armen sloot.

„Dag, lieve schat!" Hij kuste haar vurig. Pas daarna keek hij haar eens goed aan. „Wat ziet mijn oog? Je bent nog niet opgedoft. Gaan we niet weg?"

„Waar zouden we heen moeten?"

„Wat dacht je van een eindje oplopen? Ik moet je spreken, onder vier ogen."

Maartje schudde haar hoofd. „Daar heb ik nu geen zin in."

„Maar ík wel. We moeten praten. Over… je weet wel."

„Ja, ik weet het wel, maar ik dacht dat we daarmee zouden wachten. En nu zéker niet. Een andere keer misschien," vervolgde Albert en probeerde haar te omhelzen.

Ze duwde hem weg. „En ik heb lak aan wat jij wilt, Albert Hagelaar. Ga naar de kamer, dan krijg je koffie." Maartje was nogal kortaf en met reden. Ze was niet echt blij met de komst van haar vrijer. Ze had er toch al tegen opgezien, en nu, met het probleem van Loes, wenste ze hem mijlenver weg. Ze had nu geen tijd voor hem. Ze had andere zaken aan haar hoofd. Tegelijk besefte ze dat ze Albert niet zomaar links kon laten liggen. Hij zou achterdocht krijgen en vragen gaan stellen. Dus ging ze na de koffie toch op zijn verzoek in en ze gingen samen de deur uit.

„Blijf niet te lang weg," waarschuwde moeder.

„Een halfuurtje," beloofde Maartje.

„Maak er een uurtje van," grapte Albert.

Ze lieten het dorp meteen achter zich. Door de wilde tuin achter het huis de weilanden in en zo naar de hei. Niet stijf gearmd of hand in hand, maar gewoon, los naast elkaar. Pas toen ze de bewoonde wereld ver achter zich hadden gelaten, in de vrijheid van bos en hei, sloeg Albert zijn arm om haar schouders. Ze liet het toe, maar meer ook niet.

„Je neemt het nogal hoog op, is het niet? De kerk en zo?" vroeg hij ongerust. Hij had gehoopt dat ze daar eindelijk overheen zou zijn.

„Ja, dat is zo. Het zit me nog steeds dwars. Kun je dat niet begrijpen?" En toen hij niet meteen antwoord gaf: „Maar de reden waarom ik niet erg spraakzaam ben, heeft daar niets mee te maken. Het heeft ook geen zin om daar over te beginnen, Albert."

„Jij begon." Hij hield haar staande, legde een hand onder haar kin en dwong haar hem aan te kijken. Hij zuchtte toen hij haar serieuze gezicht zag. „Je gaat het toch niet uitmaken?" vroeg hij. „Dat... dat weet ik nog niet."

„Je hebt er dus wel aan gedacht? Mooi is dat. Geef je dan zo weinig om mij?"

„Toe, Albert, je weet wel beter. Als dat het enige probleem was."

„Meer problemen? Geef ze aan mij en ik los ze op," grapte hij.

„Dat kun jij niet, dat kan niemand." Even aarzelde ze, toen besloot ze het toch maar te zeggen. „Loes moet een kindje krijgen... van Frans Stije. Nou weet je het. Begrijp je nu waarom ik zo ben?"

„Wat stom!" was het eerste wat hij wist te zeggen. „Wat zegt je moeder daarvan?"

„Wat denk je? Wat zegt een moeder als haar dochter aangebrand thuiskomt? Hier, in dit dorp, waar iedereen, iedereen kent? Je wordt met de nek aangekeken als je zoiets overkomt. Tenzij er zo gauw mogelijk wordt getrouwd. Dan wordt het ineens een ongelukje dat iedereen kan overkomen. De huichelaars!" Maartje zei het op bittere toon. „Alsof zij zelf allemaal zo braaf en kuis hebben geleefd in hun verkeringstijd. Maar het geeft geen pas, je bent opeens een straatmeid als je zoiets overkomt. Rommelen, rotzooien, dat doet iedereen. Dat ga je biechten en dan ben je er vanaf. Maar als het gevolgen heeft, dan is het opeens slecht, dan deug je niet."

„Het is een van de redenen waarom mijn ouders nooit in de kerk komen," zei Albert. Maartje keek hem ongelovig aan.

„Het is waar," zei hij. „Mijn vader zegt altijd: 'De Inquisitie tiert nog welig, ze hebben alleen de brandstapels opgedoekt.' " Maartje wist niet waar hij het over had, maar ze had gehoord wat hij zei.

„Je ouders zijn dus wel katholiek?"

„Van huis uit. Of ze het nog zijn, diep in hun hart, moet je hun zelf vragen."

„Ik prakkiseer er niet over!"

„Het is erg belangrijk voor je, nietwaar?"

„Natuurlijk. Als je niet katholiek bent, kan ik niet met je trouwen."

„De Inquisitie!"

„Hou dat moeilijke woord toch bij je. Ik wil geen man die niks is. Ik wil mijn kinderen kunnen opvoeden zoals mijn moeder mij heeft opgevoed. De man waarmee ik ooit zal trouwen, moet er net zo over denken. Anders begin ik er niet aan." Ze zuchtte. „We staan hier over onszelf te kletsen terwijl Loes diep in de put zit. Wat is dat egoïstisch! Ik wil nu niet over ons praten, Albert. Ik moet haar helpen. Moeder is daar op dit moment niet toe in staat, ze is helemaal van slag. Ik ben de oudste dochter. Ik moet haar bijstaan. Onze eigen problemen moeten wachten tot dit allemaal voorbij is."

„Ik begrijp het. En wat wil je nu? Dat ik ophoepel?"

„Nee!" Het klonk wanhopig. „Nee, ik wil niet dat je weggaat. Ik heb je nodig. Ik wil je bij mij hebben. Loes moet geholpen worden. Frans Stije moet nu doen wat hij behoort te doen. Tenminste, als hij echt iets om haar geeft."

„En als dat niet zo is? Als hij het vertikt en haar laat zitten?"

„Dan moet ik er zeker zijn voor haar. Ik laat mijn zusje niet in de steek. Zelfs niet voor jou. Begrijp je dat?"

„Je bent een engel met een gouden hart," zei hij warm. Hij trok haar tegen zich aan en koesterde haar. Toen fluisterde hij in haar oor: „Het is maar goed dat ik met Manske Pap ben gaan praten!"

„Je bent wat?" Ze maakte zich van hem los en keek hem met grote ogen aan.

Albert grijnsde. „Ik ben bij hem geweest en misschien doet het je plezier te horen dat we het eens zijn geworden. Ik mag van dat oude huisje mijn atelier maken en hij is bereid mijn werk in zijn winkeltje te zetten. Nou?"

„En dat doe je? Ik dacht dat je daar nogal bedenkingen over had."

„Heb ik nog. Maar ik hou te veel van je om daar de zaak op te laten stuklopen. Ja, lieveling, ik kom vlakbij je wonen, zodat je altijd een beroep op mij kunt doen."

„Wonen? Je gaat daar ook wónen?"

„Natuurlijk. Ik heb genoeg van het pendelen, van de stad naar hier en terug. En van het gedonder thuis. Het eeuwige gezanik van mijn broers over mijn werk."

„Oh, wat fijn!" was alles wat Maartje kon uitbrengen.

„Noem het maar fijn! Nou, zeg het maar, hoe sta ik er voor?"

„Misschien hou ik je voorlopig nog aan," plaagde Maartje. „We zullen zien."

„Kleine pestkop! Kom hier!" Ze liet het toe, ze liet zich kussen en knuffelen en ze had er geen moeite mee zijn heftige verliefdheid met gepaste munt te betalen. Maar haar gedachten waren er niet helemaal bij. Die waren bij Loes.

66

# HOOFDSTUK 4

Loes ging naar dokter Mommers en Maartje ging met haar mee. Daarmee kwam meteen een einde aan het kleine vleugje hoop waar Loes zich aan vastklampte. De oude dokter stelde klip en klaar vast dat er wel degelijk een baby op komst was.

En waar moeder Clara bang voor was, gebeurde: Frans Stije liet zich niet zien. Niet in het dorp, niet op zaterdagavond in 'Het Wit Paardje' en op de zondagmorgen ook niet in de kerk. Iemand vertelde dat ze hem in de vroege morgen hadden gezien op de fiets, om in een naburig dorp zijn zondagsplicht te gaan vervullen.

Loes zat in zak en as, ze zwolg in haar wanhoop en verdriet. Haar vrolijke, jonge leventje lag aan scherven, ze droeg een kind onder het hart en haar vrijer liet haar stikken. Niemand kon haar troosten, zelfs Maartje niet. Want die had Albert. En nu ze wist dat Albert algauw bij Manske Pap zou intrekken, begon Loes zelfs jaloers te worden op het geluk van haar oudste zus.

Maartje trok zich er niets van aan, ze begreep het wel. Het zou wel voorbijgaan, zo meende ze. Als Frans Stije nu maar over de brug kwam en zijn verantwoordelijkheid aanvaardde als een echte kerel.

Maar dat gebeurde dus niet, Frans was in geen velden of wegen te zien. „Hij houdt zich schuil, de lafbek!" zei moeder met een stem die trilde van minachting. „Hij heeft zijn pretje gehad, de viespeuk, en mijn dochter laat hij met de gevolgen zitten. Ze moesten hem ik-weet-niet-wat-doen!"

„Je moet naar hem toegaan," vond Maartje. „Met zijn ouders praten. Je kent hen toch nog van vroeger? Dat zei je toch? Praat met hen, misschien dat die hem aan het verstand kunnen brengen dat hij zo niet kan handelen."

„Ik dénk er niet aan! Ik bij die lui aan de deur, om te gaan smeken? Híer moet hij komen, zijn excuus maken. Zeggen dat hij met Loes zal trouwen."

„Klapt het niet dan botst het maar, nietwaar, moeder? Stel dat hij niets om Loes geeft. Dat het inderdaad een ongelukje was, zoals wel vaker gebeurd."

„Ze hebben toch verkering!"

„Lóes had verkering," verbeterde Maartje. „Of bij hem de liefde zo diep zat, kun je je afvragen. Maar je hebt wel gelijk, hij moet kleur bekennen. En als hij niet naar hier komt, moet jij naar zijn ouders gaan om met hen te praten."

„Ik doe het níet, kind, al zeur je mijn hoofd suf."

„Dan zal ík het doen!" Maartje zei het in een opwelling en ze schrok er zelf van. Maar het was gezegd en meteen wist ze dat ze het ook zou doen. „Ja, ik ga naar Stije."

„Ik ga met je mee," zei Loes, die tot dan stil in een hoekje had gezeten.

„Jij gaat nergens heen," besliste moeder. „Zeker daar de bedrogen maagd uithangen? Het zou je eer te na zijn. Jij blijft thuis. Als Maartje zo gek wil zijn, moet zij dat weten. Ze zal er weinig mee opschieten, dat voorspel ik je."

Maartje ging en ze nam Albert mee. Hij had er niet veel zin in en pas nadat hij had afgedwongen dat hij buiten op Maartje zou wachten terwijl zij bij Stije haar woordje deed, stemde hij toe.

De Stijes hadden een knap boerenbedrijf even buiten het dorp. Toen ze daar aankwamen, zagen ze Marius, de jongere broer van Frans, in de openstaande staldeur staan. Maartje wenkte, maar hij maakte een afwerend gebaar. Hij bleef nog even aarzelend staan, wees met zijn duim achter zich, als om aan te geven dat er naar hen werd gekeken en hij verdween daarna schielijk.

„Die gaat zijn ouwelui waarschuwen," veronderstelde Albert.

„Ik denk niet dat dat nodig is," zei Maartje. „Ze weten al dat we er zijn. Reken maar."

Albert ging op een paaltje langs de weg zitten.

„Maak het alsjeblief kort, lieveling," verzocht hij. „Ik zit hier behoorlijk in de kijk."

„Een grote held ben je niet," smaalde ze.

„Dat is waar, ik hou niet van herrie. Vergeet niet dat ik eigenlijk met de hele toestand niets te maken heb."

„Dat is een flauwe smoes." Maartje keek minachtend. Ze richtte haar blik op de boerderij. „Ik knap het wel alleen op." Met lood in haar schoenen liep ze het erf op. Ze was van plan om voor aan te kloppen, maar ze liet het achterwege. Als je elkaar goed kende, ging je achterom. Ze liet de voordeur met rust, aarzelde even bij de open stal, maar toen ze daar niemand zag, liep ze om de hoeve heen. Daar was ook geen levende ziel te bekennen.

Maartje klopte op de achterdeur. Het duurde een poos en even dacht ze dat ze haar helemaal niet zouden binnenlaten. Toen hoorde ze voetstappen, de deur ging open en daar stond vrouw Stije. Breed en fors en met een nors gezicht.

„Martha van Overveld, wat brengt jou hierheen?"

„Dag, vrouw Stije. Ik kom voor Frans. Is hij thuis?"

„Onze Frans?" De boerin schudde onwillig het hoofd. „Al sla je me dood, ik zou het niet weten. Hij is dan hier, dan daar. Je wilt hem spreken?"

Maartje knikte. „Mag ik binnenkomen?"

„Kom er maar in, ik hou je niet tegen." In de keuken was niemand. Maartje keek de boerin vragend aan. Die haalde haar schouders op. „Ik zei het al. Hij is er niet. Ze zijn allemaal op het veld."

„Marius was net in de stal," zei Maartje.

„Oh, dat kan. Ik heb ze niet aan een touwtje. Je hebt een boodschap voor Frans?"

„Dat zei ik," knikte Maartje, die zich eraan ergerde dat de boerin haar zelfs geen stoel aanbood. „Maar misschien kan ik het ook wel met jou af, boerin."

Vrouw Stije knikte kort. „Zeg het maar."

Maartje ging ongevraagd zitten. Ze liet zich niet wegzetten als de eerste de beste. „Het is een vervelende kwestie," zo begon ze. „Frans heeft verkering met mijn zus Loes. Er is tussen die twee iets gebeurd en het gevolg daarvan is dat Loes een kind verwacht. Van Frans!"

„Ho, wacht eens even!" blafte de boerin. „Dat je zus in verwachting is hoeft niet het werk van onze Frans te zijn. Het is nogal een lekkere, die zus van jou. Ze floddert met Jan en alleman. Dat weet iedereen."

„Dat is niet waar, vrouw Stije, en het is lelijk om dat zo maar botweg te zeggen. Sinds Loes Frans kent, valt er niets op haar aan te merken. Totaal niet. En als je weet wat iedereen weet, zoals je zegt, zullen ze je dat ook hebben verteld! Loes is zwanger van Frans! En als het een flinke vent is, komt hij daar rond voor uit in plaats van zich schuil te houden. Dan neemt hij zijn verantwoordelijkheid en doet hij wat hij móet doen."

„Zo, vind je dat? En wat moet hij dan met die zus van jou?"

„Trouwen! Zoals elke fatsoenlijke kerel zou doen. Een ongelukje kan iedereen overkomen en het geeft geen pas om daarvan weg te lopen!"

Het gezicht van de boerin werd rood van ergernis, ze plantte haar handen in haar zij en gooide het hoofd in haar nek. „Wat hoor ik daar? Noem jij mijn Frans onfatsoenlijk? Durf jij, snotmeid, dat zomaar te zeggen, tegen mij, in mijn eigen huis?" Ze blies zich nog meer op en als een getergde kwade hond barstte ze los: „Wil je wel eens gauw maken dat je van mijn erf komt? Ga terug naar je armoedige steeg. Daar hoor je thuis. Met je aangebrande zus en heel het armoedige zooitje waar je bij hoort. Mijn jongen op laten draaien voor zo'n lellebel! Frans trouwt niet met Loes en daarmee uit. Als hij al trouwt, dan zal het met een fatsoenlijke meid zijn, die bij onze stand past! Hoor je me? En nu mijn huis uit en rap. Gauw een beetje!"

Maartje werd niet bang. Ze werd ijzig kalm vanbinnen en tegelijk hevig verontwaardigd. Ze kwam langzaam van haar stoel en ging vlak voor de boerin staan. Met ogen, donker van intense woede, keek zij haar aan. „Ik zal gaan, vrouw Stije. Ik zal je boodschap woordelijk overbrengen aan mijn zus, aan mijn moeder en aan iedereen die het maar horen wil! Ja, Frans moet zéker een meid van zijn stand trouwen. Hij zal daarvoor heel diep moeten zoeken. Heel laag!" Maartje draaide zich om zonder een weerwoord van de boerin af te wachten. Ze liep naar de deur, rukte die open en liep het erf op. Ze hoorde geschreeuw en gevloek en haastig ging ze erop af. Marius ving haar op toen ze de hoek van de boerderij om kwam.

„Ze hebben je vriend onderhanden genomen," zei hij, nogal ongelukkig. „Ik sta er buiten, ik kan er niets aan doen."

Maartje duwde hem ruw opzij en liepen erheen. Aan de overkant van de weg was Albert slaags geraakt met een paar zonen van Stije. Het was geen partij. De kerels beukten op Albert in, terwijl hij probeerde hun slagen af te weren, wat hem maar half lukte. „Gemene lafaards," schreeuwde Maartje. „Durven jullie wel? Laat hem met rust!"

Een van de dapperen keek op en grijnsde.

„Wil jij ook een pak op je mieter, troel?" vroeg hij uitnodigend. Vervolgens ging hij weer vlijtig door met zijn nobel getimmer op de geplaagde Albert. Maartje was niet bang, ze kende amper het woord. Ze ging erop af en sprong de uitdager pardoes op zijn nek. Ze sloeg, ze krabde en trok aan zijn haren. „Als je niet ophoudt, krab ik je ogen uit!" krijste ze.

De aangevallene slaakte een kreet van pijn, gevolgd door een grove verwensing. Hij probeerde Maartje van zich af te schudden en terwijl hij daarmee bezig was, kon Albert zich wat beter verdedigen tegen de ander. Hij deed dat met verve, hij deelde zelfs een niet onverdienstelijke dreun uit.

Het gevecht had nog een poos door kunnen gaan, als vrouw Stije er niet was geweest. Nu verscheen zij in de deuropening en riep: „Ophouden! Ties! Bert! Kom onmiddellijk binnen." Meteen was het gevecht afgelopen. De helden namen de benen.

„Heb je genoeg gehad?" joelde Ties Stije nog.

„Nee!" riep Albert, terwijl hij zijn bloedneus probeerde te stelpen.

„Ik kom terug om het af te maken! En ik kom niet alleen!"

„Ben je betoeterd?" zei Maartje boos. Ze trok hem mee aan zijn mouw. „Je gaat er geen dorpsoproer van maken. Wat haal je je in je hoofd?"

„Wat zou jij in mijn plaats doen?" grapte Albert met een van pijn vertrokken gezicht.

Maartje moest het antwoord schuldig blijven. Ze zag Marius die aanstalten maken om de weg over te steken. Maar ze wuifde hem weg. Ze had zijn hulp niet nodig. Ze nam Albert bij de arm en trok hem mee, weg van de onheilsplek.

Albert luisterde niet naar Maartje. Hij deed wat elke jonge kerel zou doen. En hij liet er geen gras over groeien. De volgende dag verscheen hij in het dorp en hij had zijn drie potige broers meegebracht. De mensen zagen hen komen. Ze hadden iets gehoord over wat er met Loes van Overveld en Frans Stije aan de hand was en over de vechtpartij bij de hoeve van Stije. Ze trokken de voor de hand liggende conclusie.

Frans Stije kreeg een afrekening om van te hoesten!

Toen de broers Hagelaar de weg op gingen naar Stije, was hun komst al rond geseind. Het gevolg was dat ze op afstand werden gevolgd door een op sensatie beluste meute.

Ze kwamen niet verder dan de schamele kroeg van Bram Jolen die daar verloren langs de weg stond. Daar gingen de broers binnen, op aandringen van broer Hein, de gasfitter. „Eerst even bijtanken," zei hij tegen de mensen die schoorvoetend naderbij kwamen.

De boodschap was duidelijk en niet mis te verstaan. En er was altijd wel iemand die graag bereid was om de boodschap over te brengen. In dit geval een kleine blaag die in vliegende vaart naar de hoeve van Stije rende.

Ze kwamen, de Stijes, ook met zijn vieren. En Frans was erbij. Alleen Marius ontbrak. Ze kwamen met opgestroopte mouwen en stapten onvervaard de kroeg in.

Nog geen minuut later werd er gevochten dat de stukken ervan afvlogen. Letterlijk. Het interieur van het kroegje ging aan diggelen. Bram Jolen stond er bij en liet het gelaten over zich heen komen. Daarna werd de strijd buiten voortgezet, tot vreugde van het opgefokte publiek.

Het ging lang gelijk op. De broers van Albert waren zwaargewichten, maar de Stijes waren ook geen couveusekindjes. De vuisten dreunden, er werd gevloekt en getierd. Albert hield zich met Ties Stije bezig. Die had hem tenslotte uitgedaagd en bovendien kon hij die redelijk partij geven. Zijn toch al toegetakelde gezicht liep nog een paar blauwe plekken op, maar Ties kreeg ze uitgemeten. En of het nu een geluksklap was of niet, op een bepaald moment ging hij neer en hij bleef liggen.

„Ik heb genoeg," zei hij met opgezwollen lippen.

„Ik ook," zei Albert.

Als op afspraak staakten de anderen de strijd ook. Ze keken elkaar nog een keer dreigend aan en toen ging ieder zijns weegs. Maar heel het dorp wist het nu: Frans Stije had Loes van Overveld laten zitten en dat was hem duur te staan gekomen. En die Albert Hagelaar, de vrijer van Maartje, moest je niet te na komen. Want dan kreeg je met zijn broers te maken. En die konden er wat van!

Moeder Clara had er geen goed woord voor over.

„We maken wel naam in het dorp," merkte ze schamper op. „Dat ik met een ongetrouwde dochter zit die een kind verwacht, is niet genoeg. Ik heb ook een vechtersbaas in huis gehaald. Leuk is dat!"

„Ik had geen keus," zei Albert.

„Nee, dat zal wel niet. Het was je eer te na, zo is het toch? Maar wat schiet ik ermee op? Of Loes? Geen bliksem. Je kunt er donder op zeggen dat ik de pastoor over de vloer krijg. Je ziet hem nooit, hooguit eens per jaar om bij arme mensen zoals ik de kerkbijdrage op te halen. Maar nu zal hij komen. Reken maar. Hij smult van zoiets."

„Moeder, je hebt het over de geestelijkheid," wees Maartje haar terecht.

„Ik weet het en God zal mij vergevenom wat ik zeg. De pastoor zal ons niet uit de drek halen. Hij zal Loes adviseren om naar de nonnen te gaan in de stad als het zover met haar is. Met een beetje geluk kan ze daar de baby achterlaten..."

Loes reageerde als een furie: „Ik geef mijn kindje niet af! Ik ga nog net zo lief dood. Je kunt me de deur uitgooien, het maakt mij niets uit. Ik red me wel. Al moet ik er mijn nagels voor van mijn vingers werken, ik hou mijn baby."

„Dat is heel flink van je, Loes," zei Maartje bedaard. „Maar je moet goed bedenken wat het voor ons allemáál betekent. Niet alleen voor jezelf. Wij laten je niet in de steek, zeker niet. Moeder, dat zul je toch niet doen, wel? Loes hoeft toch niet weg?"

„Waar zie je me voor aan? Natuurlijk blijft ze thuis. Ze mag van mij niet eens naar een nonnenklooster, wat de pastoor ook zegt. Maar daarmee is niet gezegd dat we geen nare tijd tegemoet gaan. Zie ons zitten! Vier vrouwen, een baby op komst en geen man in huis. Het is te gek voor woorden."

„Ik ben er ook nog," waagde Albert.

„Jij telt niet mee, jij hangt er maar bij," wees moeder terug. „Zogauw jij en Maartje hoog en breed getrouwd zijn, mag je een beetje meepraten."

„Ik hoef niet getrouwd te zijn om te kunnen helpen. Als ik eenmaal bij Manske Pap zit, ben ik altijd bij de hand."

„Alsof ik daar zo blij mee ben," beet moeder hem toe. „Je bent nog niet eens in het dorp en je zet de boel al op stelten. Mooie aanwinst."

„Dat is niet eerlijk, moeder," zei Maartje. „Je weet hoe het is gegaan."

„Ja, ik weet het." Moeder Clara keek Albert aan en schudde haar hoofd. „Zo bedoel ik het ook niet. Je bent geen slechte kerel. Jullie kunnen het goed met elkaar vinden en daar ben ik heus wel blij om. Maar jullie moeten begrijpen dat het mij zo nu en dan te veel wordt."

„We komen er wel uit, moeder," troostte Maartje. „Er is altijd een oplossing."

Toen het die avond donker was, zat moeder Clara alleen in de

kamer. Mientje lag in bed. Maartje en Albert maakten een ommetje en ze hadden Loes op sleeptouw genomen.

Er kwam een man naar het dorp. Hij liep met vastberaden stappen om de kerk heen, de Heistraat in. Daar klopte hij op een deur.
Clara schrok. Ze was niet bang uitgevallen, maar toch was ze er
niet gerust op. De pastoor kon het niet zijn, die kwam zo laat de
pastorie niet meer uit. Misschien een van de buren? Nee, die kwamen gewoon achterom. Ze kwam van haar stoel en vroeg: „Wie is
daar?"

„Stije!"

Nu was de boot aan! De boer kwam zelf verhaal halen.
Wegsturen? Nee, dat kon niet. Binnenlaten evenmin. Maar ze had
geen keus. Ze kon die man niet aan de deur laten staan. Ze deed
open.

Hij stond groot en zwaar in het deurgat, met een somber gezicht.
Hij knikte en nam zijn pet af. „Vrouw Van Overveld, komt het gelegen?"

„Het ligt er maar aan wat je komt doen."

„Wij moeten eens praten."

Clara liet een schamper lachje horen. „Zeg dat wel. Kom verder,
dan krijg je koffie."

Hij leek met zijn grote gestalte het hele vertrek te vullen. Terwijl
Clara water op het vuur zette voor de koffie, keek hij zwijgend
toe. Hij wachtte geduldig. Pas toen ze hem had ingeschonken en
bij hem aan de tafel ging zitten, deed hij zijn mond open.

„Het is een rottige toestand, vrouw Van Overveld," zei hij op sombere toon. Hij zag dat Clara wilde reageren, maar met een handgebaar voorkwam hij dat. „Een mens kan het niet allemaal plooi-
en en buigen zoals hij wil. Je hebt het niet in de hand. Je werkt
hard, voor vrouw en kinderen. Je hoop is op de toekomst gericht.
En dan gebeurt er zoiets als dit. Het is ellendig!"

„Voor Loes zeker!"

Stije knikte. „Natuurlijk. Voor haar is het heel erg. Ik begrijp dat.
En als het aan mij had gelegen, was er garen op de klos gekomen.
Maar ik heb het niet alleen voor het zeggen. Onze Frans wil niet
naar rede luisteren, hij is zo bokkig als een steenezel en zijn moeder steunt hem daarbij."

„Het zit je dwars, Stije. Dat siert je. Ik waardeer het dat je me dat
komt zeggen."

74

„Zo'n kind kost geld."

„Het zal niets tekortkomen."

„Dat neem ik aan, maar het zal je kruim kosten. Laat mij in elk geval…"

„Nee! Ik wil je geld niet, Stije. Wij zijn maar eenvoudige mensen, maar wij zijn niet te koop. Voor geen prijs."

„Ik kóm het niet afkopen, mens!" Het klonk hard en verontwaardigd. „Daar ben ik niet rijk genoeg voor. Ik beschouw het als mijn plicht. Mijn vrouw en mijn zoon laten je dochter stikken, ik heb daar geen verweer tegen. Het enige wat ik kan doen…"

„Laat het achterwege, Stije!"

„Ik wíl het. Ook voor mijn eigen gemoedsrust. Het vreet aan me!" De boer legde een linnen zakje op de tafel. „Ik laat dit hier achter. Doe ermee wat je goeddunkt."

„lk raak het niet aan," wees Clara af.

„Mij een biet!" Hij slurpte zijn koffie naar binnen en stond op. „Je weet waar ik woon, vrouw. Als er iets is, kan niet schelen wat, laat het me dan weten."

„Je bent een goed mens, Stije," zei Clara, toch aangedaan.

„Nee, dat ben ik niet. Als ik deed wat ik móet doen, sloeg ik thuis een paar koppen tegen elkaar. Maar ik doe het niet, omwille van de vrede." Hij smakte met de lippen. „Ik wens jou en je dochter sterkte."

„Dat is in elk geval iets." Clara keek de grote man aan, ze zag de treurnis in zijn ogen. En ze hoorde zichzelf zeggen: „Als het kind er is, moet je nog maar eens langskomen."

„Misschien doe ik dat wel," zei boer Stije met een scheve glimlach en hij ging.

Hij verliet het huis van Clara van Overvelt en ging met grote stappen door de Heistraat. Op de hoek botste hij bijna tegen iemand aan. De boer wilde opzijgaan, maar hield meteen zijn pas in.

„Marius! Wat zoek jíj hier!" gromde hij verbaasd.

„Niets, ik sta hier maar," was het onnozele antwoord.

„Je hebt hier niets te zoeken. Er is al ellende genoeg."

„Ik wilde in de buurt blijven," bekende Marius. „Ik weet wel wat je bij Van Overvelt bent gaan doen. Ik ben niet gek."

„Als je er je grote mond maar over houdt. Is dat begrepen?"

„Ik ben het er helemaal mee eens. Het is een rotstreek van Frans."

„Bemoei je er niet mee. Het gaat je niet aan."

„Oh nee? Heet ik geen Stije?" Marius wond zich op. „Híj had hier moeten zijn. Een fatsoenlijke vent hoort dat te doen."

„Jij noemt je oudste broer geen fatsoenlijke vent?"

„Het is een flapdrol, vader. Dat weet je best. Hij staat bekend als een bonte hond. Hij zuipt en loopt er thuis de kantjes af. Misschien heeft hij wel meer meisjes een kind bezorgd zonder dat iemand het weet. En jullie, moeder en jij, jullie zwijgen er over."

„Zo is het wel genoeg."

„Nee, niet genoeg. Frans brengt schande over onze familie."

„Hou je mond toch, blaag die je bent! Mee naar huis, jij!"

„Ik zal mijn mond houden en ik ga mee naar huis," antwoordde Marius. „Maar daar blijft het niet bij, als je dat maar weet!"

Maar de vader wilde het niet meer aanhoren en ging. Langzaam liep Marius achter hem aan, de duisternis in.

Toen de meiden en Albert terugkwamen van hun wandeling, lag het geldzakje nog op de tafel. Clara had het niet aangeraakt. Ze was er huiverig voor en tegelijk wilde ze weten wat er inzat. Ze bracht het meteen ter sprake.

„Jullie hebben hoog bezoek gemist," zei ze met een veelzeggende blik naar de tafel.

Maartje trok de verkeerde conclusie: „De pastoor?"

„Ha! De pastoor. Het mocht wat. Raad nog eens." En toen dat niet gauw gebeurde: „Stije is hier geweest."

„Stije? De vader van Frans?" Loes schrok er wezenlijk van. „Wat kwam hij doen?"

„Kijk maar. Daar ligt het."

„Geld! Hij heeft geld gebracht! Hoeveel is het, moeder?"

„Al sla je me dood, ik weet het niet. Ik raak het niet aan. En al was het de honderdduizend, dan wil ik er nog geen cent van hebben. Het is voor jou."

„De rijke stinkerd komt de noodlijdende sappelaar een troostprijs brengen," schamperde Albert. „Waar haalt hij het lef vandaan?"

„Jou wordt niets gevraagd, lieverd," zei Maartje gevat. „Wat zei hij, moeder?"

„Hij zat er lelijk mee in zijn maag, dat zei hij. En hij meende het eerlijk. Tenslotte kan de vader er ook niets aan doen dat de zoon een varken is. En hij begrijpt net zo goed als ik dat een afgedwongen trouwerij niets dan ellende zal brengen. Ik wilde het niet aannemen, maar hij liet het achter. Het ligt er nog. Het is jouw geld, Loes."

„Van mij? Helemaal van mij?" Aarzelend nam ze het linnen zakje in haar hand. „Het is zwaar." Haar gezicht betrok en ze legde het terug alsof ze er vies van was... „Ik wil het niet."

„Kijk wat er inzit," spoorde Maartje aan.

„Zou ik... Moeder, wat moet ik ermee?"

„Je hebt gehoord wat ik zei. Ik wil het niet, maar jij zult het hard nodig hebben. Als je het afwijst, gaat het onmiddellijk retour."

„Geen sprake van!" protesteerde Albert. „Ja, kijk me maar aan. Jullie mogen zeggen dat ik er niets mee te maken heb, maar ik zeg dat jullie stapelgek zijn als jullie dat geld niet nemen. De feiten veranderen er niet door. Als Stije op deze manier probeert een beetje te helpen, wat is er dan verkeerd aan? Pak het aan, gebruik het. Geen mens hoeft het te weten. En het komt je dubbel en dwars toe."

„Albert heeft gelijk, Loes," vond Maartje.

Loes liet zich overhalen. Met zenuwachtige vingers maakte ze het koordje los waarmee het zakje was dichtgebonden. Ze keerde de inhoud om op het tafelblad. Het was klinkende munt. Rijksdaalders, een paar gouden tientjes, guldens. „Oh, moeder, kijk toch eens! Wat veel!"

„Mag ik even?" bood Albert aan. Hij schikte de munten, telde. „Da's mooi."

„Hoeveel is het, Albert?"

„Op de kop af honderd gulden! Je kunt zeggen: het jaarloon van een goede knecht."

Honderd gulden! Ze keken er sprakeloos naar alsof ze water zagen branden. Nog nooit hadden ze zoveel geld bij elkaar gezien.

„Wat er ook gebeurt, meid, jij en je kindje hoeven niets tekort te komen," zei moeder tegen Loes. „Die zorg wordt je tenminste bespaard. Neem het maar."

Loes gaf geen antwoord. Ze was te zeer ontdaan.

Het was onder deze omstandigheden dat Albert Hagelaar zijn intrek nam bij Manske Pap. Het gebeurde zonder ophef. Op een regenachtige morgen kwam hij met een platte wagen van de stad. Daar lagen zijn bescheiden bezittingen op. De wagen kon net door het vrijerspaadje achter het huisje dat van nu af aan zijn woning zou zijn. Geholpen door de vrachtrijder laadde Albert alles af en stouwde het in het enige vertrek dat betrekkelijk droog was. Toen dat was gebeurd, betaalde hij het vervoer met het geld dat vader hem stiekem in de zak had gestopt. Dat moeder hem al wat geld had gegeven, ging hij vader niet aan zijn neus hangen.

Hij ging aan het werk, op de vingers gekeken door Manske Pap. Met een grote bezem ging hij van boven naar beneden en schoof de verzamelde rotzooi door de achterdeur naar buiten. Er was een pomp, die na enig knarsen en piepen een straal bruin water uitbraakte. „Dat komt door het lange stilstaan," zei Manske. „Straks heb je kraakhelder water, let op mijn woorden." Albert pompte emmers vol, plaste en plensde en zo kwamen de planken vloeren tevoorschijn. Het viel best mee, die vloeren zagen er nog goed uit.

Ramen lappen, een bed in elkaar zetten op de open zolder, een tafel met een paar stoelen in de keuken. Het gebeurde allemaal in een vloek en een zucht. Want Albert had haast. Hij wilde klaar zijn als Maartje een kijkje kwam nemen. Dat had ze beloofd.

De meeste zorg besteedde hij aan zijn atelier. Daar gebruikte hij het grote woonvertrek voor. Hij zette de werkbank weer in elkaar die hij thuis had afgebroken, evenals de schappen langs de muur. Hij gaf zijn schopschijf een plaats bij het raam. Daar schoot hij niet veel mee op, want dat raam was dichtgetimmerd met planken.

„Ik heb nog wel wat glas staan," zei Manske. „Kijk maar wat je ervan kunt gebruiken." Veel soeps was het niet en Albert had nog nooit een ruit op maat gemaakt. Maar hij had vaardige vingers en het lukte hem. Met passen en meten en er vloeide wat bloed bij. Glasscherven kunnen venijnig scherp zijn. Maar het eindresultaat mocht er zijn.

Met voorbijzien van de tekortkomingen kon Albert tegen het einde van de middag zijn huisje als bewoonbaar bestempelen. Er viel weer licht door de ramen naar binnen, er was een oude potkachel die gulzig snorrend het afvalhout verslond. Op de kachel stond een ketel met water te pruttelen, water dat inderdaad wat lichter van kleur was geworden. Het was nu okergeel.

„lk moest de huur maar verhogen," zei Manske.

„Je kunt de pot op!" zei Albert. „Afspraak is afspraak."

Maartje kwam, recht van haar werk. De zorgen om Loes hadden even de beslommeringen van haar Albert op de achtergrond gedrongen. Maar nu was hij er, op een steenworp van haar af en ze wilde zien hoe hij zich redde.

„Nou, hoe vind je het, liefje?" vroeg Albert enthousiast nadat hij haar innig had omhelsd.

Het viel Maartje niet mee en eigenlijk had ze met hem te doen. Maar ze wist een dappere glimlach op te brengen. Ze wilde hem niet teleurstellen. Ze streelde zijn snor. „Om te werken is het prima," zei ze. „En met wat gordijntjes, zeil op de vloer en nog het een en ander, is het zelfs gezellig te maken."

„Gordijntjes? Waar praat je over? Dit is mijn atelier, helemaal alleen van mij!"

„Maar je moet hier toch ook wonen, liever."

„Daar heb ik weinig voor nodig. Ik ben niet verwend. Als ik eenmaal aan de slag ga en er komt geld binnen, is er altijd nog tijd voor de frutseldingen die jij noemt. Kom eens hier." Hij trok haar op zijn schoot. „Ik ga het hier helemaal maken, lieve schat. Je zult het zien. Morgen zal ik een etalage inrichten en ik ga een advertentie in het plaatselijk blad zetten. Jullie hebben toch een krant?"

„Wij niet en de meeste mensen niet. Alleen het groot volk. Die krijgen de krant uit de stad."

„En daar moet ik het van hebben. Ik zet een advertentie in de krant."

„Vergeet het parochieblaadje niet," zei Maartje.

„Zie je wel. Je denkt al met me mee. Oh, meidje, het komt allemaal dik voor elkaar." Er werd wat gevreeën, niet te lang, want Manske kon pardoes binnenkomen. Toen ging Maartje weer. Met de belofte dat ze thuis eens zou kijken of ze geen stof had waar ze een paar gordijntjes van kon maken. Want vrijen met die kale, gapende ramen om zich heen, dat vond ze toch maar niets.

Albert viel op in de gezapig voortlevende dorpsgemeenschap. Met zijn strijdlustig opgestreken knevel en zijn met klei besmeurde en met steengruis bestoven kleren stapte hij naar de bakker, naar de slager en de groenteman. De mensen zagen hem.

„Dat is de vrijer van Maartje van Overveld," zeiden ze. „Een rare vent. Hij is bij Manske in dat oude kot gekropen. Ja, hij moet wel getikt zijn. Anders doe je toch zoiets niet?"

„Het is een kunstenaar. Bij dat soort lui zit er altijd een schroefje los. Arm Maartje, wat gaat ze toch aanvangen met zo'n vent. Dat wordt armoe troef, je zult het zien."

„Ze zal toch niet bij hem gaan wonen? Dat zou helemaal te zot zijn."

En er waren mensen die al een voorschotje namen op wat volgens hen stond te gebeuren en zeiden: „Clara van Overvelt is er toch mee aan, met zulke dochters. De een laat zich een kind maken en de ander gaat met een halve gare aan de rol. Het moet nu toch echt niet gekker worden!" Zo werd er gepraat en al hoorde Albert het niet, hij merkte het wel. Hij zag de verbaasde, spottende en misprijzende blikken als hij door het dorp ging. Maar hij trok zich er niets van aan. Hij ging zijn eigen weg, vastbesloten stevende hij op zijn verheven doel af. Hij stond nu op eigen benen, een weg terug was er niet meer. Hij had plannen, hij had een einddoel in zijn hoofd. Hij maakte zichzelf niets wijs. Wat hij wilde was haast onmogelijk: geaccepteerd worden als beeldhouwer, naam maken, zijn werk aan de man brengen, bewondering afdwingen door keihard te werken om dat droombeeld waar te maken. En dan, als het even kon, zo gauw mogelijk met Maartje trouwen.

Het was eigenlijk te veel om te kunnen verwezenlijken, hij joeg een utopie na en diep vanbinnen wist hij dat maar al te goed. Maar hij wilde niet luisteren naar die plagende stem, hij vocht tegen de twijfels die hem zo nu en dan besprongen. Hij, Albert Hagelaar, was naar het dorp gekomen met een missie. Met een droom die werkelijkheid zou worden. Móest worden!

Manske Pap vond zijn kostganger ook een rare patat, maar hij was niet onwillig om hem te helpen. Hij maakte een deel van zijn winkeltje vrij, zodat Albert daar zijn beelden kwijt kon. Rara beelden waar je geen touw aan vast kon knopen, vond Manske. Grillige figuren van graniet en basalt. Zwaar waren ze wel, bijna niet te tillen. Welke gek wilde zoiets in huis hebben? Toch niemand? Maar daar vergiste Manske zich in. Omdat hij niet op de hoogte was van de wervende actie van Maartje.

De affaire van Loes en Frans Stije had natuurlijk gevolgen. Er werd geroddeld bij het leven en daarbij werden ook Albert en Maartje niet ontzien. Maartje merkte dat wel als ze bij de vaste adressen over de vloer kwam om verstelwerk te doen. Er hing vaak een wat stroeve sfeer. De vrouwen waarmee ze altijd te maken had gehad, deden soms nogal afstandelijk of ze waren zo nieuwsgierig dat ze het pijnlijke onderwerp aangrepen om achter de laatste nieuwtjes te komen.

Maartje had besloten om het niet uit de weg te gaan. Ze sprak er vrijelijk over, waarbij ze de kwalijke rol van Frans Stije heel duidelijk uit de doeken deed. Over wat er zich thuis afspeelde, zweeg ze, daar had niemand iets mee te maken. Maar als Albert ter sprake kwam, ging ze daar volledig in mee. Ze schilderde hem af als een gedreven kunstenaar die in het dorp de rust hoopte te vinden die hij nodig had. Ze maakte reklame voor hem.

Als naaister kwam ze ook bij het handjevol beter‑ gesitueerden over de vloer. En onder het verstellen van hemden en broeken vertelde ze aan mevrouw over haar verloofde, de beeldhouwer Albert Hagelaar. Zijn verblijf bij Manske Pap was maar tijdelijk, zo vertelde ze. Zo gauw hij een meer geschikt onderkomen had gevonden, zou hij zich daar vestigen.

Maartje gaf hoog op over haar Albert en de mevrouwen spitsten hun oren. Maartje speelde daar op in, ze vertelde tegen de vrouw van de notaris dat de vrouw van de drogist vastbesloten was om eens bij Albert te gaan kijken. Het was een klein vlammetje dat ze ontstak, maar het was het begin van een lopend vuur. De dames kregen opeens behoefte aan het verhevene, aan het kunstzinnige. De lompe, protserige pullen op de kast vielen in ongenade. Het zwartgelakte negertje bij de paraplubak in de gang werd een sta-in-de-weg. Men kreeg behoefte aan stijl, aan echte, onvervalste kunst.

En zo kwam het dat een van die deftige dames een kijkje kwam nemen in het winkeltje van Manske Pap. Het was mevrouw Mommers, de echtgenote van de dokter. Gesierd met een grote hoed met veren en een sjieke mantel losjes over de schouders stapte ze het winkeltje van Manske binnen. Nee, ze kwam niet om een rozenkrans of een Antoniusbeeldje, zei ze tegen de sjacheraar. Ze ging naar de hoek waar de beelden van Albert waren uitgestald en daar stond ze lange tijd. „De maker van deze... eh... objecten?" Ze vroeg het niet, ze eiste het op.

„Die is achter bezig," antwoordde Manske. „Zal ik hem even roepen?"

„Laat maar. Ik vind hem wel." Met opgetrokken neus stapte

mevrouw Mommers door de rotzooi naar het atelier en daar trof ze Albert, ijverig hakkend op een onwillig stuk steen.

„Ahum!" Albert schrok op en toen hij de deftige verschijning in de deuropening zag staan, liet hij van verbouwereerdheid bijna zijn gereedschap uit zijn handen vallen. Ze negeerde zijn ontsteltenis, deed alsof ze het niet zag. „Jij bent Albert Hagelaar?"

„Ja, mevrouw. Om u te dienen, mevrouw," antwoordde Albert.

„Juist." Ze wierp een zuinige blik in het rond. „Ik kom eigenlijk op advies van Maartje. Maartje van Overveld, dat is toch jouw verloofde?"

„Zo zou u het kunnen noemen, mevrouw." Ze knikte, als om aan te geven dat haar vermoeden dus klopte met de werkelijkheid.

Ze verliet haar plek bij de deur en liep naar de schappen langs de wand, alsof ze wist waar ze moest zijn. En dat bleek, want bijna meteen nam ze het jongenskopje in haar hand dat Maartje zo had bewonderd. Ze keerde zich om. „Ik zoek iets voor mijn man, dokter Mommers. Heb je tijd voor een opdracht?"

„Voor u… voor de dokter altijd, mevrouw."

„Goed. Ik zie niet veel in die vrijgevochten gedrochten van je. Ik wil dat je een kopje maakt als dit. Van onze jonge dochter. Kun je dat aan?"

„Dat zou ik denken," antwoordde Albert zelfbewust. „Als u bereid bent om enkele keren met het kind langs te komen om te poseren…?"

„Morgenmiddag, direct na schooltijd. Schikt dat?"

„Dat is prima," zei Albert. Het lag even op zijn lippen te vragen of ze ook aan een prijs had gedacht, maar hij vond het beter daar voorlopig over te zwijgen.

„Dat is dan afgesproken. Morgenmiddag, stipt vier uur. Goedendag."

„Goedendag, mevrouw," stamelde Albert.

Het kind in kwestie bleek een koket poppetje te zijn van een jaar of vijf. Opgedoft als een prinsesje, de weelderige, blonde pijpenkrullen bijeengehouden door witte en roze strikken. En met een snoetje, zo mooi, zo teer, om er wee van te worden. Met haar grote, hemelsblauwe ogen keek ze Albert bij het binnenkomen guitig aan.

„Het is een deugniet en een intrigante," waarschuwde mevrouw

Mommers meteen. „Eigenlijk moest ik erbij blijven terwijl je aan het werk bent, maar daar heb ik geen tijd voor. Over een uur kom ik haar weer ophalen. Schikt dat?"

„Een sessie van een uur lijkt mij voor het kind meer dan lang genoeg, mevrouw."

„Ik ben geen kind, ik ben een meisje," zei de kleine nuffig en weer was er die lokkende blik in dat hemelse blauw. „Ik heet Saskia."

„Dit bedoel ik," zei mevrouw hoofdschuddend. „Ze pakt je in waar je zelf bij bent. Ik hoop dat je voldoende stevig in je schoenen staat."

„Het zal wel loslopen," meende Albert overmoedig.

Het pakte anders uit. Saskia was een onverbeterlijke draaitol met verleidingskunsten die bijna griezelig aandeden. Ze zat geen ogenblik stil, kwam voortdurend van haar stoel om te kijken wat Albert ervan terechtbracht en ze bracht zijn hart aan het wankelen met allerlei gevlei en koosnaampjes.

„Wat ben jij knap, beeldhouwertje," waagde ze te zeggen. „En wat heb je een mooie, grote snor! Is hij zacht, die snor van jou, beeldhouwertje? Mag ik eens voelen?" En hup, ze wipte weer van haar stoel om te voelen of haar verwachting klopte.

„Saskia, als je niet rustig blijft zitten, kan ik echt geen mooi kopje van je maken," waarschuwde Albert. „Dat wil je toch wel? Een kopje van jezelf voor je vader?"

„Mijn vader heet pappie," corrigeerde het kind. „Ik ben zijn prinsesje. Vind jij mij ook een prinsesje, knappe beeldhouwer met je grote snor? Toe, zeg dat je me een mooi prinsesje vindt. Zeg het dan!"

„Je bent mooi en je ziet er net zo prachtig uit als een prinses, maar je bent ook een onmogelijke draaikont. Blijf toch zitten!"

„Oei! Dat hoor ik nu eens net. Je hebt een vies woord tegen mij gebruikt. Dat zal ik tegen mama zeggen. Wat zul jij op je bliksem krijgen, beeldhouwertje!"

Albert werd er wanhopig van. Op deze manier kwam er niets van terecht en hij stond al op het punt om er mee te stoppen, toen Maartje kwam binnenwippen. „Oh, liefste, je komt als geroepen." Albert gaf haar een haastige kus. „Kun jij dat mormel niet in bedwang houden terwijl ik werk. Ze maakt mij stapel."

„Maar dat is Saskia van de dokter!" zei Maartje. „Saskia en ik kennen elkaar heel goed, nietwaar? Ik maak bijna al haar kleertjes."

Saskia trok een pruillip. „Is het beeldhouwertje jouw vriendje? Wat gemeen!" Het kostte Maartje wat moeite om de teleurstelling van de kleine weg te praten en haar ertoe te brengen nu echt en braaf te poseren. „Maar dan moet je wel een verhaaltje vertellen," eiste de kleine vamp.

„Vertel, alsjeblieft," smeekte Albert. „Maak het spannend. Dat koket smoeltje staat me niet aan. Het is niet echt. Het is spel. Ik wil een echt kindergezicht zien."

Maartje begon te vertellen. Ze bedacht ter plekke een verhaal over een mooie prinses en een boze ridder die haar had opgesloten in zijn kasteel. Ze voerde een knappe prins ten tonele die verliefd werd op de gevangen prinses...

Terwijl ze vertelde, veranderde de uitdrukking op het gezicht van Saskia. Het werd zacht en teer en de ogen werden dromerig, aandachtig. En in een heel kinderlijk gebaar stak ze onbewust haar duimpje in haar mond.

„Hou vast!" hijgde Albert opgewonden. „Dit is het! Zo wil ik haar hebben. Vertel door, dat de stukken er afvliegen!" Hij kneedde de klei, duwde vormen op hun plaats, de ogen, de zachte lijn van het kinnetje, het brutale wipneusje, de blonde lok die speels over het blanke voorhoofd viel. Het zweet gutste langs zijn rug, het was alsof zijn sterke vingers aan het toveren waren. Tot zijn eigen verbazing zag hij voor zijn ogen een beeld ontstaan van een lief, dromerig meisje. En het was onweerlegbaar Saskia. Toen pas deed hij een stap achteruit.

Maartje kwam bij hem en hij zag de verwondering in haar ogen. „Is het iets?" vroeg hij. „Het is nog maar een begin."

„Oh, Albert! Het is prachtig. Je bent geweldig."

„Niet waar," riep Saskia, die van haar stoel was gekomen. „Mijn gezicht zit helemaal vol deuken en lelijke vlekken. Ik vind het niet mooi!"

„Ik hoop dat je moeder er niet zo over denkt," zei Albert.

Mevrouw Mommers zei niet veel toen ze haar dochtertje kwam halen. Maar wát ze zei, maakte indruk. Ze stond lange tijd te kijken en toen ze zich naar Albert omdraaide, zei ze: „Jij hebt goud in je vingers, jongeman! Puur goud!"

„De afwerking..."

„Zal het enkel nog fraaier maken," sneed ze af. Met het kind aan de hand verliet ze het atelier. Haar rokken ruisten.

Er waren nog enkele seances nodig. Zenuwslopende uren waarin de kleine Saskia nog wispelturiger en brutaler werd. Soms moest Albert echt streng tegen haar zijn en dat leverde dan weer een pruillip op en de nogal broeierige opmerking: „Je houdt niet meer van mij, beeldhouwertje. Ik vind je gemeen."
Maar de dag kwam dat hij mevrouw Mommers met enige trots het eindresultaat kon tonen. En de flamboyante dame was er compleet stil van. „Wanneer kan ik het mijn man tonen?" vroeg ze.
„Het moet in de oven en die heb ik niet," bekende Albert. „Ik moet ermee naar de stad. Dat zal al bij al zo'n week duren."
„Volgende week zaterdag, dus. Ik zal er zijn. En ik breng mijn man mee, tenminste, als hij niet wordt weggeroepen voor een bevalling of zo."
Ze hield woord en die zaterdagmiddag vond de overdracht plaats. Maartje had zich vrijgemaakt en was erbij toen dokter Mommers met zijn vrouw en de kleine hoofdpersoon arriveerden. Albert had het kopje op een hoog tafeltje gezet, goed in het licht. Hij had er een doek overheen gehangen. Het zou het effect verhogen, zo meende hij.
De dokter was benieuwd, hij bekende dat hij niet wist wat hem boven het hoofd hing. „Mijn vrouw drong erop aan dat ik met haar meeging," zei hij. „Ik had geen idee. En nu ik hier ben, weet ik het nóg niet. Wat gaat er gebeuren?"
„Ik heb een cadeautje voor je," zei mevrouw „Je bent binnenkort jarig en ik wilde je iets geven om in je spreekkamer te zetten. Meneer Hagelaar, laat het maar zien." Het was de eerste keer dat ze hem meneer noemde en Albert groeide!
Hij wenkte Saskia. „Wil jij mij even helpen?"
Hij bracht haar bij het tafeltje en vroeg haar de doek voorzichtig weg te nemen. Ze deed het met de flair van een filmster. Het doek viel en in het volle licht werd het matglanzende kopje zichtbaar. Het was in één woord prachtig en de reactie van de dokter was navenant. De door het leven geharde man stond als aan de grond genageld, hij trok wit weg en hij moest verdorie zijn bril even afzetten.
„Verdomme! Dat is mijn kleine schat!" bracht hij uit.
„Dat hebben het lieve beeldhouwertje en ik voor je gemaakt, papa!" zei Saskia.
Dokter Mommers schudde zijn hoofd, hij keek Albert aan. „Hoe is

het mogelijk? Het is... het is werkelijk geweldig! Meesterlijk!"
„Ik heb er met plezier aan gewerkt," bekende Albert.
„En je hebt eer van je werk. Proficiat!" De dokter bedankte zijn vrouw een beetje formeel, met een kus op de wang. „Dankjewel. Ik ben er heel blij mee."
Maartje kwam in actie met koffie en cake. Voor Saskia was er een kogelflesje limonade. Er ontstond een feestelijke stemming.
Albert beloofde dat hij het beeldje persoonlijk zou komen afleveren. De hoop dat er dan meteen kon worden afgerekend, liet hij onbesproken. Dat deed mevrouw. „Wat de prijs betreft, hoef jij niet bescheiden te zijn. Het beeldje zal een sieraad zijn in ons huis. En ik zal je aanbevelen bij mijn vriendinnen. Ze zullen nieuwsgierig zijn en jaloers!" Ze genoot zienderogen. „Kan het vanavond al? Dan heb ik visite." Met de belofte van Albert dat hij er zou zijn, vertrokken ze.
Hij danste met Maartje door het atelier. Hij kuste haar op de haren, op haar wangen en lippen. „Zie je wel!" jubelde hij. „Ik ga het maken! Ik ga het helemaal maken!"

# HOOFDSTUK 5

Toen de winter aanbrak, liep Loes met een dikke buik. Ze maakte er geen geheim van. Ze had haar grootste verdriet en ontreddering over het afhaken van Frans Stije overwonnen. Ze was fier op haar zwangerschap, ze schaamde zich er niet voor. Het advies van meneer pastoor om bij de nonnen in de stad te bevallen en het kindje af te staan aan meer gegoede mensen die zelf geen kinderen konden krijgen, had ze verontwaardigd van de hand gewezen. „Niemand, maar dan ook niemand is rijk genoeg om mijn baby te kunnen kopen!" had ze op harde toon tegen de zielenherder gezegd toen hij op huisbezoek kwam. „Ik hou mijn kind en ik zal het zelf opvoeden. Als het moet, alleen! Als mij dat ten schande maakt, meneer pastoor, dan moet dat maar. En als u soms van plan bent om mij in de biechtstoel het schuifke te geven als ik uw advies niet opvolg, want daar hebben de mensen mij voor gewaarschuwd, dan kan mij dat geen zier schelen. Dan word ik maar een afvallige, ongehuwde moeder!" Het waren harde, nimmer gehoorde woorden die de pastoor naar het hoofd kreeg geslingerd. Hij was met stomheid geslagen en moeder Clara, die erbij was, had Loes flink de les gelezen. Zo sprak je niet tegen meneer pastoor. „Jij misschien niet, moeder," had Loes geantwoord. „Ik doe dat wel. Ik heb er genoeg van om de smoezelige praatjes achter mijn rug te accepteren. Wat in mijn lijf groeit, is een groot geluk, voortgekomen uit liefde, niet uit zonde!"

„Ho, ho," waagde meneer pastoor. „Het was fout. Dat moet je toch toegeven, lieve kind. En wat het schuifke betreft, zoals jij het noemt, voor excommunicatie moet je heel wat meer op je geweten hebben."

„Dus ik mag mijn plichten blijven vervullen? Dat is in elk geval iets. Overigens, ik ben uw lieve kind niet en dat hebt u met uw sermoenen duidelijk laten merken. U hebt mij om de oren geslagen met hel en verdoemenis. Maar ik voel mij niet schuldig en ik weet dat God mij al hoog en breed heeft vergeven voor wat u fout noemt."

„Ook ik vergeef je als je ootmoedig je misstap betreurt en om vergeving vraagt."

„U begrijpt er niets van! Hoe kan ik nu betreuren wat mij zielsgelukkig maakt? Ja, ik ben gelukkig, ook al heeft de vader van mijn kindje mij in de steek gelaten. Meneer pastoor, wie is hier schuldig? Ik, die mij uit liefde aan hem heb gegeven en de consequenties aanvaard met overgave, of hij, Frans Stije, die mij uit pure wellust heeft genomen en daarna aan de kant gegooid? Zeg het me!"

„Ik keur zijn houding niet goed," was het zalvende antwoord. „Maar hij heeft zijn schuld beleden."

„En nu is alles vergeten en vergeven? Heeft het er soms iets mee te maken dat hij nu op trouwen staat met Lotte Pijpers? Zodat hij als een achtenswaardig man, met het hoofd in de nek, kan gaan rondstappen, zoals het past voor een zoon van een rijke boer?"

Toen Loes dat zei, was de pastoor opgestaan en hij was de deur uitgelopen. „Zo, die zien we hier nooit meer terug," zei Loes voldaan.

„Je moest je schamen," zei moeder.

„Haha!" schaterde ze. „Alweer, moeder? Vergeet het maar rustig. Ik ben de schaamte voorbij. De pot op met meneer pastoor, met de roddelaars en schijnheilige kontkruipers in het dorp." Het was duidelijk: Loes had een les getrokken uit haar toestand. Ze was als een vlinder door haar meisjesjaren gefladderd en ze was tegen de vlam gevlogen. Die had haar geschroeid, maar niet verbrand. Ze was er sterker door geworden, zelfbewust en trots. Ze ging niet gebukt onder haar naderend moederschap.

De eerste vorst kwam, na wekenlange regenvlagen uit laag voortjagende, donkere wolken. In de vroege morgen oogden de berijpte velden wit en was de lucht ijl en helder, tot ver aan de horizon. De koeien stonden op stal, aardappelen, bieten en rapen waren ingekuild. De hooizolders en hooimijten puilden uit. Zij die het konden opbrengen, hadden ham en spek in de schouw en een varken in de kuip in de kelder.

De kachels en fornuizen moesten branden. Tegen de zijgevels van huizen en boerderijen lagen de takkenbossen hoog opgestapeld. En als het er aanzat, was er turf ingeslagen, die werd droog gehouden onder een afdakje. Slechts een enkeling kon zich steenkool veroorloven.

De avonden waren lang, de nachten koud en kil. Voor bedelaars en zwervers was het een slechte tijd. Zij klopten aan om een hap eten en onderdak. Ze kenden de adressen waar ze welkom waren. Waar ze mochten aanschuiven voor het avondeten en waar altijd

een plaats was in het broeierige hooi boven de koeien.
Op stropers werd nu extra fel jacht gemaakt. Het altijd doorgaande spel van de konijnenstrikkers en jachtopzieners was in volle gang. Zij kenden elkaar, wisten wat ze aan elkaar hadden. Overdag groetten ze elkaar als goede vrienden en in het café waren ze de beste maatjes, zo leek het. Maar als de avond viel en de klok liep naar de kleine uurtjes, dan werden ze vijanden. Zo was het altijd geweest, vooral in de wintermaanden.

Er daalde een stilte over het dorp, het was alsof iedereen krachten verzamelde om klaar te zijn voor het aanbreken van het nieuwe voorjaar.
In het huis van moeder Clara ontstond een andere sfeer. Er werd besloten dat Mientje het werk van Loes als los daghitje zou overnemen. Ze was nu oud genoeg om te gaan werken, zo oordeelde moeder en Loes ging zwaar van haar zwangerschap. Zij en moeder waren nu de hele dag samen.
Mientje, jong en ongedurig, ging met grote tegenzin aan de slag. Ze wilde moeder niet voor het hoofd stoten door ronduit te weigeren, maar al na de eerste dag van hard sloven stond het voor haar vast: zo gauw ze de kans kreeg, zou ze naar een ander baantje uitzien. En die kans kwam. Haar boezemvriendin Nellie Bondelaar, de jongste dochter van de plaatselijke bakker, vertelde Mientje dat haar oom Wiel een hulpje zocht voor in de winkel. Wiel Bondelaar dreef een kruidenierszaak met de wat stads klinkende naam WIBO. Het klonk zo'n beetje als de EDAH in de stad, vond hij. Hij wilde zelf ook graag voor vol worden aangezien, vandaar. Nu moet gezegd worden dat hij een goedbeklante zaak had. Bijna alle dorpsvrouwen deden bij hem hun inkopen. Hij was slim genoeg om bij de wat ver buiten het dorp wonende boeren de boodschappen thuis te brengen. En dat was ook de reden waarom hij een hulp moest hebben die tijdens zijn afwezigheid de winkel kon doen. Want Bertha, zijn vrouw, was daar totaal niet geschikt voor. Het zware mens leed voortdurend aan allerlei kwalen en kwaaltjes, ze zou het in de winkel nog geen halfuur volhouden. Mientje ging erop af en Wiel nam haar meteen aan. Voor zes hele dagen in de week tegen een aardig loon en met de kost.
„Ik ga van jou een echte winkeljuffrouw maken," zei Wiel, handenwrijvend, terwijl hij met onverholen gulzige ogen het slanke

meisje bekeek. „Als jij je best doet, zul je geen klagen hebben. Ik ken je moeder, dat is een goed mens. En je zusters ken ik ook heel goed, ik heb jullie Maartje vaak genoeg in de winkel gehad. Ja, meidje, je komt uit een goed nest, wat de mensen ook mogen zeggen. Ik doe aan die kletspraat niet mee. En als er klanten komen die erover beginnen, hou jij je maar Oost-Indisch doof." Mientje had het op het puntje van haar tong om te vragen waar hij op doelde, maar ze liet het achterwege omdat ze het antwoord wel wist. Het ging natuurlijk over Loes.

Ze nam de baan aan en daarna vertelde ze het pas tegen moeder Clara. Die stond meteen op haar achterste benen. „Wat haal je je in je hoofd!" viel ze uit. „Nu laat je zonder boe of bah te zeggen al die goede werkhuizen van Loes in de steek! Wat moeten die mensen daarvan denken? Die rekenen erop dat ze geholpen worden en nu staan ze er opeens alleen voor. Ze zullen een andere daghit zoeken en straks staat Loes zonder werk. Door jouw schuld, snotneus die je bent!"

„Maar moeder, je maakt jezelf toch niet wijs dat Loes nog ergens aan de slag zal komen?" wierp Mientje tegen. „Ze zien haar aankomen, de keurige dames die nu grote schande over haar spreken. Je gelooft toch niet dat die een ongetrouwde moeder aan de deur willen hebben? Loes kan beter de eer aan zichzelf houden en ander werk zoeken als ze daar weer aan toe is. En ik heb geen zin om me voor die kakmadammen uit te sloven. Bij de WIBO zal ik het naar mijn zin hebben en ik breng toch een behoorlijk loon mee naar huis. Waar maak jij je druk over?"

Moeder Clara trok een gezicht. Ze kon de woorden van haar jongste moeilijk weerleggen. Toch moest ze er iets van zeggen. „Je had er eerst met mij over moeten praten," vond ze.

„Dan had je het meteen verboden, moeder!" Daar kon Clara weinig tegen inbrengen en ze deed er het zwijgen toe.

Maartje had het drukker dan ooit. De mensen hadden de winterkleren tevoorschijn gehaald. Er moest versteld worden, uitgelegd en opgelapt. Het naaimachientje ratelde de hele dag. Als ze na een lange dag zwoegen naar huis ging, was het donker. Vooral op de buitenwegen kon je geen hand voor ogen zien. Alleen de verlichte ramen van de verspreid liggende boerderijen wezen haar de weg.

Maartje was niet bang, maar een wandeling in het pikdonker over de zandbanen van de Kempen was niet bepaald een van haar favoriete liefhebberijen. Ze deed het omdat het moest, met kloppend hart en beducht voor elk ongewoon gerucht liep ze tussen de onophoudelijk ruisende, zuchtende dennenbomen, en de wuivende wind die over de velden de geruchten van heel veraf aanvoerde. Met haar voetstappen knarsend in het mulle zand van de weg, het gewicht torsend van haar handnaaimachine. En elke keer was ze weer blij als ze de eerste lantaarn van het dorp zag. Dan kwam ze tot rust, dan voelde zij zich weer op haar gemak.

Soms, als het niet al te laat was geworden, ging ze even bij Albert langs. Het was een tussenhalte waar ze moeilijk voorbij kon gaan. Albert was een gretige vrijer. Waar hij ook mee bezig was, hij liet altijd alles in de steek om haar te omarmen, te koesteren en knuffelen en te kussen. En Maartje liet zich dat graag welgevallen. Na zo'n eerste begroeting vertelden ze elkaar de belevenissen van die dag, wie ze hadden gesproken en waarmee ze met hun gedachten bezig waren geweest. Want de toekomst waar ze allebei van droomden, kwam dichterbij.

Albert sprak al heel vroeg over trouwen, vanaf het moment dat hij in het dorp was gekomen. Maartje vond het daarvoor nog te vroeg. Ze had daarvoor verschillende redenen. Ze voelde zich nog te jong voor een huwelijk. Ze bezaten niets. Nu ja, ze had een klein spaarpotje, maar daar kon je geen huis mee inrichten. En Albert was nog steeds zo arm als een luis.

Van zijn hooggespannen verwachting na die eerste opdracht van mevrouw Mommers, kwam niet veel terecht. De klanten kwamen niet massaal toestromen. Er waren een paar klanten geweest. maar die waren vooral gekomen om die jonge beeldhouwer te zien waarover de vrouw van de dokter zo hoog opgaf. Hooguit namen ze een klein beeldje mee als een soort souvenir. Een hondje, een slapende baby, een paardje. Dingen die Albert maakte als hij een mopje klei over had en die hij voor een appel en een ei van de hand deed. Voor de rest beperkten de klanten zich tot kijken. Maar van kijken kon Alberts schoorsteen niet roken. En hij vertikte het om tegen zijn ouders in de stad te bekennen dat hij zo krap bij kas zat. Hij had het er al moeilijk genoeg mee als Maartje bij hem kwam met een pannetje soep of stamppot. Dan schaamde hij zich, voelde zich een mislukkeling. En bij haar thuis de benen onder de tafel steken deed hij al helemaal niet. Dat was zijn eer te na. Hij werd er neerslachtig van.

Het kostte Maartje heel wat moeite om hem op te fleuren, om hem ervan te overtuigen dat ze geloofde in zijn kunnen. „De doorbraak komt, dat weet ik zeker!" zei ze telkens maar weer. „Ja, en net als bij een dijkdoorbraak zal ik verzuipen in mijn armoe, met heel mijn hebben en houden," was dan zijn grimmige reactie.

In zo'n stemming kon hij haar soms zo stevig omarmen dat het bijna pijn deed en dan gromde hij wanhopig in haar haren: „Red mij, schat! Trouw met mij! Kom bij me!" En dan was het weer aan Maartje om hem duidelijk te maken dat de tijd daarvoor nog niet rijp was.

„Eerst moet de situatie thuis veranderen. Loes zal in het voorjaar haar kindje krijgen. Gelukkig ben ik thuis niet meer de enige die verdient. Maar wat Mientje bij de WIBO verdient, is niet om over naar huis te schrijven, al is het altijd nog beter dan helemaal niets. Eigenlijk komt het nog steeds voor het grootste deel op mij neer. En ik kan mijn moeder en mijn zusters toch niet in de steek laten? Dat verlang je toch niet van mij? Dat zou onmenselijk zijn."

„Nee, natuurlijk verlang ik dat niet van je. Het is al erg genoeg dat jij in je eentje zo moet sloven om de kost te verdienen voor jullie allemaal. Dat houdt geen mens vol." Maar in zijn hart vervloekte hij Frans Stije omdat hij Loes met een kind had opgezadeld en hij verweet Loes dat ze zich zo makkelijk had laten pakken. Als dat niet was gebeurd zouden ze nu misschien wel kunnen trouwen. Dan had Loes kunnen blijven werken en was Maartje vrij geweest om haar eigen weg te gaan.

„Ik ga er voor zorgen dat er geld op de plank komt," beloofde hij Maartje. „Ik pieker me suf op dat ene, grandioze idee, dat ons uit het slop zal halen."

„Niet piekeren, diep nadenken," corrigeerde Maartje. „Het gáát gebeuren. Als de winter maar eenmaal voorbij is. De feestdagen komen er aan. Sinterklaas, Kerstmis, Oud en Nieuw. De mensen hebben nu geen tijd of oog voor jouw kunst. Maar dat komt wel. Daar geloof ik vast in."

„Kerst! Verdorie, ja, dat is het!" riep Albert.

„Wat is wat, lieveling?"

„Beelden! Maria, Jozef en het kind! Geen slappe afgietsels uit een gipsfabriek, maar echte beelden. Handgemaakt naar eigen ontwerp en gekopieerd in eigen mallen!"
„Kun jij dat dan?" aarzelde Maartje.
„Kunnen? Natuurlijk kan ik dat. Ik heb een oven, dankzij mevrouw Mommers. Ik ga een kerstgroep maken zoals de mensen nog nooit hebben gezien. Geen kitscherige prullen, maar echte kunst, tegen betaalbare prijzen, voor iedereen!"
„Oh, lieveling, ik vrees dat de mensen daarop niet zitten te wachten." Meteen was er een geërgerde trek op zijn gezicht en Maartje haastte zich te zeggen: „Ik bedoel, je beelden zullen best prachtig zijn, daar twijfel ik niet aan. Maar ook duur. In elk geval duurder dat de beeldjes die Manske Pap elk jaar voor zijn raam zet. De mensen zijn arm, Albert. Ze zijn al blij als ze met Kerstmis eens goed kunnen eten en dat de kachel brandt. Ik betwijfel…"
„Laat maar, ik begrijp het." Albert dacht na. „En als ik er nu eens iets aan toevoegde, iets wat de mensen een reden geeft om toch te kopen?"
„Misschien weet ik wel iets. Ik heb eens bij chique mensen een kerstgroep gezien en die was helemaal met de hand gemaakt. Eigenlijk waren het geen beeldjes, maar poppen. Poppenkoppen en handjes en de kostuums, zal ik maar zeggen, de kostuums waren gemaakt van kleurige lapjes stof. Dat was heel mooi."
„Maartje, liefste van me, je bent geniaal! Alleen de kopjes en handjes in klei. Keurig op een rij in een doos. Met een handleiding erbij, een tekening hoe ze de beeldjes moeten maken. Wacht eens! Jij bent naaister. Zou jij zo'n volledige kerstgroep kunnen aankleden? Ik hoef het niet eens te vragen, jij bent zo handig."
„Een hemd verstellen is heel iets anders dan een jurk voor Maria maken. Maar ik kan het proberen. Ik heb lappen genoeg."
„Dan is dat de oplossing. Alleen koppen en handjes. Dat bespaart mij een hoop werk en materiaal. Jij kleedt zo'n groep helemaal aan en die zetten we bij Manske voor het raam. En ergens in de stad ook een, in het centrum. Op die manier moet het lukken."
„Waar wacht je dan op, geniale vrijer van me?" daagde Maartje uit. En schalks voegde ze eraan toe: „Pas maar op, je zult nog een echte, doorgewinterde gelovige ziel worden met je beeldjes!"
„Als ik wist dat het wat opleverde? Waarom niet?" deed Albert luchtig.

Hij maakte de kopjes in roodbruine klei. Stuk voor stuk kleine kunstwerkjes, echte gezichten, elk met een eigen karakteristieke gelaatsuitdrukking. Hij zorgde ervoor dat het herkenbare gezichtjes waren en hij maakte er een paar schaapjes en een hond bij. Geen kameel, geen os en ezel. Teveel werk en te omslachtig. Hij maakte mallen van zijn creaties, vulde ze met zachte, handzame klei en liet het drogen. Daags erna had hij zijn eerste serie op een rij staan. Het zag er prima uit.

Hij werkte nu van de vroege morgen tot de late avond. Maartje had de eerste groep mee naar huis genomen en kleedde die aan met wijde, zwierige mantels voor de koningen en eenvoudige broeken en jassen voor de herders. Ze zagen eruit als boeren die van het land kwamen. En toen de hele groep klaar was, sloeg moeder Clara de handen in elkaar van bewondering.

„Oh, wat is dat prachtig!" riep ze uit. „Jullie worden nog schatrijk."

„Dat betwijfel ik," zei Maartje.

Direct na het sinterklaasfeest plaatste Albert zo'n aangeklede kerstgroep bij een kunsthandel in de stad, met een volledige serie hoofdjes en handjes in een handzame doos. Ook bij Manske zette hij zo'n groep ten toon en toen was het wachten op kopers.

Er gebeurde niets, zo leek het, maar toen Albert na een paar dagen weer eens in de stad ging kijken, zei de winkelier: „Ik moet tien groepen hebben." En toen hij thuiskwam, hield Manske Pap hem aan en zei: „Vrouwke Bukkem heeft een groep gekocht. Ze ging er iets heel moois van maken, zei ze." Het was het begin van een rage die Albert en Maartje niet hadden voorzien. De mensen kregen plotseling genoeg van hun jarenlang in december van de zolder gehaalde, stoffige, afgeschilferde beeldjes van gips. Kerstgroepen die soms van geslacht op geslacht dienst hadden gedaan werden verwezen naar de vuilnisbak. Zo ging het in de stad en zo ging het ook in het dorp.

En het ging dubbelop. Want in het dorp was al gauw bekend dat de groep die bij Manske Pap voor het raam stond, door Maartje van Overveld was aangekleed. Ze klopten bij Maartje aan, die geen nee kon zeggen. Opeens zat ze tot over haar oren in het werk. Dagenlang zat ze van de vroege morgen tot de late avond minuscule manteltjes, capes en sluiers te maken. Het was prutswerk, ze ging met tranende ogen van het turen naar bed, maar ze stuurde geen enkele klant weg. Ze moest er zelfs een paar werkhuizen voor afzeggen, tot na de kerst. Niet iedereen was daar blij mee, maar er was begrip voor.

Daags voor Kerstmis ging de laatste kerstgroep de deur uit. Eindelijk kon de kas worden opgemaakt. Albert en Maartje deden dat samen in zijn bescheiden huisje. Toen de laatste optelling gedaan was keken ze elkaar aan met ogen die straalden van blijdschap.

„Ik ben erbovenop," zei Albert een beetje buiten adem.

„Je bedoelt: wij samen," verbeterde Maartje.

„Ja, natuurlijk. Dat bedoel ik ook. Het heeft meer opgebracht dan ik had durven hopen. En vergeet niet, liefste, dat dit elk jaar zal terugkomen. Want volgend jaar breng ik ze weer op de markt. Op grote schaal, door heel de Kempen. Wat zeg ik, door heel Brabant."

„Ja, dat moet je doen," zei Maartje, maar het klonk een beetje aarzelend.

„Wat is er?"

Ze keek hem aan. „Ik hoop dat je het belangrijkste niet uit het oog verliest."

„En dat is?"

„Je mag je niet blindstaren op dit succesje, liever," zei ze voorzichtig. „Je bent beeldhouwer, weet je nog wel? Geen poppenbakker. Als je wilt dat je voor vol wordt aangezien, zul je nu toch weer uit een ander vaatje moeten tappen."

„Natuurlijk. Dat spreekt toch vanzelf. Ik zit te snakken naar een nieuwe opdracht."

„Ik dacht wel dat je dat zou zeggen," zei Maartje spijtig. „Om je kunst te beoefenen, heb je toch geen opdrachten nodig. Dat heeft toch met inspiratie te maken? Je hebt toch altijd beelden gemaakt, omdat je ze móest maken? Dat heb je mij zelf verteld."

„En het heeft mij nooit één cent opgeleverd."

„Je hebt nu naam gemaakt met je kerstgroepen. Buit dat uit. Breng je werk naar die kunsthandel in de stad. Vraag hem te exposeren voor je. Dat is hij bijna aan je verplicht. Want hij heeft ook goed verdiend aan jouw kerstgroepen."

„Ik zou het kunnen proberen."

„Niet proberen! Dóen!" Het klonk als een bevel.

Albert keek om zich heen, hij keek naar de schappen waar zijn creaties wat stoffig stonden te dromen. Hij was ze bijna vergeten. Hij schudde zijn hoofd. „Weet je, het doet me niet veel meer," gaf hij somber toe.

„Wat zeg je nu?" Maartje kwam van haar stoel, ze liep om de tafel heen en nam zijn gezicht in haar handen. Even speelde ze met zijn parmantige, zijdezachte snor. „Wat is dat nu voor onzin, lieverd? Het is je leven, je roeping. Vergeet heel Kerstmis, ga weer beelden maken. Beelden van mensen. Je bent op weg een heel groot kunstenaar te worden. Verpruts het nu niet."

Albert trok haar op zijn schoot. Hij kuste haar hevig. „Ik zal het doen," beloofde hij. „Als jij mij blijft steunen, komt het oude gevoel wel weer terug. Maar niet nu. Mijn hoofd staat er niet naar."

„Dat hoeft ook niet." Maartje kuste hem zacht en innig. Ze liet toe dat zijn tastende handen haar lichaam verkenden. Ze keek hem aan, niet afwijzend zoals tot nu toe altijd het geval was geweest, maar met een open, lokkende blik. „Ik hou zoveel van jou, Albert Hagelaar," fluisterde ze een tikje hees. „En ik ben zo trots op je. Misschien…" Ze aarzelde.

„Wat, misschien, lieveling?" Ze antwoordde niet en hij begreep haar. Hij stond op, met haar in zijn armen. „We gaan samen Kerstmis vieren!" zei hij opgewonden.

Ze sprak hem niet tegen. Gewillig liet ze zich naar het gammele ledikant brengen.

Toen Maartje een hele tijd later naar huis ging, was haar tred licht en haar hart zong. Er was geen enkel bezwarend gevoel dat haar plaagde. Integendeel. Ze had zich volledig overgegeven aan de gretige liefde van Albert en het had haar intens gelukkig gemaakt. Niets had gestoord, het was mooier dan ze zich ooit had voorgesteld. Er klopte niets van de smerige praatjes die ze soms moest aanhoren van teleurgestelde vrouwen. Man en vrouw samen, in liefde verenigd, dat was de mooiste, de heerlijkste uiting van liefde die er bestond. En het feit dat het haar uitgerekend op kerstavond was overkomen, met de man die ze boven alles liefhad, maakte alles nog mooier, nog verrukkelijker!

Het leven is goed voor mij, overdacht Maartje onder het voortgaan. Ach, ja, ze besefte maar al te goed dat er nu niet al te lang meer gewacht kon worden met trouwen, maar daar wilde ze nog niet aan denken. Het kon haar hart niet bezwaren.

Natuurlijk wilde ze niet dat het misliep, zoals met Loes. Niet vanwege de schande die ermee gepaard zou gaan, daar was wel overheen te komen. N iet omdat ze twijfelde aan de trouw van Albert. Hij zou haar nooit in de steek laten, daar was ze zeker van. En evenmin maakte ze zich zorgen over meneer pastoor. Die goede man wist niet eens wat de liefde tussen twee jonge mensen inhield. Dat kón hij niet weten, hij mocht het niet eens weten. Dat liet zijn ambt niet toe.

Nee, ze wilde het niet voor zichzelf en voor Albert. En voor moeder. Het arme mens had al zorgen genoeg aan haar hoofd. Toen Maartje daaraan dacht, verschenen er denkrimpels op haar anders zo gave voorhoofd. Ze dacht aan Loes. Het kindje van Loes kwam immers algauw. In het vroege voorjaar zou het gebeuren, dokter Mommers had het gezegd. Gelukkig was het nog niet zover, maar er moest toch van alles worden geregeld. Je kon de dingen niet op hun beloop laten.

Janna de Meerdere had al aangeboden te bakeren en moeder had dat goedgevonden. Janna had een goede naam als baker, beter dan Truus van Beek, de vrouw van de koster. Zij kwam trouwens helemáál niet in aanmerking, nog aangenomen dat ze het zou willen doen. Als kostersvrouw was ze nog heiliger dan de pastoor. Ze zou er feestelijk voor bedanken om te helpen bij de bevalling van een ongehuwde moeder. Janna zou het dus doen en ze hield Loes in de gaten zoals een kloek haar kuikens.

Toen ze hoorde dat Clara en Loes naar de stad waren geweest om de nodige inkopen te doen, was ze daar knap gepikeerd over. „Het heeft geen pas," zei ze meteen toen ze binnenkwam. „Te veel op stap gaan is niet goed, niet voor de moeder en niet voor het kind. Dat zou jij toch moeten weten, Claar! Ik snap niet dat je zo onverstandig kunt doen."

„Luister eens hier, Janna," had Clara geantwoord. „Ik weet heus wel wat kan en wat niet. Loes is een sterke, jonge vrouw, daar is niks mis mee. Dokter Mommers kan dat beamen. En ons Loes voelt zich goed, beter dan ooit. Zij wilde naar de stad en ze zou alleen zijn gegaan als ik haar niet gezelschap had gehouden. Er is helemaal niks aan de hand. Kijk zelf maar, zie haar daar zitten! Een bloem in volle bloei!"

Clara had gelijk. De zwangerschap deed Loes goed. Ze was het type vrouw dat geboren leek om kinderen op de wereld te zetten. Na een paar weken van beroerdigheid, was ze zich beter gaan voelen dan ooit. Zozeer zelfs dat de narigheid met Frans Stije naar de achtergrond verdween en ze zich helemaal op de komst van haar kindje ging concentreren. In zekere zin was ze bijna helemaal content, naar lichaam en ziel.

Janna de Meerdere zag dat ook wel. Ze gromde een beetje na en gaf het toen op. Och, eigenlijk had ze zich maar wat verongelijkt gevoeld omdat Loes haar niet had gevraagd om mee naar de stad te gaan om de nodige dingen te kopen. Zij zou immers de baker zijn.

Maartje moest glimlachen toen ze daaraan terugdacht. Loes en zij hadden er 's avonds in bed nog over nagepraat. Daarover en over andere dingen. Dat deden ze nu bijna elke avond. Ze stortten hun hart tegenover elkaar uit. Zo zei Loes op een keer heel droog en bijna zakelijk: „Ik ben vanmiddag Frans Stije tegengekomen."

„En… wat zei hij?"

„Niets. Helemaal niets. Ik kwam bij de bakker uit de winkel en daar stond hij tegen de muur geleund, aan de overkant van de straat. Met zijn handen in zijn zakken. Hij keek mij aan zonder een spier te vertrekken."

„Ben je niet naar hem toegegaan?"

„Ik niet. Waarvoor zou ik? Zou jij dat hebben gedaan?"

„Dat weet ik niet," moest Maartje toegeven. „En toen, wat gebeurde er toen?"

„Niets, net zoals ik het zeg. Ik heb hem even strak aangekeken en daarna ben ik weggegaan. Toen ik een eind uit de buurt was heb ik nog een keer omgekeken en toen had hij de plaat al gepoetst. De lafaard!"

„Hij heeft op je staan wachten."

„Rustig laten staan, tot hij een ons weegt. Ik heb hem niet meer nodig."

Typisch Loes, dacht Maartje terwijl ze de Heistraat inging. Tegelijk kwam dat verrukkelijke geluksgevoel weer in haar op en even was ze in paniek. Ze moest zo gewoon mogelijk doen als ze binnenkwam. Niet opgelaten vrolijk zijn of zo. Moeder moest er eens iets van denken…

Maartje wist niet dat moeders over het algemeen een intuïtief onderscheidingsvermogen hebben als het gaat om het doen en laten van hun kinderen. Vooral als het om dochters gaat. Moeders zijn zelf ook jong geweest, hebben de eerste dolle verliefdheden meegemaakt, het hanengedrag van jonge kerels die willen veroveren, bezitten. En moeder Clara was daarin geen uitzondering. Ze zag het op het moment dat Maartje binnenkwam, maar ze liet niets merken. Haar ogen volgden haar bij haar doen en laten. Haar opgeruimde vrolijkheid, de manier waarop ze Loes bijna uitbundig omarmde toen die binnenkwam, het waren signalen die bij moeder een belletje deden rinkelen. Maar ze zei niets.

Het was kerstavond. Ze zouden samen naar de nachtmis gaan. Alleen Loes bleef thuis, wat begrijpelijk was. Toen Maartje in de keuken bezig was, stond moeder Clara op uit haar stoel en ging naar haar toe. „Hé, moeder, kom je me helpen?" deed Maartje vrolijk. „Ik kan het wel alleen af."

„Maartje, kind, kijk me eens aan," zei moeder.

„Je aankijken? Wat bedoel je? Zo?" Maartje sperde haar ogen wijdopen en bracht haar gezicht vlakbij het gezicht van de oudere vrouw.

„Je weet wat ik bedoel," zei moeder Clara op nuchtere toon. Ze had aan een enkele blik genoeg. „Het is zover, is het niet?"

Maartje verschoot van kleur. Had ze zich verraden? Wat het zo aan haar te merken? „Waar heb je het over?"

„Ik hoef het beestje toch niet bij de naam te noemen, is het wel? Ik wil er wel iets over zeggen. Ik begrijp het en ik veroordeel het niet. Daar heb ik het recht niet toe. Als Albert en jij het gevoel hebben dat je eraan toe bent, kan ik dat niet tegenhouden. Maar je kunt begrijpen dat ik me zorgen maak. Laat het niet misgaan, Maartje. En als jullie vinden dat je voor elkaar bestemd zijn, trouw dan. Zo gauw mogelijk."

„Moeder, ik weet niet wat ik moet zeggen," bracht Maartje verbaasd uit. „Wij…"

„Zeg maar niets. Wat gezegd moest worden, heb ik gezegd." Ze liep weg.

„We gaan trouwen, moeder," zei Maartje tegen haar rug. „Heel gauw."

„Goed zo. Dan gaan we nu kerst vieren!"

„Ik ben gelukkig, moeder!" Maar dat hoorde Clara niet meer, ze was de keuken al uit.

Kerstmis ging voorbij en het nieuwe jaar diende zich aan. De winter zette niet door. 's Nachts vroor het wel, soms tot acht, negen graden onder nul. Maar overdag steeg het kwik algauw boven het vriespunt en de lucht was grauw, met dreigende wolken waaruit regen, ijzel, en natte sneeuw viel. Er waren momenten dat de wegen en straten spekglad waren. En de mensen mopperden. De boeren konden niet op gang komen. Het nodeloze binnenzitten terwijl er buiten nu zoveel te doen viel, maakte hen kregelig. In de WIBO, waar Mientje van Overvelt achter de toonbank stond, klaagden de vrouwen hun nood. Over het weer, over hun kerels waar geen rechte voor mee te schieten was, over van alles en nog wat. Ze waren soms zo aan het lamenteren, dat ze gewoon vergaten waarvoor ze in de winkel stonden.

In het begin had Mientje daar nogal wat mee te stellen gehad, maar ze was vlug van begrip en niet verlegen. Ze leerde haar klanten kennen en hun eigenaardigheden. En ze praatte met iedereen mee, als een volwassen vrouw. Ze was vriendelijk en behulpzaam. Dat werd gewaardeerd, men zag haar zelfs een beetje voor vol aan. En dat terwijl ze toch nog maar een jong wicht was.

Natuurlijk waren er nieuwsgierige krengen onder die het niet konden laten voortdurend naar Loes te informeren en hoe het nu verder gesteld was met Mientjes moeder. Het werd meestal besmuikt gevraagd, met een ondertoon van leedvermaak. De eerste keer dat Mientje dat meemaakte, was ze inwendig boos geworden. Het had haar moeite gekost om zich goed te houden. Maar geleidelijk aan leerde ze haar gezicht in toom te houden. Het geklets ging bij haar het ene oor in en het andere oor uit. Op directe vragen antwoordde ze in vage termen, of ze hield zich onwetend. „Ze hangen mij thuis niet alles aan mijn neus," zei ze dan verontschuldigend. Meestal was dat afdoende en trokken de roddeltantes met een zuur gezicht aan het kortste eind.

Mannen vertoonden zich zelden in de winkel. Of het moest zijn dat ze verlegen zaten om een doos sigaren of pruimtabak. Mannen waren de makkelijkste klanten, vond Mientje. Ze zeiden wat ze nodig hadden, legden meestal gepast geld op de toonbank en vertrokken weer.

Er was één man die met een zekere regelmaat de winkel binnenkwam. Een jonge man, met een vriendelijk, open gezicht. Dat was Marius Stije. De eerste keer dat hij Mientje achter de toonbank zag staan, schrok hij en even leek het erop dat hij meteen weer rechtsomkeert wilde maken. Toen Mientje hem aansprak vroeg hij om een pakje piraatjes, betaalde en maakte dat hij wegkwam. Maar de volgende dag was hij er weer. Er waren een paar vrouwen voor hem en hij wachtte geduldig tot hij aan de beurt was.

„Zeg het maar, Marius," zei Mientje vriendelijk.

„Piraatjes," zei hij.

„Alweer?" plaagde ze.

„Och, er zitten er maar tien in." Hij nam het pakje sigaretten van haar aan en ging in zijn zak op zoek naar geld. Onderwijl vroeg hij, zo nonchalant als hij op kon brengen: „Hoe gaat het met je zus Loes?"

„Met ons Loes? Waarom wil je dat weten, Marius?"

„Waarom?" Hij was verrast door haar wedervraag. „Nou... gewoon... gewoon belangstelling. Dat mag toch?"

Mientje toonde een guitige glimlach. „Natuurlijk mag dat. Met Loes is alles goed."

„Goed dat te horen," zei hij onhandig. „Ik zou het ellendig voor haar vinden als het niet zo was."

„Je hoeft je over haar niet druk te maken, Marius. Trouwens, waarom zou je? Jíj hebt er toch niets mee van doen?"

„Dat zeg jij, maar je moest eens weten. Denk niet dat ik blij ben met een broer..."

„Marius Stije, doe mij een plezier. Ik wil er niets over horen. Je bedoelt het wel goed, maar wat koop je ervoor? Eigenlijk gaat het ons geen van beiden aan."

„Toch zijn wij er allebei mee gemoeid, of niet soms?"

„Kan zijn, maar ik wil het er niet over hebben," weigerde Mientje. „Er wordt al genoeg over gekletst!"

„Dat zal ik nooit doen," zei Marius heftig. „Je kunt me vertrouwen."

„Ik vertrouw je en toch wil ik er niet over praten."

„Zoals je wilt," klonk het teleurgesteld. Hij betaalde en voor het weggaan vroeg hij, niet op zijn gemak: „Als er iets is met Loes of zo, zou je het mij dan willen zeggen?"

„Dat... dat weet ik niet. Dat ligt er aan."

„Alsjeblieft."

Mientje werd er een beetje week van. „Goed dan, als er iets is, zal ik het je laten weten. Maar alleen aan jou, begrepen?"

101

„Ik begrijp het en… bedankt!" Weg was Marius en Mientje keek hem verbaasd na. Wat een rare knul is dat, dacht ze.

Sinds die eerste keer kwam hij met enige regelmaat zijn piraatjes kopen. Geen enkele keer vroeg hij iets, hij keek Mientje slechts vragend aan. Dan schudde zij met haar hoofd en trok hij er weer van tussen. Als een teleurgestelde pelgrim.

Dat ging zo een paar weken door en toen op een dag kwam Marius de winkel in met een gezicht alsof hij onder een stoomwals had gelegen. Bont en blauw!

„Oei, wat erg!" schrok Mientje. „Wat is er met jou gebeurd?" Marius grijnsde voorzichtig, zelfs als hij zijn mond bewoog deed het pijn. „Een klein menigsverschil. De praat niet waard. Let er maar niet op."

„Let er maar niet op, zegt-ie. Heb je gevochten? Met wie?"

„Och, laat nu maar. Ik heb woorden gehad met Frans."

„Met je broer? Heeft híj je zo toegetakeld?"

„En ik hem!" antwoordde Marius flink. „Nu ja, hij is natuurlijk sterker dan ik. Maar hij kreeg het niet cadeau, dat vertel ik je."

„Maar waarom toch? Hadden jullie ergens woorden over?"

„Moet je dat nog vragen? Onze Frans is er achtergekomen dat ik vaak hier kom. Hij is mij gevolgd, de gluiperd. En hij kwam te weten dat jij hier in de winkel staat. En dat heeft hij thuis verteld. Op een vuile, smerige manier! De schoft!"

Mientje keek hem onzeker aan. Het drong niet meteen tot haar door wat hij bedoelde. Maar toen zag ze hoe hij naar haar keek en ze werd bleek. „Hij heeft iets over jou en mij gezegd. Hij heeft gezegd dat wij…"

„Ja!" Marius spuwde het uit. „Weet je wat hij zei, waar iedereen bij was? Dat ik zijn voorbeeld ging volgen! Dat er binnenkort twéé kleine Stijes bij jullie in huis rond zullen kruipen! Dat zei hij. En de anderen lachten, zelfs mijn moeder vond het komisch."

„En toen? Wat gebeurde er daarna?"

„Toen heb ik een pan met hutspot naar zijn kop gesmeten en hij wilde mij grijpen. Vader is er tussengekomen en die heeft ons naar de deel gestuurd om het uit te knobbelen. En je ziet het, Frans heeft mij lelijk te grazen genomen." Marius probeerde te grijnzen, maar het lukte niet erg. „De volgende keer, als hij weer zulke gore praatjes vertelt, sla ik hem de hersens in. Daar kan hij op rekenen!"

„Je hebt toch wel gezegd dat er niks van waar is?"vroeg Mientje bezorgd. „Dat er niets aan de hand is tussen ons?"

„Natuurlijk. Het idee alleen al. Ik heb ronduit gezegd dat ik jou alleen opzocht omdat ik op de hoogte wilde blijven van de toestand van Loes. Maar toen mepte Frans er nog harder op. Wat te begrijpen is."

„Ja, dat had je beter niet kunnen zeggen," zei Mientje een beetje ontgoocheld. Ze had een ander antwoord verwacht, maar dat hield ze voor zich. Ze legde een pakje sigaretten op de toonbank. „Hier, dat krijg je van mij. En, Marius, je moet maar niet meer komen. Want je zult zien dat er nu nog meer wordt gepraat."

„Dat kan mij niets schelen."

„Maar mij wel," zei Mientje ferm. Haar ogen werden zacht en ze had hem wel willen zoenen. „Ik mag je graag, Marius. Ik wil niet dat je moeilijkheden krijgt."

„Je bent een lieve meid. Maar… maar, ik moet je toch iets zeggen. Ik wil niet dat je denkt dat ik… nou, ja, dat ik voor jou kom. Misschien denk je dat, misschien ook niet, maar ik moet dit zeggen omdat ik eerlijk wil zijn tegen je. Snap je?" Ze knikte maar ze kon even niks zeggen.

„Je komt voor Loes," fluisterde ze na een poosje

„Ja… nee… ik kom omdat ik me schaam voor Frans en omdat ik niet wil dat jullie denken dat alle Stijes zo zijn. Want dat is niet zo. Echt niet!"

„Je maakt je ook zorgen over mijn zus, is het niet? Maar het gaat jou toch niet aan?"

„Natuurlijk wel! Het gaat mijn hele familie aan, maar zij doen alsof er geen vuiltje aan de lucht is. Alleen mijn vader denkt er hetzelfde over als ik."

„Hoe weet jij dat? Heeft hij dat gezegd?"

„Niet tegen mij, maar hij heeft duidelijk laten merken dat hij het met de hele gang van zaken niet eens is."

„Hij is bij moeder geweest."

„Dat weet ik."

Mientje knikte. „Je moet nu maar gaan, Marius."

„Maar ik kom weer," beloofde hij.

Toen hij de deur uit was, pakte Mientje vlug haar zakdoek en begon te huilen.

De laatste sneeuw lag groezelig te smelten onder een bleke voorjaarszon en veranderde de zandwegen en paden in modderpoelen. Het verhinderde de boeren niet hun staldeuren wijdopen te zetten. De koeien werden op onwennige, stijve poten naar de wei gedreven, de varkens vierden feest op het doordrenkte erf en wentelden zich in de drek. De stallen werden uitgemest. Er verschenen hoge bergen dampende en penetrant geurende mest. De boeren haalden hun gerei van stal, de ploeg moest geslepen worden, het wetstaal zong.

De astappen van de karren werden in het vet gezet, het tuig nagekeken en waar nodig gerepareerd. Met een blik naar de lucht en de einder keerde bij de boer dat oergevoel terug. Het land lag te wachten, het moest bewerkt worden, bevochten, zodat er verderop in het jaar geoogst kon worden.

De tochtige koeien gingen naar de stier van Pijpers of van Manders. Zij hadden er allebei een staan. De witkalk kwam tevoorschijn, carboleum, verf. Stallen en woonhuis kregen hun jaarlijkse beurt. Dat was het werk van de boerin. De losse boerenknechten, die per seizoen werden ingehuurd, kwamen zich melden.

In het dorp gooiden de huisvrouwen hun deuren ook open om de bedompte lucht uit het huis te verjagen. Emmers, bezems en groene zeep kwamen tevoorschijn. De voortekenen van de jaarlijks weerkerende schoonmaak.

In het eenvoudige huis van moeder Clara in de Heistraat werd er al druk geboend en gepoetst. Er heerste een opgewonden stemming, want er waren grote gebeurtenissen op komst.

Loes was zo goed als uitgeteld. Haar kindje kon elk moment geboren worden. Bovendien was er een huwelijk op komst. Maartje en Albert gingen trouwen en ze wilden hun intrek nemen bij moeder Clara.

Daar was heel wat over te doen geweest. Loes zag het helemaal niet zitten. „Zij hier introuwen?" protesteerde ze tegen moeder Clara. „Dat kan toch niet. Dat zul je toch niet goedvinden? Er is boven amper plaats voor Maartje, Mientje en mij. Als die twee gaan trouwen, zal er toch ook geslapen moeten worden, neem ik aan. Waar moet ik dan blijven met mijn kindje? Op het dak gaan zitten?"

„Er valt wel een mouw aan te passen," suste moeder, tegen beter weten in. „Met wat passen en meten is het wel te doen. Albert heeft een plan..."

„Albert heeft wát?" Loes wond zich op. „Gaat híj hier nu de dienst uitmaken? Dat wordt helemaal mooi. Het is toch jóuw huis. Jij bent hier toch de baas! Zeg hun dat ze naar een eigen huis moeten omzien. Want zo hoort het ook."

Clara keek haar hoogzwangere dochter aan. „Vertel jij mij nu niet wat hoort en wat niet hoort. Jij bent wel de laatste om daar een mening over te hebben."

„Oh, gaan we het zo spelen. Wil je soms dat ik de deur uitga voor die twee? Je zegt het maar, moeder. Als je er dan ook meteen bij zegt waar ik naartoe kan, ben ik al weg. Dan ben je van de sores af en kunnen Maartje en haar lief hun gang gaan!"

Moeder zuchtte. „Zo bedoel ik het niet, dat weet je heel goed. Je hoeft van mij nergens heen, dat weet je best. Jij en je kleine horen hier thuis. Maar ik kan Maartje ook niet in de kou laten staan, dat begrijp je toch wel? Die twee willen trouwen en wie ben ik om dat te verbieden. En ach, misschien valt het allemaal mee." Clara schudde haar hoofd. „Loes, ik had het anders gewild, maar ik heb ook niet alles in de hand. Probeer je een beetje te schikken. Wij doen dat voor jou toch ook. Met een beetje goede wil van ons allemaal zal het wel gaan. Dat hoop ik tenminste."

Loes deed er het zwijgen toe. Het had geen zin, dat begreep ze wel. En bij nader inzien moest ze toegeven dat ze maar weinig recht van spreken had. Straks, als het kind er was, zou dat ook een hele belasting voor de anderen zijn. Het was een kwestie van geven en nemen. Maar ze had er een hard hoofd in.

Toen ze eenmaal hadden besloten om te trouwen, moest Albert dat natuurlijk thuis vertellen. Dat zou nog niet zo'n grote kluif zijn geweest, maar hij moest zijn ouders ervan overtuigen dat er in de kerk getrouwd moest worden. En wat hij wel verwacht had, gebeurde: de familie verzette zich hevig. Albert vocht voor wat hij waard was. „Als ik de pastoor achterwege laat, kan ik het in het dorp wel vergeten," zei hij. „En Maartje stáát erop. Haar moeder zou me de deur uitschoppen. Vader, moeder, doe me een lol en vergeet voor één dag dat je de pest hebt aan de clerus. Doe het voor mij, voor Maartje."

„Ik ga niet naar de kerk," reageerde moeder Hagelaar stuurs. „Ik ga niet zitten huichelen om jou een plezier te doen."

„Wij blijven ook thuis," zeiden de broers Hein, Cor en Toon. „Wij hebben daar niets te zoeken."

Albert keek zijn vader aan. Die had tot dan toe gezwegen. „Hoe denk jij erover, vader?" vroeg hij.

De oude man keek zijn vrouw en zijn zonen heel even rustig aan. „Als ik jou daar een plezier mee kan doen, zal ik in de kerk zijn," zei hij.

Toen brak de hel los. Vader kreeg een scheldkanonnade over zich heen die er niet om loog. Maar hij hield voet bij stuk. Hij voegde er zelfs nog iets aan toe. „Albert en Maartje trouwen in de kerk en ik keur dat niet af. Het is hun beslissing en die dienen wij te respecteren. Wie dat niet kan opbrengen, blijft thuis. Die hoort ook niet op de bruiloft te komen. Het spreekwoord zegt: Wie niet werkt, zal ook niet eten. En dat geldt ook voor jou, vrouw!" Het was een van de langste toespraken die vader ooit had gehouden en ze werden er bepaald stil van.

„Je bent niet goed wijs," wist moeder Hagelaar ten slotte uit te brengen.

„Wij laten ons niet onder druk zetten," zwoeren de broers.

Vader knipoogde naar Albert. „Zeg maar tegen Maartje dat het goed komt!"

Met die boodschap keerde Albert terug naar het dorp en hij wilde meteen voortvarend aan de slag. Maar de beslissing dat het jonge paar bij moeder Clara zou intrekken, stond nog steeds ter discussie. Loes had haar zegje gezegd, en of ze het er nu mee eens was of niet, moeder Clara kon haar geen ongelijk geven. Het was eigenlijk niet te doen. Het huis was niet groot genoeg voor twee gezinnen.

„Ik zie het al gebeuren," zei moeder Clara tegen Maartje en Albert, en ze gebruikte bijna letterlijk de argumenten van Loes. „Binnenkort zit ik hier met drie dochters en een baby. Daarmee heb ik genoeg aan mijn hoofd. Waar moet dat kind slapen? Ik heb niet eens genoeg kamers. En dan willen jullie hier ook nog introuwen, Maartje? Dat gaat toch niet. Waar moeten jullie slapen? Waar moet Mientje blijven? Als ik eraan denk, word ik al gek. Loes zeurt mij ook al de kop suf. Zoek alsjeblieft een ander onderkomen."

„Dat hebben we geprobeerd, moeder, maar we hebben niets kunnen vinden. We hebben er zelfs even aan gedacht om in het huisje van Manske Pap te gaan wonen. Maar dat is echt onmogelijk. Ik zou me er voor schamen."

„Ik zou het ook niet hebben goedgevonden," zei moeder.

„Nou dan. We hebben geen andere keus. En het is maar voor tijdelijk, tot we een passend huis hebben gevonden."

„Wacht dan met trouwen tot je er een gevonden hebt."

„Wij willen niet langer wachten, moeder." De ondertoon die doorklonk in die woorden, deed moeder opkijken. Ze knikte.

„Ik begrijp het. Dan zit er niets anders op. Klapt het niet, dan botst het maar."

„Het zal niet botsen, moeder Clara," beloofde Albert, die tot dan toe had gezwegen. „Ik heb een idee en ik hoop dat je het ermee eens bent. De zolder is ruim genoeg voor nog een kamer. Ik heb het al een beetje op papier gezet en mijn broers zullen mij helpen bij het timmeren. We gaan de zolderverdieping opnieuw indelen. Met twee ramen aan de achterkant in plaats van dat ene steekraampje, en degelijke houten wanden voor de slaapkamers. Het is een hele klus, maar het gaat."

„Wat jij wilt, is niet te betalen. Weet je wat een timmerman kost?"

„Niets!" hapte Albert. „Mijn broer Cor is timmerman. Onze Toon werkt op de gemeentewerf, hij kan bouwmateriaal versieren voor een krats. En onze Hein steekt ook een handje toe. Het komt allemaal dik voor elkaar."

Moeder Clara was overtuigd. Ze stemde in met de verbouwing. En diep in haar hart was ze blij dat ze Maartje onder haar dak kon houden.

Toen de gebroeders Hagelaar in de vroege morgen met een hooggeladen kar vanuit de stad het dorp binnenreden, kwamen meteen de tongen los. Het had allang gesudderd, zonder dat het veel opzien baarde. Dat laat zich verstaan. Vrouw Van Overveld stond bekend als een keurig mens, waarop niets viel aan te merken. Ze had het maar moeilijk met drie opgroeiende dochters, zonder man naast haar.

Dat Loes zich had laten verleiden door die lapzwans van Stije, kon Clara niet worden aangerekend. Als Frans in het tuig had gewild, zou er zeker getrouwd zijn. Maar die smeerlap koos voor zekerheid, hij had Lotte Pijpers zo gek gekregen dat die met hem naar het altaar stapte. Gezegend was ze ermee!

Dat Maartje aan die rare beeldhouwer uit de stad was blijven hangen, werd al minder gewaardeerd. Waren er in het dorp niet genoeg knappe kerels waarmee ze het kon aanleggen? Kerels die goed oppasten en die nog wat achter de hand hadden bovendien? Zeker waren die er, maar Maartje koos voor die rare snoeshaan met zijn opgedraaide knevel. Nu ja, bij nader inzien was die Albert de kwaadste niet en hij had zich goed aangepast. En dat hij het bescheiden onderkomen bij Manske Pap had verkozen voor een betere kans in de stad, dat sierde hem. Maar nu wilden hij en Maartje, godbetert, in trouwen bij haar moeder en dat was, al bij al, toch te veel. Het huishouden van Clara van Overveld begon op een huishouden van Jan Steen te lijken.

De komst van de broers van Albert, met een wagen vol bouwmaterialen, maakte een einde aan de schuchtere, achter de hand uitgesproken bedenkingen. Want nu begon het toch echt de spuigaten uit te lopen.

Vrouw De Vries, de directe buurvrouw van Clara, kwam er als eerste mee op de proppen. Ze kwam haar huis uit toen de kar vol planken en palen amper voor de deur stilstond. Ze zette haar handen op haar mollige heupen en riep, door de glasheldere stilte van de vroege morgen: „Wat gaan we doen, mannen?"

Cor Hagelaar, de timmerman, belust op een geintje, gaf lik op stuk. „We komen de kerk platgooien en zetten er een grote danstent neer met blote meiden erin!" Boem! Dat was tegen het zere been. De buurvrouw liep een beetje paars aan.

„Wat is dat nu voor praat? Kun je geen normaal antwoord geven als een fatsoenlijke vrouw je wat vraagt?"

„Let niet op hem, hij is de gek van de familie," probeerde Albert te redden.

„En hij is de gekste van ons allemaal," vulde Hein aan. „De sukkel gaat zich levend begraven in dit achterlijke gat. Kan het gekker?"

„Dit... dit is toch het toppunt! Zijn dat echt jouw broers, Albert?"

„Helaas wel," voerde Albert. „Het heeft wat moeite gekost om ze een dagje uit het gesticht te krijgen, maar ze doen geen kwaad. En ze kunnen werken."

„Zeg, hou je eigen moeder voor de gek!" De buurvrouw zag Clara naar buiten komen en ze schoot op haar af. „Wat heb je nu weer in huis gehaald?"

„De schoonfamilie van Maartje," gaf die droog terug. „Enig bezwaar?" Buurvrouw De Vries brieste als een paard, maar ze bleef het antwoord schuldig. Moeder Clara had een beetje met haar te doen en daarom vertelde ze met een paar woorden wat de bedoeling van deze invasie was.

„Je gaat verbouwen? Mens toch! Is het je naar het hoofd gestegen? Is jouw huis niet goed genoeg meer? Ben jij meer dan wij?" „Zeg eens, bedaar een beetje. Het huis wordt nu inderdaad te klein en daarom moet er het een en ander gebeuren. Ik laat dat niet doen uit grootsheid of zo, dat weet je best. Daar ken je mij goed genoeg voor. Als ik het hoog in de bol had, ging ik weg uit deze straat. Maar ik blijf omdat ik hier thuishoor. Is dat antwoord genoeg op je vragen?"

„Je doet maar wat je niet kunt laten," bitste vrouw De Vries. „Maar ik vind het gekkenwerk." Met die opmerking trok ze de deur achter zich dicht. Even later schommelde ze het dorp in. En moeder Clara wist wat dat betekende. Maar ze had geen tijd om daar lang over te piekeren. Daar zorgden de gebroeders Hagelaar wel voor.

Manske Pap vond dat hij Albert moest waarschuwen.

„Jij trouwt met Maartje, maar tegelijk trouw je met haar hele familie. Straks zit je opgescheept met vier vrouwen en met een beetje geluk komt daar nog een baby bij die niet eens van jou is. Gezegend zul je er mee zijn."

„Dat zie je verkeerd, Manske," wuifde Albert weg. „We hebben alles goed afgesproken. Maartje en ik zullen onze eigen gang gaan, we zullen de anderen daarbij niet voor de voeten lopen."

„Klets toch niet. Natuurlijk zullen jullie constant op elkaars lip zitten. Dat kan toch niet anders? Het huis van vrouw Van Overveld is geen paleis met vijftig kamers. Jij zult toch mee-eten met de gezamenlijke pot? Dat betekent dat jij je poten onder de tafel van de moeder moet steken. En 's avonds en in de weekeinden zitten jullie toch ook op een kluitje? Want een eigen kamer hebben jullie niet, tenzij jullie van plan zijn om je elk vrij uur in de slaapkamer op te sluiten. En dat zie ik niet gebeuren."

„Je maakt je zorgen om niets, Manske. Ik kan heel goed met de familie overweg. Ze beschouwen mij zelfs als de steunpilaar van het gezin. Eindelijk weer een man in huis, zei moeder Clara. Ik zal een leven hebben als een prins!"

Manske schudde het hoofd. „Ik doe het je niet na, ik sprong nog net zo lief in het kanaal. Ik wens je natuurlijk toe dat alles gaat zoals je verwacht, maar ik heb er een hard hoofd in. En als het toch misgaat, kun je altijd nog hier terecht. Dat weet je."

„Ik weet het, maar ik zal geen gebruik maken van je nobel aanbod," glimlachte Albert. „En nu je er toch over begint, ik heb wat meer ruimte nodig in je winkel. Kan dat geregeld worden?"

„Je weet dat dat niet kan. Waarom maak je van je atelier niet tegelijk een expositieruimte? Je maakt de doorgang in de heg, hangt er een fatsoenlijke poort in en je maakt het achterpad toonbaar, zodat de mensen er kunnen lopen zonder smerige schoenen te krijgen. Een bord voor het raam, hier in de winkel, is genoeg om je klanten de weg te wijzen. Achterom! En dan hoef ik ook niet meer telkens naar voren te lopen om jouw klanten te vertellen hoe ze door míjn huis bij jou terecht kunnen. Want daar begin ik ook knap genoeg van te krijgen."

„Weet je, Manske, dat is nog niet zo'n slecht idee," zei Albert verrast.

En zo kwam er bij alle drukte in het huis van moeder Clara ook nog een flinke opknapbeurt van de achterdoorgang bij Manske Pap. En ook daarvoor werden de broers ingeschakeld. Want die Hein, Cor en Toon mochten dan rauwe opdonders zijn, werken konden ze als de beste. Nadat ze de hele bovenverdieping hadden gesloopt, bouwden ze er drie mooie slaapkamers. Twee grote en één iets kleiner. De twee grootste waren voorzien van een flink raam. Een daarvan was bestemd voor Loes en haar baby en de andere voor Maartje en Albert. De derde, wat kleinere kamer, was voor Mientje en die was daar heel gelukkig mee. Ze had nog nooit een kamer voor zich alleen gehad. Moeder Clara bleef haar bedstee beneden trouw. Ze peinsde er niet eens over te verkassen naar een kamer met een echt bed.

Toen het slopen en getimmer achter de rug was en de broers van Albert de rommel hadden opgeruimd, ging moeder Clara voor de eerste keer de trap op om een kijkje te nemen. Ze kwam op een kleine overloop met drie deuren. Ze opende de deuren een voor een en ze keek haar ogen uit. Het overtrof al haar verwachtingen. „Hier moeten fatsoenlijke bedden komen. Die aftandse kraakmatrassen gaan de deur uit. Maar wie zal dat betalen?" Toen ze het ter sprake bracht, kwam Loes meteen met de oplossing.

„Ik heb geld, moeder, van Stije. Mijn babyuitzet is ermee betaald en ik heb nog genoeg geld over om mijn eigen slaapkamer in te richten."

„En wij zorgen natuurlijk ook zelf voor onze slaapkamer," zei Maartje. „Ik heb niet voor niets al die jaren de nagels van mijn vingers gewerkt. Ik heb een potje."

„Albert heeft natuurlijk geen rooie cent," begreep moeder. „Tel uit je winst. Nog even en jij moet de kost voor jullie beiden verdienen. Het is eigenlijk te gek."

„Albert werkt hard en er komen steeds meer klanten, moeder. Maar hij moet investeren, materiaal kopen en zo. En die nieuwe achterom bij Manske heeft ook geld gekost, moet je denken."

„Ik begrijp het wel, maar ik vraag me af hoe dat straks zal gaan."

„Ik hou mijn naaihuizen en Mientje heeft toch ook werk? En geloof maar dat Albert ook zal bijdragen in het onderhoud, zoveel als hij kan."

„Ja ja, laten we er het beste maar van hopen," zei moeder met een zucht. „Alles loopt toch anders dan ik heb gedacht. Je hebt als ouder zoveel plannen voor en verwachtingen van je kinderen en er komt niets van uit. Het is maar goed dat jullie vader dit niet mee hoeft te maken. Hij zou het niet kunnen verdragen."

„Alles komt goed, moeder," suste Maartje. „Je zult het zien."

# HOOFDSTUK 6

Maartje van Overveld trouwde met Albert Hagelaar in de volle lente. Nee, niet in het wit. Het idee alleen al. Nog daargelaten dat de pastoor het onmiddellijk verbieden zou, maar de hele dorpsgemeenschap zou er schande van hebben gesproken. Het kwam trouwens niet eens in Maartjes hoofd op om in het wit te trouwen. Dat deed niemand van de eenvoudige arbeidersstand. Maartje trouwde dus keurig in het zwart, in een smaakvolle jurk die zijzelf had gemaakt. En de bijpassende schoentjes, de deftige hoed, de handschoenen en het tasje kocht ze in de stad. En zo was ze een voorbeeldige bruid van haar tijd. Ze mocht gezien worden.

Wat Albert betreft: Maartje was erop bedacht dat hij weer met die middeleeuwse cape op de proppen zou komen, waarin ze hem voor het eerst had gezien. Maar ook Albert wist dat er grenzen waren. Dus kocht hij met hulp van zijn moeder een deftig pak met smalle pijpen, een lange, vierknoops jas en vest. In plaats van het gebruikelijke smalle, zwarte stropdasje koos hij voor het meer zwierige plastron. En hij zette de hoge hoed op van zijn vader, die boven in een hoedendoos de jaren had getrotseerd. Vader Hagelaar zelf stelde zich tevreden met een gewone gleufhoed.

Vader had ook gezorgd voor het vervoer. Hij had een Jan Plezier gehuurd. Zo kwam Albert met zijn hele familie, ooms, tantes, neven en nichten incluis, naar het dorp. Hun komst baarde opzien, want ze hadden een harmonicaspeler aan boord, die met groot enthousiasme vrolijke deuntjes ten gehore bracht. Deuntjes die luidkeels werden meegezongen. De Hagelaars waren al vroeg in feeststemming.

Het dorp liep uit. De mensen volgden de Jan Plezier tot aan de Heistraat. In de straat zelf was er geen doorkomen aan, het was er te smal om alle belangstellenden de kans te geven een glimp van het bruidspaar en hun gasten op te vangen. De Jan Plezier stond lelijk in de weg. Er werd daar geduwd en getrokken en toen dat niet hielp verspreidde de menigte zich. Ze zouden het straks wel zien, bij het gemeentehuis of bij de kerk.

Albert was alleen naar binnengegaan. Hij had geen oog voor moeder Clara, Mientje of de hoogzwangere Loes, al zagen ze er nog zo op hun paasbest uit.

112

„Ze komt zo," zei moeder.

Zijn ogen gingen naar de trap en daar was Maartje. Ze had haar deftige hoed nog niet op, maar verder was ze in vol ornaat. Albert zette grote ogen op. Hij zag een andere Maartje dan hij gewend was. Wat daar de trap afkwam was een zeer charmante, zelfbewuste jonge vrouw, met een wat verlegen glimlach om de lippen en met ogen vol genegenheid en hoopvolle verwachting.

„Maartje!" Hij deed een paar stappen in haar richting, bleef staan en schudde zijn hoofd. „Lieveling, wat ben je mooi!"

„Vind je?" Nu was ze bij hem en hij kuste haar voorzichtig, alsof hij bang was iets te beschadigen.

„Je bent de mooiste van de hele wereld!"

„Ja, ze ziet er goed uit," zei moeder Clara. Ze klapte in haar handen. „Maar nu moeten we voortmaken, anders komen we te laat."

„Ik ga niet mee," zei Loes en voor iemand iets van protest kon laten horen: „Ik kan me zo toch niet vertonen. Ze zullen me nawijzen."

„Ze doen maar wat ze niet kunnen laten," zei moeder fel. „Geen gezeur jij hoort erbij. Wat zullen we nú beleven!"

„Je moet mee, Loes," zei Maartje. „Je bent getuige."

„Daar heb ik ook niet om gevraagd. Ik had liever gehad dat je een neef of zo had gevraagd. Vrouwen getuigen niet."

„Is het nu afgelopen? Jij bent getuige en verder geen gezeur," zei moeder. „Ik begin het op mijn zenuwen te krijgen."

„Ik doe het níet!" hield Loes vol. „Ik voel me niet zo goed. Als er iets misgaat…"

Clara keek haar aan en schudde het hoofd. „Er is niets mis met je. Kom mee! Albert, neem Maartje mee, zodat we weg zijn."

Met het bruidspaar voor op de bok van de Jan Plezier ging het naar het gemeentehuis en vandaar naar de kerk. Het was een eenvoudige trouwmis voor eenvoudige mensen, maar de kerk zat wel bomvol en bij het uitgaan stonden de mensen elkaar op het kerkplein te verdringen. Maartje was blij dat ze maar om de kerk heen hoefden te rijden om thuis te komen.

Daar hadden de buren gezorgd dat de koffietafel klaarstond, achterin de tuin. Ze hadden hun best gedaan om er iets moois van te maken en het deed ook feestelijk aan: twee rijen van brede planken op schragen, met voldoende stoelen voor iedereen om te zitten. Stoelen die de buurtgenoten bijeen hadden gebracht. Een bonte mengeling van stijlen en soorten. Het maakte niets uit. Wat belangrijk was stond op de langgerekte tafels. Brood en mik, sukadebrood, krentenmik, plakkerige bolussen, kaas, ham, worst, te veel om op te noemen. Janna de Meerdere en de dikke vrouw De Vries brachten de koffie en de thee.

Maar eerst moest er gefeliciteerd worden. Albert moest Maartje weer zoenen, wat met veel gejuich werd begroet. En toen was het handen schudden, klapzoenen uitdelen, schouderklopjes geven. Er werd gesnotterd en gelachen. Tot Albert zijn beide handen in de lucht stak. „Zo is het wel genoeg!" riep hij. „Ik weet niet hoe jullie erover denken, maar ík rammel." Hij grijnsde. „Ik ben niet gewend om met een lege maag naar de kerk te gaan. En daar zal ik waarschijnlijk ook nooit aan wennen." Gelach en 'foei'-geroep. „We gaan eten. Ga zitten, allemaal." Ze zaten, klaar om aan te vallen. „Maartje, jij moet voorbidden," zei moeder. Ze aarzelde en wierp een schichtige blik naar vader en moeder Hagelaar. De vader glimlachte en knikte toegeeflijk, alsof hij wilde zeggen: „Ik ben het nog niet helemaal vergeten." Maartje sloeg een kruis, prevelde een weesgegroet en een onzevader en besloot met een opgelucht: „Smakelijk eten, allemaal." Het was het startsein voor een bruiloft zoals ze in het hele dorp nog niet hadden meegemaakt. Een feest met een niet-verwacht hoogtepunt.

Loes had niet gelogen toen ze voor het ter kerke gaan zei dat ze zich niet zo goed voelde. Nu kwam dat wel vaker voor, ze ging zwaar van het kind, ze had zo nu en dan rugklachten en ze had de laatste dagen slecht geslapen. In de kerk was ze niet in staat om neer te knielen, ze had gedurende de hele mis in de bank gezeten. Het feestgedruis en de drukte van de vele gasten en bezoekers, werden Loes zo nu en dan te veel. Maar ze bleef er bij, omdat ze Maartje niet teleur wilde stellen.

Maar laat in de middag gebeurde het. Een vlijmscherpe pijnscheut ging door haar lijf. Ze moest het glas waar ze uit wilde drinken gauw neerzetten en zich vastklampen aan de tafelrand. Ze beet op haar tanden. De pijn ging weg. Het zal wel overgaan, dacht ze. Maar een tweede kramp benam haar bijna de adem. Ze kon een kreet maar net onderdrukken.

Moeder Clara zag het en keek haar verschrikt aan. Loes schudde het hoofd, deed een mislukte poging om te glimlachen. Op hetzelfde moment wist ze dat ze het niet vol kon houden. Ze stond op, waarbij haar stoel achterover viel en liep naar binnen, met moeder achter haar aan.

„Loes, wat heb je?" vroeg ze ongerust.

„Het is zover! Ik kan er niets aan doen, het gaat gebeuren! Moeder, help me!"

Janna de Meerder kwam de keuken in. „Kijk mij eens aan, meid," zei ze. Ze had aan een enkele blik genoeg. „Je baby komt. Naar boven jij en naar bed. Maak je niet ongerust, het komt vanzelf. Ik ben bij je, we gaat dit klusje samen opknappen." Loes kroop bijna de trap op.

„Ik zal water opzetten," zei moeder gejaagd.

„Dat lijkt me nog niet zo'n slecht idee," zei Janna cynisch.

Mientje kwam het huis in. „Moeder, is ons Loes ziek?" vroeg ze echt bezorgd.

„Nee, kind, je zus is niet ziek," antwoordde Janna in moeders plaats. „Ze krijgt een kind en dat is de gezondste ziekte die er bestaat."

„Echt waar? Oh, wat enig!" jubelde de tiener. Ze klapte van opwinding in haar handen. „Mag ik erbij zijn, moe! Mag ik?"

„Ben je nu helemaal betoeterd?" zei Clara verontwaardigd. „Dit is niets voor jou. Nóg niet, in elk geval, de Heer zij geloofd! Ga naar buiten en zorg dat niemand iets merkt. Ga feestvieren!" Mientje trok een pruillip, maar ze ging.

Elke vrouw die ooit een kind ter wereld heeft gebracht weet wat dat betekent. Het kan vlug gaan, maar ook helse uren duren. Loes was gezegend met een gezond, sterk lichaam. Ze had een probleemloze zwangerschap achter de rug. En nu het erop aankwam, toonde ze haar karakter. Ze doorstond de marteling met opeengeklemde tanden, ze verdroeg de hevige pijnen die haar lichaam leken te verscheuren. En geholpen door Janna en ondersteund door haar moeder, bracht ze in de kortste keren een kerngezonde baby ter wereld.

„Wat is het?" vroeg Loes meteen, terwijl het zweet nog van haar gezicht en lijf droop.

„Het is een jongen," zei moeder Clara, met tranen in haar ogen. „Je hebt een zoon!"

„Een jongetje!" Loes strekte haar trillende handen uit. Ze wilde

115

het zien, het vasthouden. Janna legde de baby op haar borst. De handen van Loes trilden toen ze hem aanraakte, haar vingers raakten het verkrampte, rimpelige gezichtje aan, gleden over het ruggetje, de beentjes. En toen pas huilde Loes, de in de steek gelaten moeder, ze schreide haar grote geluk uit. En de twee vrouwen die bij haar waren, met haar.

Misschien had de een of ander iets gemerkt, misschien ook niet. In elk geval ging de bruiloft gewoon door, er was al stevig gedronken en de harmonicaspeler werkte zich in het zweet. En toen opeens, boven het feestgedruis uit, klonk de schriele, hoge levenskreet van een baby!
Even zat iedereen stokstijf. Ze keken elkaar verwonderd aan. Wat was dat nu?
Maartje kwam van haar stoel, haar blik ging naar boven. „Mijn zusje heeft een kindje gekregen," zei ze aangedaan. „Ik moet er heen." En zo trof ze de huilende Loes aan met de baby in haar armen en Maartje viel op haar knieën bij haar neer, kuste haar zus en haar baby. „Ik ben zo blij voor je!"
„Nu ben je tante geworden!" lachte Loes door haar tranen heen.

Het gaf natuurlijk een onverwachte wending aan de bruiloft. Het was dan ook niet niks. Wie maakt er een bruiloft mee waarop een kind werd geboren?
„Nog een meevaller dat jij het zelf niet hebt gekregen, Maartje," zei Hein Hagelaar toen ze zich weer bij de feestvierenden had gevoegd.
„Wat niet is, kan nog komen," zei Albert als een trotse, jonge haan. „Er wordt aan gewerkt!"
„Albert toch!" deed Maartje geschokt.
Er werd geklonken op de nieuwe wereldburger. Moeder Clara kwam vertellen dat alles goed was met moeder en kind, het was een jongen, en toen moest Maartje natuurlijk weer naar boven. Ze kon er niet genoeg van krijgen.
Loes lag uitgeput, maar zielsgelukkig in haar bed en toen Maartje kwam, spreidde ze beide armen uit. Ze omhelsden elkaar innig.
„Ik zal een goede moeder voor hem zijn," fluisterde Loes.
„Daar ben ik zeker van," zei Maartje. „Hij zal niets tekortkomen."
„Nu jij nog, Maartje!"

116

„Hè toch. Daar hadden ze het beneden ook al over. Daar wil ik nu nog niet aan denken."

„Dat hoeft ook niet, het gaat vanzelf," lachte Loes, ondanks haar vermoeidheid.

Het feest werd voortgezet en het was al in de kleine uurtjes toen de familie Hagelaar de Jan Plezier besteeg en de weg terug naar de stad ondernam. Dat gebeurde bepaald niet met stille trom. De dorpsgenoten wisten later haarscherp te vertellen hoe laat ze waren vertrokken.

„Wij gaan naar bed!" fluisterde Albert in Maartjes oor.

„Nu nog niet," zei ze schichtig. „Er moet eerst worden opgeruimd."

„Jij ruimt niets op," besliste moeder „Ik wil jullie van de vloer hebben. Jullie lopen alleen maar in de weg. Vort, naar boven!"

Het was Maartje vreemd te moede toen ze de trap opging, met Albert achter zich aan. Daar was ze zelf verbaasd over. Het was toch niet de eerste keer, hield ze zichzelf voor. Ze wist toch wat er ging gebeuren en ze had er toch naar verlangd? Ja, ze had hevig naar dit moment verlangd, maar nu ze ervoor stond was ze toch knap zenuwachtig.

Eenmaal alleen, in hun eigen slaapkamer, liet Albert er geen gras over groeien. „Ik wil je zelf uitkleden," zei hij nogal geëmotioneerd.

„Dat is goed, lieveling," lispelde Maartje.

Hij deed het te haastig en onhandig, ze moest hem helpen bij het losmaken van knoopjes en ontwarren van strikjes. Ten slotte stond ze daar, in al haar naakte schoonheid. Albert omhelsde haar, kuste haar lippen, haar hals en haar stevige, jonge borsten. Maartje trilde op haar benen.

„Je hebt zelf je kleren nog aan, stommerd!" zei ze plagend.

„Maar niet lang meer!" Albert wrong zich uit zijn plechtig pak, hij liet alles liggen waar het viel en toen was hij zoals zij. En ze zag hoe parmantig en verlangend hij was.

„Oh, Albert toch!" deed ze koket.

Hij tilde haar op en legde haar op het bed. Hun bed. Hij kwam naast haar liggen, trok haar tegen zich aan, kuste haar keer op keer. Ze werd aangestoken door zijn vurig verlangen en liet zich helemaal gaan, want nu waren er geen remmingen meer. Ze raakte hem aan zoals hij haar aanraakte, een rilling van genot ging door haar heen. „Kom nu," fluisterde ze. „Wacht niet langer! Kom!" Hij kwam in haar, met zachte drang en zo bleef hij even, met zijn armen om haar lieve lichaam. Zo nam hij bezit van haar en zij ontving hem in een golf van geluk.

„Meidje, ik heb je zo lief," hijgde hij.

„Bewijs het, mijn lieve bruidegom," fluisterde Maartje.

En dat deed hij.

Het was voor Clara een vreemde gewaarwording weer een man in huis te hebben. Ze moest eraan wennen. Jarenlang was ze het onbetwiste hoofd van het gezin geweest. Na het overlijden van haar man had ze meteen de teugels in handen genomen, met het vaste voornemen die niet te vieren. Haar dochters mocht niets overkomen, zij zou zorgen dat ze alledrie goed terechtkwamen. Ze was al die jaren streng geweest, omdat ze van haar kinderen hield. Het was haar niet gelukt om de wispelturige Loes op een fatsoenlijke manier aan de man te brengen en daar had ze verdriet van. Een verdriet dat ze verborgen hield, dat stil aan haar hart knaagde. De bruiloft van Maartje en Albert, en de gelijktijdige geboorte van haar kleinzoon brachten een omslag teweeg die Clara niet goed aankon.

Het begon al meteen de volgende morgen bij het krieken van de dag. Van het ene moment op het andere was het huis vol leven. Loes en de baby moesten verzorgd worden, Albert kwam in zijn hemd, met zijn bretels omlaag de trap afdaveren en stak pardoes zijn hoofd onder de pomp en Maartje verscheen in haar nachtjapon, als een wazige prinses, juist ontwaakt uit een heerlijke droom. Alleen Mientje hield zich aan de normale routine. Ze zat kalm, aangekleed en wel aan tafel, terwijl de andere gezinsleden om haar heen draafden.

Clara was al vroeg opgestaan, ze had zoiets wel verwacht en ogenschijnlijk berustte ze er in. Ze deed voor Loes wat gedaan moest worden, bracht haar ontbijt, waste en knuffelde de nieuwe wereldburger. Ze bemoeide zich niet met Maartje en Albert. Dat had ze zich voorgenomen. Ze zou zich niet mengen in het doen en laten van die twee. Toch kon ze zich amper in houden bij het aanschouwen van het geflikflooi van de pas getrouwden aan de ontbijttafel. En dat in het bijzijn van Mientje!

„Er is een tijd en een plaats voor alles," kon ze dan ook niet laten op te merken. „Denk een beetje aan de anderen." Daarmee bedoelde ze natuurlijk Mientje.

Albert gniffelde. „We zullen eraan denken… moeder," zei hij. Clara keek hem aan met een vage glimlach. „Ik mag je toch moeder noemen?"

„Je doet maar wat je niet kunt laten," was het wat nuchtere antwoord.

„Je vindt het leuk, moeder. Kom er maar rond voor uit," zei Maartje.

„Het moest er nog bij komen dat hij me tante ging noemen," zei Clara en verdween naar achteren. Ze was niet van zins haar voldoening te tonen. Want opeens was het tot haar doorgedrongen dat ze binnen vierentwintig uur niet enkel een kleinzoon, maar ook een schoonzoon had gekregen. En dat gaf een goed gevoel.

In de namiddag werd het kindje van Loes aangegeven en gedoopt. Het ging in één moeite door. Maartje had er haar werk voor onderbroken en Albert was ook present. En Mientje natuurlijk ook. Zij was zo trots als een pauw, ze was tante geworden! Nelleke van de bakker kon jaloers op haar zijn.

Moeder Clara voorop, met de baby in haar armen, zo trokken ze naar het gemeentehuis. Daar kreeg de kleine de namen die Loes had genoemd: Henricus, Carolus. Zijn roepnaam stond ook al vast. Niet Henk, Hein of Hendrik, maar Rick. Ook dat was een wens van Loes, gewoon omdat ze het een mooie naam vond.

Van het gemeentehuis ging het naar de kerk waar de pastoor al klaarstond. Ricky werd gedoopt, Maartje en Albert waren peter en meter.

Toen ze weer op het kerkplein stonden, zei Clara: „Bij een aangifte hoort een borrel. Wij gaan naar 'Het Wit Paardje'!"

Cees van de Pas zag hen komen en hij glunderde. „Vrouw Van Overveld, dat je in mijn zaak het heuglijke feit komt vieren, dat waardeer ik heel erg."

„Dat mag ook wel, de ellende is hier begonnen," zei Clara botaf. „Schenk maar in."

„Het is van het huis," zei Cees.

„Zo wil ik het horen," zei Clara.

Toen ze goed en wel gezeten waren en hun eerste glas tot oog-

119

hoogte hieven met een „Santé!" op de dopeling, kwam er een jongeman de zaak binnen. Hij ging naar de tapkast en keek naar het gezelschap.

Mientje zag hem en ze ging naar hem toe. „Je bent toch gekomen," zei ze.

„Ja, wat had je anders gedacht," antwoordde Marius Stije.

„Dat vind ik heel flink van je," zei Mientje gemeend. „Wil je het kindje zien?"

„Ik wel, maar ze zullen me aan zien komen!"

„Kom dan!" En toen hij bleef aarzelen: „Doe maar niet zo verlegen, kom."

Ze hadden de kleine Rick op een stoel gelegd met een andere stoel ertegenaan, zodat hij er niet vanaf kon rollen. Mientje tilde een tip van het doopkleed op en Marius keek. Hij trok een ongemakkelijk gezicht. „Hij ziet er goed uit," zei hij voorzichtig.

„Hij is móói! Vind je hem niet mooi?"

„Oh, jawel. Ik… ik heb geen verstand van die dingen." Aan de tafel was het stil geworden, Marius merkte het. „Zo, dan ga ik maar weer," zei hij.

Clara zat naar hem te kijken met een strakke blik en nu wenkte ze hem. „Hebben ze je gestuurd, Marius?" vroeg ze kortaf.

„Niemand heeft me gestuurd, vrouw Van Overveld. Ik wist het van Mientje."

„Oh?"

„Hij komt wel eens bij mij in de winkel," zei Mientje vlug.

„Aha, op die manier." Clara keek hem vol aan. „Bedankt voor de belangstelling, Marius Stije. Vertel ze thuis maar dat alles goed is. Vooral je vader!"

„Dat zal ik doen, vrouw Van Overveld." Hij knikte een paar keer naar de anderen, draaide zich om en ging.

„Wat een rare jongen," zei moeder Clara met een blik naar Mientje.

„Het is een goeie jongen," zei die met een lichte blos op haar wangen. „Hij bedoelt het goed."

„Ja, dat zal wel!" Mientje ging weer zitten en vermeed de vragende blik van Maartje. Want die wist echt niet wat dit allemaal te betekenen had.

Toen ze een uurtje later op huis aan gingen, waren ze alledrie een beetje licht in het hoofd. Janna de Meerdere stond hen op te wachten.

„Het is een schande," zei ze bits, terwijl ze het drietal monsterde. „Jullie zijn de kroeg ingedoken! Zeg eens dat ik het lieg."

„Ik zeg niets, want het gaat je geen bliksem aan," antwoordde moeder adrem. „Sinds wanneer maak jij je zorgen over mijn doen en laten?"

„Sinds ik voor je dochter zorg terwijl jij meer dan twee uur nodig schijnt te hebben om dat kind gedoopt te krijgen. Het moet aan de borst, mens!"

„Verhip, is het al zó laat? Waarom zeg je dat niet meteen?" Moeder was al naar binnen en ze ging in één moeite door de trap op naar Loes. Ze legde de kleine Ricky in haar armen. „Hier is ie, meid. Het spijt me dat we zo lang zijn weggebleven."

„Het is nog niet te laat," zei Loes vergoelijkend. Ze nam de omslagdoek van het gezichtje van het jongetje. „Is het geen knapzak, moeder?"

„Hij is prachtig mooi," bevestigde die. „Geef hem maar gauw te eten voor hij begint te brullen."

„Hij brult helemáá1 niet. Heb jij hem vannacht gehoord? Nee, hè? En nu, onderweg, heeft hij gehuild?"

„Hij heeft geen kik gegeven," gaf moeder toe.

„Zie je wel. Het is een goeierd, een schat! Kom maar, manneke, kom maar bij mama. Drink me maar leeg."

Moeder Clara was een beetje verward toen ze de trap afging. Albert was al weg, naar zijn atelier. „Ik ken Loes niet meer terug," bekende ze tegen Maartje. „Er steekt snotverdorie een echte moeder in haar. Wie had dat achter haar gezocht?"

„Erg hè, als je je eigen kinderen niet eens kent," plaagde Maartje. „Maar het geeft niet hoor, troel. Jij zult toch een heel lieve opoe zijn. En nu moet ik gaan, mijn klanten wachten."

Toen ze weg was ging Clara even in haar gemakkelijke stoel zitten. Wat Maartje had gezegd had haar harder getroffen dan ze zelf voor mogelijk had gehouden. Ja, ze was opoe. Ze had een kleinzoon. En opeens voelde ze zich vreselijk oud. Ze merkte het bijna niet dat Mientje ook op het punt stond om de deur uit te gaan.

„Mientje, wacht even."

„Wat is er, moeder?" vroeg het meisje. „Is er iets?"

121

„Dat weet ik niet. Misschien weet jij het. Wat is dat met Marius Stije? Heb jij hem verteld dat de kleine vandaag gedoopt werd? Wat heeft hij daar mee te maken?"

„Dat heb ik toch al gezegd. Marius komt regelmatig in de winkel voor zijn rookwerk en dan praten we met elkaar. Gewoon, zoals ik ook met andere klanten praat. Ook over Loes, ja, ook over Loes. Soms vraagt Marius ernaar. Hij vindt het rot dat alles zo is gelopen. Misschien voelt hij zich wel een beetje schuldig, weet ik veel. Verder is er niets aan de hand, hoor."

„Ja, ja." Er klonk een wereld van achterdocht in door. „Je gaat je toch geen gekke dingen in je hoofd halen, nietwaar kind? Geen Stije, hoor je dat? Dat wil ik geen tweede keer meemaken!"

„Moeder! Hoe durf je dat van mij te denken? Marius Stije? Ik had nog net zo lief!"

„Dat heb ik vaker gehoord," zei Clara op cynische toon. „Uitkijken en dagen tellen, kind. Zorg ervoor dat ik nooit tegen je hoef te zeggen dat ik je toch goed gewaarschuwd heb."

„Er is níets tussen Marius en mij!" Mientje stampvoette bijna. „Ik ben toch niet gek, zeker. Het idee alleen al. Marius is een goeie jongen, maar ik hoef hem niet. Trouwens, hij praat meer over Loes dan over mij, als je het per se wilt weten!"

„Als je me nu belazerd!" schrok Clara. Ze wilde nog meer vragen, maar Mientje was de deur al uit en liet haar achter met levensgrote vraagtekens.

De tijd schreed voort. Loes verliet het kraambed en groeide snel in haar nieuwe status van moeder. Clara had niets te veel gezegd. Het was alsof de eens zo levenslustige vrijster een volledige metamorfose had ondergaan. Ze ging helemaal op in haar moederschap, ze was gek op de kleine Rick. Ze vertroetelde hem en als beloning schonk hij haar algauw het eerste glimlachje, terwijl hij met pruttelende geluidjes de moedermelk over haar kleed spuwde.

Het moederschap had van Loes een volwassen vrouw gemaakt, zoveel was wel duidelijk. Als moeder Clara haar zo bezig zag, herinnerde zij zich hoe het vroeger was, toen zijzelf haar eerste baby kreeg. En tegelijk kwam dan het besef dat zij in die tijd een man naast zich had die haar hielp en steunde, zoveel hij kon. Dan was het Clara zwaar te moede, en had ze medelijden met Loes, hoewel die zich heel flink hield. En het was maar goed dat het leven gewoon doorging, dat andere zaken de aandacht opeisten. Gebeurtenissen die alles te maken hadden met Maartje en Albert...

Op een dag kwam er een man in het dorp, gezeten op een vuurrode, helse machine. Een monster dat een puffend, dokkerend geluid maakte en uit een verchroomde pijp blies het daarbij rookpluimpjes uit. De man in kwestie was helemaal in leer gekleed: hij had een lange, leren jas aan, een leren kap op zijn hoofd en hij droeg grote handschoenen met wijduitstaande kappen er aan. Zijn baardige gezicht werd voor een groot deel aan het oog onttrokken door een enorme bril. En aan een leren riem, dwars over zijn borst, hing een grote leren tas. Hij zat kaarsrecht op de machine, het brede, ver naar achteren stekende stuur in een vaste greep. Zo tufte hij het kerkplein op, stapte af, waarbij al dat leer kraakte van heb-ik-jou-daar en zette de motorfiets op de standaard. Nu konden de mensen zien dat op de grote benzinetank een heuse indiaan was afgebeeld. En het stond er ook op, al waren ze een letter vergeten. 'Indian', stond erop.

Het was niet de eerste keer dat er een motorfiets door het dorp reed. Dokter Mommers had er zelfs een in zijn bezit gehad, maar hij had hem weer gauw van de hand gedaan nadat hij een flinke schuiver had gemaakt, waarbij het vel van zijn billen vloog.

Maar wat nu door de straten was komen aandaveren, kon je moeilijk meer een motorfiets noemen. Toch was het er een.

De motorrijder richtte zich in zijn volle lengte op, wierp een waarschuwende blik naar de toegestroomde dorpsjeugd en vervolgens keek hij naar het armoedige winkeltje van Manske Pap. De man wenkte Kareltje Pijpers en toen de jongen schoorvoetend dichterbij was gekomen, zei de man: „Kun jij op mijn motor letten, zodat er niemand aankomt?"

„Ja, meneer," stamelde Kareltje.

„Dan krijg je van mij een stuiver als ik terugkom."

„Oei, een stuiver? Dank u wel, meneer." Kareltje glom. Er werd hem zomaar een fortuin in het vooruitzicht gesteld. Met zijn handen in zijn zij stelde hij zich voor de motor op. „Jullie hebben gehoord wat de meneer zei. Achteruit, jullie!" commandeerde hij zijn vriendjes. „En wie het waagt dichterbij te komen, krijgt een oplawaai!"

De meneer was bij Manske Pap binnengestapt. „Ik heb niets nodig," zei Manske, die op het horen van de deurbel naar voren was gekomen.

„En ik heb jou niet nodig, beste man. Tenzij je Albert Hagelaar bent."

„Doe me een lol!" riep Manske overdreven. „De man die jij zoekt, is hier achter bezig. Je gaat maar gewoon op de herrie af, je kunt niet missen."

De herrie waar Manske over sprak was onmiskenbaar. In het gammele huisje achterin de tuin werd gewerkt met hamer en beitel. De vreemdeling klopte aan, maar toen er niet snel werd opengedaan, liet hij zichzelf binnen. Hij trof Albert aan met een leren voorschoot voor en een stofbril op, in een wolk van stof. Hij stond op een onwillig brok basalt in te hakken. Hij was zo ijverig bezig dat hij de man niet opmerkte. Die liet dat even zo, keek eens rond met opgetrokken wenkbrauwen. Wat hij zag, had weinig associaties met wat men over het algemeen aantrof in het atelier van een beeldhouwer. Een stoffig hok, meer was het niet.

De man kuchte en toen er niet meteen door Albert werd gereageerd herhaalde hij de kuch, nu iets luider. Albert liet de hamer rusten en keek op. Hij schoof de bril naar zijn voorhoofd. „Goedendag, meneer Hagelaar," zei de man.

„Ook goedendag," zei Albert. Hij monsterde de indrukwekkende verschijning. „Staat u allang hier?"

„Ik kom net binnen. Die oude man vóór wees me de weg. Hij vertelde mij waar ik u kon vinden."

„Oh? U zocht mij?" Albert werd opmerkzaam. Hij legde zijn gereedschap weg en klopte wat gruis van zijn leren sloof. Vervolgens stak hij een hand uit. „Ik ben Albert Hagelaar. Wat kan ik voor u betekenen?"

„Crispijn Zoontjes is de naam," bekende de man, terwijl hij de hem toegestoken hand schudde. Hij glimlachte. „Eigenlijk kom ik u vragen wat wij voor ú kunnen betekenen." Hij zag de vragend opgetrokken wenkbrauwen van Albert. „Het heeft wat moeite gekost om u op te sporen, maar met enige vasthoudendheid is het toch gelukt."

Het is er geen van hier, stelde Albert meteen vast. Hij praat te plechtig. Hij komt zelfs niet uit de stad, want daar praten ze evenmin zo bekakt. „Waarom moest u mij zo nodig vinden, meneer.

124

Zoontjes?" De aangesprokene leek de gedachten van Albert te kunnen raden, want hij antwoordde: „Het is Crispijn. En het is je en jou, als u het goedvindt."

„Als dat wederkerig is, mij best." Albert ging meteen op de vertrouwelijke toer. „Vertel me maar wat je in deze negorij komt uitspoken."

„Heel in het kort komt het hierop neer: ik ben vertegenwoordiger van een middelgroot bedrijf dat zich bezighoudt met het restaureren van historische panden, kerken, fortificaties, ornamenten en zo meer."

„Ik ben beeldhouwer. Ik restaureer niets."

„Dat is duidelijk. En toch hebben wij een man als jij hard nodig."

„Is dat waar? Vertel er eens wat meer over. We kunnen erbij gaan zitten in het kamertje hiernaast. En koffie is er ook, als het die naam tenminste verdient."

„Het wordt in dank aanvaard," zei Crispijn.

Toen ze eenmaal gezeten waren, vertelde hij eindelijk waar het om ging. De firma die hij vertegenwoordigde, heette Arsis en was gevestigd in Den Bosch. En daar schrok Albert een beetje van, want Arsis genoot grote bekendheid. Door het hele land.

Crispijn zag zijn verwarring en haakte er meteen op in. „Ik ben jou op het spoor gekomen door je werk dat ik bij een kunsthandel in de stad aantrof," zei hij.

„Die beeldjes?" zei Albert en hij schoot in de lach. „Als ik dreig om te komen van de honger breng ik er wel eens wat heen. Wat moeten jullie daarmee?"

„Het gaat niet om de afmetingen," antwoordde Crispijn. „Ik durf van mijzelf te beweren dat ik een goed oog heb voor wat vakmanschap is en wat niet. Je bent jonger dan ik had verwacht, Albert, maar aan je kunstvaardigheid mankeert niets. Jij hebt het in je een groot kunstenaar te worden. Als je het al niet bent. Dat je nog niet alom bekend bent, zit hem ongetwijfeld in het feit dat jij je hier in dit nietige dorp hebt verstopt. In elk geval ben ik door mijn grote baas gestuurd om je uit je isolement los te weken."

„Ach, kom nou toch!" deed Albert ongelovig. „Ik ben geen restaurateur, ik maak alleen oorspronkelijk werk. Dat heb ik je gezegd."

„Ik heb het gehoord en het is ook de bedoeling dat het zo blijft."

„Nu snap ik er geen bliksem meer van," bekende Albert.

„Het zal je gauw duidelijk worden." Crispijn legde vertrouwelijk een hand op Alberts schouder en begon wervend op hem in te praten. „Zet je oren open en luister. Wij krijgen soms projecten aangeboden die wij rangschikken onder klein bestek. Geen kathedralen of monumentale bruggen, maar oude landhuizen, kasteeltjes die na een flinke opknapbeurt weer echte juweeltjes worden. Meestal particulier bezit, soms al eeuwenlang. En altijd komt de opdrachtgever met de vraag om in de tuin van zijn opgeknapte bezit een paar fraaie beelden te plaatsen, of in de hal, noem maar op. Beelden die de sfeer van het huis cachet geven. Snap je, geen opgeknapt werk, maar oorspronkelijk werk, zoals jij het noemt. Jouw stijl sluit daar naadloos op aan."

„Wacht even!" Albert kon het even niet bijhouden. „Je komt me toch niet vertellen dat je een opdracht voor mij hebt?"

„Meer dan dat. Wat zou je ervan vinden als Arsis een beroep op je deed om de kunstwerken te leveren waar ik over spreek? Zo'n overeenkomst is niets aparts, hoor. Er werken kunstschilders voor Arsis, mensen die eeuwenoude fresco's hun pracht en glorieuze uitstraling terug kunnen geven, die uit de voeten kunnen met antieke mozaïekwerken, en ga zo maar door. Deze kunstenaars willen niet in een vast dienstverband werken, daar zijn ze trouwens ook te duur voor. Jij voelt daar waarschijnlijk ook niet veel voor."

„Hoe raad je het zo." Albert trok een vies gezicht.

„Je hebt het grootste gelijk van de wereld. Het is ook niet nodig. Je werkt gewoon per opdracht. Maar het is altijd mogelijk dat er, na een korte aanlooptijd, wel een contract voor je klaarligt. Een contract dat je voor jaren handenvol werk garandeert. Nu, wat zeg je daar van?"

„Wat ik zeg? Ik ben sprakeloos," bekende Albert.

„Maar je bent er niet afkerig van?"

„Ik weet niet… Het ligt er maar aan wat er van mij wordt verlangd."

„Dat spreekt vanzelf." Crispijn keek eens om zich heen. „Is het ver bezijden de waarheid als ik veronderstel dat je het op dit moment nu niet bepaald razend druk hebt?"

„Ik ben bezig," bekende Albert met gevoel voor understatement.

„Dan nodig ik je uit om die sloof af te doen, je handen even onder de pomp te houden en met mij mee te gaan."

„Meegaan?" Albert aarzelde. Crispijn Zoontjes was een gladjanus,

126

dat realiseerde hij zich terdege. Iemand met een goede babbel en met overredingskracht. De manier waarop hij het klaarspeelde om Albert zo gek te krijgen dat hij bereid was om met hem op pad te gaan, zei genoeg. „Waar wil je op af? En hoe?"
„Hoe? Je kunt bij mij achterop de motor stappen."
„Op de motor?" Albert keek naar al dat indrukwekkende leer van Crispijn. „Ach ja, natuurlijk. Je hebt een motorfiets?"
„Staat voor de deur. Nou?"
Albert schoof zijn aarzeling opzij. „Geef me één minuut," verzocht hij.

Het werden vijf minuten. Albert stapte achter de brede rug van Crispijn Zoontjes naar buiten en werd plotseling geconfronteerd met de Indian. De geweldige, in het oog springende machine bracht hem op slag in verrukking. Hij had nog nooit zoiets gezien. „Is-ie dat?" vroeg hij ademloos.
„Dat is-ie," antwoordde Crispijn. „Het is een Indian, zo je ziet, komt uit Amerika."
„Dat zoiets kan bestaan. Hoe krijgen ze het voor elkaar?" Albert liep er heen, streelde het brede zadel, de lange tank die tot onder het zadel doorliep, het chroom, de enorme koplamp. „Zo wil ik er ook één," zei hij.
„Zo heb ik ook gestaan en ik sprak dezelfde wens uit," zei Crispijn. „Wie weet gaat jouw wens ook eens in vervulling."
„Ja, maak dat de kat maar wijs." Albert ontwaakte uit zijn droom. „Vertel me maar waar jij me heen brengt."
„Naar de Beersen."
„Dat is niet zover uit de buurt."
„Een kwartiertje rijden, hooguit een half uur." Crispijn sjorde zijn riem aan, maakte de leren kap onder zijn kin vast en schoof zijn bril over zijn ogen. Hij zwaaide zijn been over het zadel en zat, als een machtige, in leer gehulde god. „Stap maar op."
„Je brengt me toch wel heelhuids thuis?"
„Daar zal niets aan mankeren." ~
Ah, de rit op die geweldige motorfiets! Albert onderging het als een sensatie zoals hij nog nooit had meegemaakt. De motor zong zijn diep, sonoor geluid, de wind speelde met zijn haren, het landschap draaide voorbij als in de cinemascope. Hij keek over de schouder van Crispijn naar de kilometerteller. Ze reden vijftig,

bijna zestig kilometer! Ze vlogen, zo leek het wel!

Veel te snel naar Albert zijn zin remde Crispijn en stopte. Hij zette de motor af en wees: „We zijn er." Een eind van de weg, in een wilde, overwoekerde tuin, stond een oud landhuis. Het was nodig aan een opknapbeurt toe en daar waren enkele mannen ook mee bezig. Er stonden steigers om het huis.

Ze stapten af. „Van wie is dit geval?" vroeg Albert.

„Van hem. Jonkheer Lots-van Genderingen-Dubois, kortweg Lots." Crispijn gebaarde naar een oude, morsige man die over de inrit naar hen toekwam. „Heeft kind noch kraai, maar wel een sloot geld. Het huis is familiebezit."

„Moet ik voor hém werken?"

„Vraag niets, laat mij het woord maar doen. Dan word je alles duidelijk."

„Dat hoop ik."

„Zoontjes, wie breng je nu mee?" riep de man toen hij op gehoorsafstand was gekomen.

„De man die ik voor u moest zoeken, meneer Lots. Een man die met hamer en beitel wonderen kan verrichten."

De man was nu naderbij gekomen en hij keek Albert onderzoekend aan. Hij vroeg: „Is het waar wat Zoontjes zegt?"

„Ik zou het van mezelf niet durven beweren," bekende Albert.

„Laat me je handen eens zien." Albert deed het en meneer Lots knikte. „Goede handen. Je hebt geen tijd gehad om ze fatsoenlijk te wassen? Hij heeft je zo meegesleurd?" Weer knikte hij. „Zo is Zoontjes, het is een drammer." Crispijn lachte als een boer met kiespijn. „Oh, je bent de eerste niet die hij meebrengt, hoor," ging Lots verder. „En de laatste zul je ook niet zijn. Hij plukt zijn mensen overal vandaan. Maar ik moet toegeven dat hij er oog voor heeft. Prima vaklui. Hoe heet je?" Albert noemde zijn naam en Lots schudde het hoofd. „Nooit van gehoord. Doet er ook niet toe. Je weet wat de bedoeling is? Nee? Kom eens mee."

„Iedereen wil mij maar meenemen," merkte Albert op. „Wat is nu de bedoeling?"

„Dat zal ik je vertellen. Ik wil dat je een fraaie, indrukwekkende entree maakt voor mijn huis. Zie je dat bordes? Zo kaal als het kontje van een pasgeboren baby…"

„Misschien kunnen we eerst even binnen het een en ander…" probeerde Crispijn, maar Lots sneed het de pas af.

128

„Het moet hier gebeuren. Zie je, Hagelaar, oorspronkelijk waren er arduinen trappen die naar de deur leidden, met royale balustrades aan weerskanten. De trappen zijn er nog, zo je ziet, de balustrades heb ik weg laten halen omdat ze te ver heen waren. Dat geheel, de dubbele voordeur, het bordes en de trappen, dat wordt jouw project. Tenminste, als je het aandurft."

„Ik ken uw wensen niet eens," aarzelde Albert.

„Zal ik je vertellen." Lots diepte een portefeuille op en haalde daar een vergeelde fotografie uit. Die gaf hij aan Albert. Het stelde een beeldschone, jonge vrouw voor in een lang gewaad en met opgestoken haren. Ze leunde tegen een zuil waarop een grote bloemenmand stond. „Vraag me niet wie dat is, want dat ga ik je toch niet aan je neus hangen," zei Lots. „Laat het je genoeg zijn te weten dat deze vrouw veel voor mij heeft betekend. Heeft, ja, want ze heeft dit aardse tranendal inmiddels verlaten. Ik wil haar beeltenis op het bordes, pal in het midden."

Albert keek hem met een weifelende blik aan. Hij draaide zich om en nam het pad in ogenschouw waarlangs ze waren gekomen. Hij schudde het hoofd. „Nee," zei hij beslist. „Dat zou ik niet doen als ik u was."

„Wat zeg je nou toch," schrok Crispijn. „Als meneer Lots…"

„Laat hem uitpraten," sneed die af. „Vertel wat je bedoelt, kerel."

„Als u zo'n beeld voor de deur plaatst, zal haar de functie van schildwacht worden aangemeten. Ze zal een belemmering zijn, geen warm welkom."

„Wat wil je dan?"

„Maak een rondlopende weg vanaf de ingang, met een wat opgehoogde terp daartussen en zet daarop het beeld," zei Albert. „Als die heuvel mooi wordt aangelegd, met een gazon, bloemen en planten, zal het een lust zijn voor het oog."

„Ja! Juist! Dát is het!" Lots sloeg met een vuist in de palm van zijn andere hand. „Zoontjes, waarom ben jíj niet met dat idee gekomen?"

„Heb ik hem niet meegebracht?" zei de aangesprokene een beetje verontwaardigd.

„Jongeman, wanneer kun je eraan beginnen?"

„U weet niet eens of ik het wel aankan."

„Jij kunt het, dat voel ik. Dat proef ik. Wanneer?"

„Er is nog zoiets als een nog te regelen overeenkomst van Arsis met Hagelaar," zei Crispijn. „Door de bemiddeling van Arsis bent u met hem in contact gekomen."

„En daar dank ik je voor. Geef aan Arsis door dat jij mij aan Albert Hagelaar hebt geholpen. Ik zal dat verder met hen afhandelen. Ik geef zelf aan Albert de opdracht dat beeld voor mij te maken. En als het mij bevalt, zal ík hem daarvoor belonen. Afgesproken?"

Crispijn zei niets, maar zijn gezicht sprak boekdelen. Hij had zich de gang van zaken anders voorgesteld. Lots haalde er zijn schouders over op. Hij regelde de dingen zoals híj dat wilde. Hij reikte Albert de hand en deze haastte zich de toegestoken hand te drukken.

Crispijn begon vervelend te doen. Hij keerde zich af en maakte aanstalten om weg te gaan. Albert hield hem tegen. „Wat heb je?"

„Niets. Wat zou ik hebben? Ik heb je aan een belangrijke opdracht geholpen, dat is alles. Zoek het verder maar uit. Mijn taak zit er op."

„Wat is dat nu voor onzin? Dat ik deze opdracht aanvaard wil toch niet zeggen dat ik je niet dankbaar ben? Je hebt mij fantastisch geholpen en dat zal ik niet licht vergeten."

„Dus je blijft voor Arsis beschikbaar?"

„Natuurlijk, maar geheel vrijblijvend. Dat spreekt toch voor zich." Crispijn draaide een beetje bij. „Ik zal het doorgeven," beloofde hij.

„Alles naar wens geregeld?" Lots wachtte het antwoord niet af. „Dan gaan we naar binnen om er een glaasje op te drinken."

Albert volgde op vederlichte voeten. Hij had zijn eerste grote opdracht binnen.

# HOOFDSTUK 7

Maartje was in de wolken toen hij het grote nieuws vertelde. Ze gunde het hem zo en ze had vertrouwen in hem. Deze grote kans kwam net op tijd. Haar huwelijk met Albert waardoor hij bij het gezin ging horen, had voor een grote verandering gezorgd.

Er was een barst gekomen in het knusse samenleven van moeder Clara en haar dochters. De komst van Albert was daar niet alleen schuld aan. Ook de aanwezigheid van de baby van Loes bracht veranderingen met zich mee. Eigenlijk was van de ene dag op de andere het rustig voortkabbelende leventje op zijn kop gezet. Het was gewoon een druk huishouden geworden, waarin een man rondstapte die daar eigenlijk niet op zijn plaats was en waar een, de aandacht opeisende, baby de regelmaat in huis aan scherven schreeuwde.

Moeder Clara verdroeg het, zij het met moeite. En het was allemaal nog tot daaraan toe, maar er kwam te weinig geld binnen om dat grote gezin draaiende te houden. Het waren Maartje en de jonge Mientje die voor de inkomsten moesten zorgen. Mientje droeg het loon dat ze bij de WIBO verdiende keurig af. Maar Maartje had geld nodig voor haarzelf en voor Albert. Ze had met moeder afgesproken dat ze kostgeld zou betalen en die had dat goedgevonden. Maar het was natuurlijk minder dan voor haar trouwen en zeker niet genoeg om ook Albert kost en inwoning te verschaffen.

Albert had zijn best gedaan om wat te verdienen, maar het ging mondjesmaat. De kunsthandel in de stad nam zo nu en dan wel wat werk van hem, maar daar kon de schoorsteen niet van blijven roken.

Door dat alles waren er kleine wrijvingen ontstaan. Loes voelde zich een opvreetster, ze voelde zich te veel. Albert liep met zo'n zelfde gevoel rond. Mientje flapte er nu en dan een wat laatdunkende opmerking uit aan het adres van Albert en haar zus Loes. Er werd gekibbeld. Er werd met deuren gesmeten. En moeder moest maar zorgen dat de lieve vrede bewaard bleef. Maar nu had Albert een grote opdracht gekregen en nu zou alles goed komen. Maartje was er zielsgelukkig om.

Dat veranderde toen ze op een morgen met een gammel, misselijkmakend gevoel wakker werd. En meteen wist ze met absolute zekerheid wat dat betekende. Ze keek naar Albert, die zich stond aan te kleden. Hij zag haar kijken en hij glimlachte.

„Goede morgen, lieveling," zei hij en hij kwam naar haar toe om, zoals elke morgen, op de rand van het bed te gaan zitten en haar te omhelzen. „Goed geslapen?"

„Ja, ik heb goed geslapen." Het klonk niet erg vrolijk en hij keek haar onderzoekend aan.

„Is er iets?"

„Och, niets bijzonders," wuifde ze weg. „Een beetje gammel."

„Oh? Je bent toch niet ziek, hoop ik?"

„Ben je mal? Nee hoor. Het zal vanzelf wel overgaan." Terwijl ze dat zei, wist Maartje dat ze zichzelf voor de gek hield. Ze was 's morgens nooit misselijk of gammel of wat dan ook. Ze was gewend kwiek en vrolijk uit bed te springen. Nu had ze daar niet de minste behoefte aan.

„Blijf je niet te lang liggen?" verzocht Albert. „Anders wordt het weer rennen."

„Ik ben er zo."

„Maartje voelt zich niet lekker," meldde Albert beneden tegen moeder Clara.

„Oh, ja?" was haar nuchtere reactie. „Dat is niets voor Maartje."

„Het zal wel overgaan."

„Dat dacht ik ook," zei Loes die Ricky zat te voeden.

Albert begreep de hint meteen: „Dat zal toch niet waar zijn?"

„Zou je ervan opkijken?" vroeg moeder. „Maartje is zo gezond als een vis. Jij gaat evenmin gebukt onder allerlei kwalen. Wat verwacht kon worden, gaat gebeuren."

„Als dat waar is…" Albert was al op weg naar de trap, maar hij hield in toen hij Maartje naar beneden zag komen. „Lieveling!"

Ze glimlachte witjes. „Moeder zou gelijk kunnen hebben, schat."

„Ik héb gelijk. Zeg het maar, meid, is het zover?"

„Ik denk het wel," antwoordde Maartje. „Vind je het heel erg, Albert?"

Hij was even de spraak kwijt, schudde het hoofd en kwam naar haar toe. „Erg? Denk je ook maar één seconde dat ik het erg zou vinden als we een kindje zouden krijgen?" Hij sloeg zijn armen om haar heen, tilde haar op en droeg haar naar een stoel. Daar plantte hij haar neer en kuste haar lieve gezicht. „Je zou me de geluk-

kigste vent van de wereld maken, lieve schat!"
„En hij is al zo dolletjes gelukkig," schamperde Loes.
„Wat gemeen om dat te zeggen!" liet de jonge Mientje zich horen.
„Jij zou willen dat je zo'n man had. Je bent afgunstig!"
„Dat hoef ik niet te nemen!" Loes stond op met de drinkende baby
in haar armen.
„Stel je niet aan! Ga zitten!" Moeder Clara kon een harde stem
opzetten als ze dat nodig vond. „Wat een manier om te reageren."
„Het is toch zo," zei Mientje.
„Jij moet je grote mond ook houden. Wat zullen we nu beleven,
zeg!" Moeder richtte haar blik op Albert en Maartje. Haar gezicht
straalde blijdschap uit. „Ik heb er op gewacht, daar kom ik eerlijk
voor uit. Nu het zover is, ben ik net zo blij als jullie. Ons nest
wordt wel wat vol op deze manier, maar we vinden er wel wat
op."
„Maartje, je moet naar de dokter gaan," zei Albert.
„Ik zal het doen, lieverd," beloofde ze.
„En als je zekerheid hebt, meteen naar Janna," vond moeder.
„Dat heeft nog alle tijd," zei Maartje. „Het is morgen niet te doen,
hoor. Er is nog helemaal niets aan de hand."
„Je bent misselijk," zei Albert meewarig.
„Dat is al over, schat. Misschien heb ik me alles maar verbeeld."
„Dat geloof je zelf niet," zei Loes. „Als het zo is, dan weet je het.
Heb ik gelijk of niet?"
Maartje knikte. „Je hebt gelijk. Ik voel het gewoon."

Het bezoek aan dokter Mommers bracht uitsluitsel. Maartje was
zo zwanger als een gezonde jonge vrouw met een levendige echtgenoot maar kon zijn.
„Vrouwke Hagelaar, jouw vent moest maar eens een mooi beeld
van jou maken," zei hij op gemoedelijke toon, nadat hij zijn conclusie had getrokken. „Je bent een prachtig schepsel Gods." Maartje bloosde. „Als hij dat zou horen, begon hij er niet eens aan," zei
ze. „Hij zou zeggen: Een schepsel Gods kan ik niet evenaren."
„En gelijk heeft hij. Maar hij kan er wel een eigen impressie van
maken, er zijn eigen, persoonlijke gevoelens in tot uiting brengen.
Jouw vent is een genie."
„Ik zal het doorgeven, dokter," zei ze, nogal onder de indruk van
de loftuiting.

„En doe hem de groeten!"

„Ik zal het doen, dokter."

Ze ging recht naar Albert om hem te vertellen dat haar vermoeden juist was. Ze trof hem aan in een staat van grote wanhoop. Zijn begroeting bleef steken in een vluchtige kus en een: „Dag lieverd, niet naar je werkhuizen?"

„Ik kom recht van dokter Mommers af," antwoordde ze verontwaardigd.

„De dokter?" Toen drong het tot hem door. „Ach, natuurlijk! En! Is het...?"

„Je wordt vader, Albert Hagelaar!" zei Maartje stralend.

„Ik word vader!" herhaalde hij. Hij schudde zijn hoofd. „Ik kan het niet bevatten. Het is te mooi, ongelooflijk. Oh, Maartje, mijn lief wat maak jij me toch gelukkig. En als het nu ook nog een zoon is..."

„Wat is er mis met een dochter?"

„Niets. Helemaal niets. Maar een zoon, nou ja, dat is..."

„Jouw wens. Omdat ze bij jouw thuis ook alleen maar zonen hebben. Maar ik ben je moeder niet, hoor. Met mij kun je alle kanten op."

„Ach, natuurlijk, het maakt ook niets uit. Zoon of dochter, het is mij gelijk. Als het maar gezond is."

„Dat verwacht de dokter. Ja, dat zei hij. Wij waren twee gezonde mensen, zei hij. Daar kan alleen maar een gezonde baby van komen."

Albert grijnsde. „Zo, zei hij dat?"

„Ja. En hij zei ook dat jij een genie bent. Zo, nu kun je nog verwaander worden dan je al bent."

„Ik? Een genie?" De uitbundige stemming van Albert smolt weg. „Het is maar goed dat hij mij nu niet ziet modderen." Hij wees naar een eerste kleimodel op een hoge sokkel. „Dat moet het beeld worden voor Lots. En ik breng er niets van terecht. Ik had de opdracht nooit moeten aannemen. Hoe kun je nu een aanvaardbare beeltenis maken vanaf een foto? Hoe kun je zo'n plat plaatje nu weergeven in driedimensionale vormen? Het heeft borst noch kont."

„Je moet je fantasie laten werken. Daar ben je toch zo goed in?"

Albert keek haar aan en zijn ogen klaarden op. „Maartje! Jij!"

„Wat is er met mij?" Werktuigelijk gingen haar handen naar haar

134

buik, alsof daar al iets te bespeuren was van haar zwangerschap.
„Maartje, jíj moet voor mij poseren!"
„Ik?" Meteen dacht ze aan de woorden van Mommers. „Dat zei de dokter ook."
„En hij heeft gelijk. Ik had daar meteen aan moeten denken. Jij gaat model staan voor het stille liefje van jonkheer Lots-van Genderingen-Dubois!"
„En moet ik dat een hele eer vinden?"
„Daar gaat het toch niet om, lieveling. Je helpt mij ermee uit de brand." Albert wees haar op de foto. „Zou jij voor jezelf zo'n kleed kunnen maken? Niet exact hetzelfde, maar iets dat er op lijkt?"
„Natuurlijk kan ik dat. Je moet niet min over mij denken."
„Doe het dan. Vandaag nog. Morgen beginnen we met poseren."
„En mijn klanten? Wat moet ik mijn klanten zeggen?"
„Dat ze een week of wat geduld moeten hebben. Dit is zoveel belangrijker, liefste."
„Ja, daar zou je wel eens gelijk in kunnen hebben," knikte Maartje.
„Ik heb overschot van gelijk. Je zult het zien! Nu weet ik dat het goed komt. Ga gauw, Maartje-mijn-lief. Er is werk aan de winkel."

Toen moeder ervan hoorde keek ze zuinig. Ze had wel eens iets gehoord over modellen en had er haar eigen voorstelling van. Een blote meid op een stoel te midden van een stel likkebaardende artiesten. Dat gaf toch geen pas. Niemand maakte haar wijs dat zoiets door de beugel kon. Een fatsoenlijke vrouw gaf zich niet eens helemaal bloot voor haar eigen man, tenzij het niet anders kon…
Het kostte Maartje heel wat overredingskracht om haar ervan te overtuigen dat ze niet bloot hoefde te poseren voor Albert, dat ze een keurige, lange jurk zou dragen. En dat ze het alleen deed om Albert te helpen met zijn belangrijke opdracht.
„Dat hij daar iemand anders voor neemt. Jij hoort dat niet te doen."
„Wat hoor ik daar?" vroeg Maartje. „Een vreemde vrouw bij Albert in zijn atelier? Vind je dat wél door de beugel kunnen, moeder?"
„Nee, natuurlijk niet. Ik zeg zomaar wat." Clara schudde het hoofd. „Het zit me alleen dwars dat mijn dochter… En hoe moet het dan met je werk? Het kan niet zo belangrijk zijn dat je daar-

voor je vaste klanten in de steek laat," morde Clara. „Zij hebben je jarenlang werk verschaft. Je hebt goed aan hen verdiend. Waar moeten die mensen heen met hun verstelwerk?"

„Moeder, het is maar voor een week," pleitte Maartje. „Ik heb het hun uitgelegd en ze hadden er begrip voor."

„Je hebt het hun verteld? Zomaar zonder blikken of blozen? Mooi is dat! Mooie reclame. Als dat zo doorgaat, durf ik mijn neus niet meer buiten de deur te steken."

„Wat is dat nu voor onzin," viel Maartje uit. „Je doet net alsof ik ik-weet-niet-wat ga doen. En bovendien, zíj hebben mij geen werk verschaft, ik heb hen uit de brand geholpen. Ik heb jarenlang hun kapotte hemden, onderbroeken en nachthemden opgelapt, jassen gekeerd, zodat ze weer een poosje meegingen. Beddengoed dat van ellende uit elkaar viel, heb ik weer bruikbaar gemaakt. En maar zeulen met mijn naaimachine, door weer en wind. Dat loodzware kreng hangt me al zo lang de keel uit. Zo, nu weet je het. En ik zal je nog eens wat anders vertellen, moeder. Ik ben in verwachting. Binnenkort zal ik mijn werk toch moeten opgeven."

„Opgeven? Zomaar? En wie zorgt er dan dat er een korst brood op tafel komt?"

„Albert! Als deze opdracht lukt, zal hij naam maken. De klanten zullen komen. Hij zal meer opdrachten krijgen. Misschien wel een expositie hier of daar."

„Dus wij moeten leven van wat hij met beeldhouwen gaat verdienen? Het zal me een vetpot zijn."

„Moeder, je mag niet verlangen dat hij de kost gaat verdienen voor ons allemaal. Dat is niet eerlijk. Waarom werkt Loes nog steeds niet? Ricky is een gezond kind, daar hoeft ze niet de hele dag mee rond te lopen. Ze kan best hier of daar aan de slag, terwijl jij op de hummel past. Je kunt niet verlangen dat het allemaal op mij en Albert neerkomt."

Clara voelde wel dat daar een kern van waarheid in zat, maar ze gaf niet toe. „Door hier in te komen wonen is hij de man in huis geworden. Dat schept verplichtingen," zei ze stuurs.

„Tot op zekere hoogte. Het mag niet zo zijn dat alles op hem neerkomt, terwijl Loes duimen zit te draaien. We moeten allemaal een steentje bijdragen."

„Vertel het haar maar," schamperde Clara. „Zul je eens horen hoe ze tekeergaat."

136

„Dat zal ik zeker doen! En over het poseren wil ik geen woord meer horen. Ook niet van jou, moeder! Ik doe er niets verkeerds mee." Het was de eerste heftige uitbarsting tussen moeder en dochter. Achteraf schrokken ze er allebei van. Het tastte de gemoedelijke sfeer aan die er altijd in huis had geheerst. En allebei zochten ze naar een manier om een herhaling van het meningsverschil te voorkomen.

Clara besloot om in het vervolg haar mening voor zich te houden. Ze besefte dat ze zich niet met het doen en laten van haar oudste dochter en haar man kon inlaten. En Maartje zocht en vond een weg om haar klanten niet helemaal aan hun lot over te laten. Ze zou thuisnaaister worden. De mensen konden hun verstelwerk bij haar brengen en weer ophalen als het klaar was, en zij hoefde niet meer de baan op.

Albert bleef onkundig van het meningsverschil. Als bij afspraak zwegen de vrouwen erover. Hij had ook geen antenne voor wisselende stemmingen in huis. Zijn hoofd was bij zijn werk, hij stond er mee op en ging ermee naar bed.

Toen Maartje die ochtend met hem meeging naar het atelier, de inderhaast in elkaar geflanste, lange japon in een boodschappentas, was hij zo gespannen als een vioolsnaar. Manske Pap zag hen komen en hij trok zijn wenkbrauwen op. Maar hij vroeg niets, het zou zijn tijd wel duren.

„Zo, nu zijn we onder ons," zei Albert toen ze in het atelier stonden. „Kleed je gauw om, want ik wil aan het werk."

„Als jij je omdraait," verlangde Maartje.

„Ik denk er niet aan. Zoiets kan een model wel van mij verlangen, maar niet mijn vrouw. Vooruit, trek je goed uit en doe die jurk aan. Ik ben benieuwd."

Ze deed het in een handomdraai en even hield hij de adem in. Ze zag het en bloosde ervan.

„Doe niet zo raar, lieverd," zei ze. „Je hebt me toch wel vaker gezien."

„Maar niet zo. Niet zo… zo goddelijk." Hij slaakte een diepe zucht en riep zichzelf tot de orde. Hij leidde haar naar een stoel bij het raam, pakte haar bij haar schouders en keerde haar naar het licht. „Kijk naar buiten. Niet te veel, ik moet je gezicht zien. Zo, ja. Leun met je arm op de stoel. Juist, op die manier. Ontspan jezelf, je moet dit een hele tijd kunnen volhouden. Denk je dat je dat zal lukken? Natuurlijk lukt je dat. En als je toch moe wordt, zullen we even een pauze inlassen. Ben je er klaar voor?"

„Je praat te veel. Aan het werk, kunstenaar!" spotte Maartje.

Albert werkte bevlogen. Na dagen van wanhopig proberen voelde hij nu de ware geest in zich wakker worden. De gestalte van Maartje in dat zachte strijklicht riep iets in hem op dat een tinteling in zijn handen teweegbracht.

Hij streek alles weg wat hij tot nu toe had gedaan en begon opnieuw. Hij ging de strijd aan met de onwillige klei, legde de materie zijn wil op, vormde en kneedde. Al gauw liep het zweet over zijn rug, maar hij merkte het niet eens. En weer gebeurde het wonder, net als met het kinderkopje voor dokter Mommers. Op de hoge sokkel verschenen de contouren van een vrouw. Van dé vrouw. Van zijn vrouw Maartje.

Ze stoorde hem niet. Zo nu en dan waagde ze een sluikse blik naar hem en ze kon een gevoel van bewondering niet onderdrukken. Terwijl ze daar zo stond, leerde ze een andere Albert kennen. De kunstenaar Albert die onderhuids in hem leefde en die slechts nu en dan naar buiten trad, zoals nu.

Zo stond ze, een uur, anderhalf uur en haar benen begonnen te slapen, ze kreeg kramp in haar schouder. Albert merkte het pas toen ze eens diep zuchtte. „Je wordt moe," stelde hij vast. „We zullen pauzeren."

„Ik ben niet moe," protesteerde zij zwakjes.

„Niet kletsen, lieveling." De ban was gebroken en nu ging zijn aandacht helemaal naar haar. „Je moet in het vervolg bijtijds zeggen dat je er genoeg van hebt. Als ik bezig ben, let ik daar niet op."

„Je bent wel opgeschoten, is het niet?"

„Het komt. Het komt, maar wat ik zoek, wat ik naar voren wil halen, houdt zich nog schuil. Dat kost tijd." Hij glimlachte, toch niet ontevreden. „Je hebt me prima geholpen, Maartje. Is het te veel gevraagd om morgen…"

„Natuurlijk zal ik er zijn." Ze keek nog eens goed naar de foto. „Je let er toch wel op dat die vrouw langer is dan ik en dat ik helemaal niet op haar lijk?"

„Ja, ze heeft pech. Jij bent veel mooier."

„Vleier!" Ze gaf hem een vluchtige kus op de wang. „Ik ga me gauw omkleden. Ik heb thuis nog van alles te doen."

„Neem je jezelf een beetje in acht?" verzocht Albert bezorgd.
„Oh, de aanstaande vader spreekt!" Ze nam zijn hand en legde die op haar nog volkomen platte buik. „Maak je niet druk, pappie." „Plaag me niet. Je weet niet hoe gelukkig ik ermee ben." Hij nam haar in zijn armen en gromde in haar hals: „Weet je, ik zou je nu, op dit moment..."
Ze duwde hem weg. „Laat dat, vieze, bezwete man. Wat denk je wel? Gauw aan je werk en hou die grijphanden bij je!" Ze begon zich om te kleden. „En kijk voor je! Ik hou niet van gluurders."
Albert knorde. Hij voelde zich goed, heel goed.

Gedurende een volle week poseerde Maartje en Albert werkte als een bezetene aan wat hij zijn grote uitdaging noemde. Hij concentreerde zich vooral op de gestalte, de houding van de vrouw die hij moest uitbeelden, maar die steeds meer trekjes kreeg van Maartje. Haar goedbedoelde waarschuwing sloeg hij in de wind. „Het is erop of eronder," zei hij. „Lots vraagt iets van mij wat bijna niet te doen is. Ik ga proberen de afbeelding op de foto zo goed mogelijk te benaderen. Daar kan ik jouw gezicht natuurlijk niet voor gebruiken. Ik moet me laten leiden door mijn gevoel, mijn intuïtie. Ik wil Lots verrassen als hij een kijkje komt nemen."
Lots kwam op een morgen toen Maartje er niet was. Hij kwam met een automobiel die er even morsig en onverzorgd uitzag als hijzelf. Hij was druk en kort aangebonden toen hij het atelier binnenkwam.
„Ik heb niet veel tijd, maar ik wil toch zien wat je uitspookt," zei hij en stapte recht op het beeld af. Hij keek, wierp tussendoor een blik op Albert. Hij liep om de sokkel heen, deed enkele stappen terug om het totaal beter in ogenschouw te kunnen nemen. Vervolgens knikte hij: „Je stelt me niet teleur. Maak het maar af. Wanneer?"
Albert wist een zucht van opluchting te onderdrukken.
„Moeilijk te zeggen. Veertien dagen, drie weken. Ik zit een beetje met het hoofd, de gelaatsuitdrukking. Begrijpt u?"
„Ik begrijp het. Ik zou het model wel eens willen zien dat daarvoor geposeerd heeft." Lots zei het langs zijn neus weg. „Ze moet een prachtig lichaam hebben."
„Mijn vrouw," bekende Albert met iets van een waarschuwing in zijn stem.

„Is haar gezichtje ook zo mooi als de rest?" vroeg Lots brutaal.
„Ze is heel mooi. Tenminste, volgens mij."
„Gebruik het dan!" De jonkheer zag de verbaasde uitdrukking op het gezicht van Albert. „Doe het maar. Dit beeld leeft, het is vlees en bloed. Als je vanaf de foto had gewerkt, was je dat niet gelukt. De gelijkenis doet er niet zoveel toe. Het is een hommage aan de vrouw die ik eens liefhad. Jij maakt er een eigen impressie van. Ik kan dat verstaan en zo is het goed. Maak het beeld af, Hagelaar!"
Dat was makkelijk gezegd van de jonkheer en het bewees zonneklaar dat hij niet het flauwste benul had hoe de uiteindelijke versie van het door Albert geboetseerde beeld tot stand moest komen. Zoek maar eens een oven, groot genoeg om het levensgrote conterfeitsel te bakken. Zo'n oven bestond er in de hele wijde omtrek niet.
Albert wist dat, maar hij zat er niet mee. Terwijl hij aan zijn schepping werkte, was er een gewaagd plan bij hem opgekomen. Hij had er met niemand over gesproken, ook niet met zijn opdrachtgever. Wat hij in zijn hoofd had, was niet alleen gedurfd, het was ook kostbaar: hij wilde het conterfeitsel van Maartje, want dat was het geworden en niet anders, in brons laten gieten. Een beeld, een standbeeld van brons, zoals in de grote steden stadhouders en zeehelden stonden te pronken, onaantastbaar, met een door weer en wind aangebracht groenig patina bedekt.
Toen Albert na enkele weken een stap terugdeed en knikte, ten teken dat zijn creatie voltooid was, betekende dat tegelijkertijd dat hij jonkheer Lots op de hoogte moest stellen van zijn gewaagd voornemen.
Hij stelde de missie niet onnodig lang uit. De volgende morgen leende hij een fiets van een buur en trapte naar de Beersen. Daar zag hij dat men zijn advies had opgevolgd. Er was een dubbele inrit aangelegd met daartussenin een in het oog springende heuvel. En bovenop die heuvel stond een zwaar voetstuk, dat nu nog leeg was, maar waarop zijn beeld zou komen staan.
Lots zag Albert komen – die man leek altijd buiten rond te hangen – en hij kwam hem tegemoet, glimmend van voldoening. „En? Is het zover?" vroeg hij gretig.
„Het model is klaar, meneer Lots. Nu moet het nog gegoten worden." Albert gooide het hem zomaar voor de voeten. Het maakte de pijn kort, zo meende hij.

„Gegoten?" vroeg de jonkheer. „Je bedoelt?"

„Meneer Lots, ik vind dat een beeld met die allure en uitstraling maar op één manier voor de volle honderd procent tot zijn recht kan komen. In brons!"

„Brons? Zei jij brons, jongeman? Ik dacht..." De jonkheer maakte niet bekend wat hij dacht. Zijn gezicht kreeg een peinzende uitdrukking. „Brons, hè?" herhaalde hij. „Dus geen marmer of ander gesteente? Ook niet gehard in een oven?"

Albert schudde het hoofd. „Door de afmetingen is het risico voor mislukken te groot. Het is ook niet goed genoeg, in mijn opinie."

De blik van de jonkheer zwierf naar het voetstuk op de heuvel. Waarschijnlijk zag hij het beeld al in gedachten staan. Kreeg hij een verlichtend visioen of zoiets. Want hij knikte, eerst langzaam, bedachtzaam, maar toen meer nadrukkelijk en ten slotte greep hij Alberts hand. „Je hebt gelijk, Hagelaar! Dat ik daar niet eerder aan gedacht heb. Een geniale vondst. En wanneer gaat dat gebeuren?"

„Moeten we niet eerst praten over de kosten?" merkte Albert voorzichtig op. „Die zijn hoog. Om nog maar niet te spreken van het transport, de voorbereidende werkzaamheden in de gieterij, waar ik natuurlijk bij moet zijn en dan, daarna, de afwerking, het schuren en polijsten. Er komt veel bij kijken."

„Heb je een idee? Een schatting?"

Nou, die had Albert wel, want hij was zo slim geweest om bij de enige bronsgieterij in de omgeving die zo'n opdracht aankon, een prijsopgave aan te vragen. Het was een hoog bedrag en Albert had er voor de zekerheid maar een schepje bovenop gedaan.

Jonkheer Lots enzovoort, viel niet flauw, hij knipperde zelfs niet met zijn ogen. „Het is goed," zei hij heel nuchter. „Wanneer kan het klaar zijn?"

„Zes tot acht weken."

„Over een maand moet het daar staan," bedong Lots.

„Het komt voor elkaar, meneer," zei Albert vlot. Hij dacht er niet aan tegen te stribbelen.

Een goede maand later werd het in brons gegoten beeld onthuld op het landgoed van jonkheer Lots-van Genderingen-Dubois. Hij had erop gestaan dat Albert en Maartje bij de onthulling aanwezig zouden zijn. Hij nam geen genoegen met een nee als antwoord, en zorgde ervoor dat ze met de automobiel werden afgehaald.

De verschijning in de Heistraat van de opzichtige wagen baarde nogal wat opzien, dat laat zich verstaan. Vooral de chauffeur, in uniform met pet, had veel bekijks. Maar, zo zeiden de mensen tegen elkaar, je kunt van die gekke kunstenmaker alles verwachten.

Uitgezwaaid door moeder Clara toerden ze naar de Beersen. Ze konden er slechts naar raden wat hun te wachten stond. Met hun veronderstelling dat het waarschijnlijk een gezellig onderonsje zou worden, sloegen ze de plank behoorlijk mis. Het wemelde in en om het opgeknapte landhuis van stijf in het pak gestoken heren en van dames in zwierige japonnen en opgedofte kapsels. De jonkheer had heel de deftigheid van De Kempen uitgenodigd. En op de heuvel, nog aan het oog onttrokken door een lichtblauwe doek, stond het beeld.

„Oh, Albert, ik schaam me dood in mijn goedkope jurkje," zei Maartje.

„Wat dacht je van mij?" antwoordde hij, nerveus naar zijn papieren boord grijpend. „Maar we moeten er toch aan geloven. Kop op, meid!"

De jonkheer zelf was op zijn best. Hij kwam naar hen toe, greep hen allebei bij een arm en voerde hen mee naar het bordes. „Nerveus, Hagelaar?"

„Nogal, meneer Lots," bekende Albert.

„En mevrouwtje?"

„Het gaat wel, meneer," jokte Maartje dapper.

Lots wenkte een knul in livrei met een groot blad vol lokkende glazen. „Neem een hartversterking, dat helpt."

Ze wisten niet eens wat ze dronken, maar het bracht kleur op de wangen van Maartje en na een tweede glas begon Albert wat vrijer om zich heen te kijken.

„Het grote moment is aangebroken," zei Lots. „Kom mee."

„Meekomen?" vroeg Maartje benauwd. „Waarvoor?"

„Maar mijn beste mevrouwtje, jij gaat natuurlijk het werk van je man onthullen! Heeft hij je dat niet verteld?"

„Hoe zou ik dat kunnen?" wierp Albert tegen. „Ik wist nergens van!"

De jonkheer lachte schaterend, hij vond het een goede grap. Hij klapte in zijn handen en riep zijn gasten op zich om de heuvel te verzamelen. Dat duurde een poosje. Klein en schuw stonden

Albert en Maartje te midden van al die deftigheid.

Lots nam het woord. Hij sprak over een gewaagd project, over het erfgoed van zijn voorvaderen dat in ere hersteld was en dat nu, op deze zonnige dag zijn bekroning kreeg. „Die bekroning is een magistraal kunstwerk van de jonge beeldhouwer Albert Hagelaar!" kondigde Lots met luide stem aan. „Hij heeft de opdracht die ik hem gaf, op voortreffelijke wijze vormgegeven. En ik wil graag zijn charmante echtgenote uitnodigen de onthulling van het kunstwerk te verrichten."

Maartje bleef staan, alsof ze het niet goed begrepen had. Albert moest haar een licht duwtje in de rug geven. „Trek maar aan het lint!" fluisterde hij in haar oor.

„Wie? Ik?"

„Ja, jij! Toe nou. Haal dat doek er af!" Maar ze bleef als aan de grond gemetseld staan. Lots glimlachte, maakte een uitnodigend gebaar en toen er nog steeds geen beweging in haar kwam, nam Albert haar bij de arm en siste tussen zijn tanden: „We doen het samen." Hij pakte haar hand en dwong haar het lint te grijpen dat het doek op zijn plaats hield. „Trekken!" Maartje trok en het doek viel. En daar stond, matglanzend in het zonlicht, haar evenbeeld. Een zucht van bewondering ging door de rijen der gasten en meteen daarop was er een langdurig applaus. Maartje zelf staarde omhoog met haar handen tegen haar mond.

„Vind je het mooi, liefste?" vroeg Albert.

Ze wist niet wat ze daarop moest zeggen. Ze schudde enkele keren met haar hoofd en toen bracht ze uit: „Deugniet die je bent!" Ze kreeg geen tijd voor verdere onthullingen, want opeens knalden de champagnekurken en begon het handen schudden van de gasten en het in ontvangst nemen van lovende complimenten.

Crispijn Zoontjes was er ook en na een poos geduldig wachten haalde hij Albert uit de drukte en nam hem terzijde. „Je hebt een klapper gemaakt!" prees hij. „Nu begrijp ik waarom je per se onafhankelijk wilt blijven werken. Jij zult nog ver komen, makker! En beloof me dat ik altijd een beroep op je mag blijven doen."

„Doe maar, ik heb op het moment niets omhanden," grapte Albert.

„Jij zult nog handen tekortkomen," voorspelde Crispijn.

Hoe waar dit was bleek al gauw. Vooral de dames van het gezelschap waren totaal hoteldebotel van het beeld. Ze namen Maartje in hun midden, overstelpten haar met vragen. Ze wensten haar geluk met haar begaafde en ook zo knappe man en ze zeiden dat ze Maartje benijdden.

Die liet het allemaal over zich heengaan, de champagne maakte haar wat vrijmoediger en ze lachte en knikte alsof ze dit soort toestanden gewend was.

Albert was op een gegeven moment in geen velden of wegen te bekennen. De heer Lots had hem meegetroond naar binnen, waar hij in een kring van notabele heerschappen werd opgenomen. En toen hij zich na verloop van tijd met enig fatsoen kon terugtrekken, had hij een handvol visitekaartjes in zijn zak en evenzoveel verzoeken om eens langs te komen. Men was zeer geïnteresseerd in zijn werk. De voorspelling van Crispijn begon al wortel te schieten.

Later, toen ze weer naar huis terugkeerden, klopte Albert op zijn binnenzak: „De toon is gezet, lieveling. Het geld is binnen. We kunnen de toekomst met vertrouwen tegemoet zien."

„Denk je dat wij er nu bovenop zijn?" vroeg Maartje met twijfel in haar stem.

„Als alle beloftes en toezeggingen worden waargemaakt, ja. Maar je weet het maar nooit met die rijke stinkerds."

„En gaan wij dan op onszelf wonen?" was Maartjes volgende vraag. „Ik laat moeder niet graag in de steek, maar het zou toch fijn zijn als ons kindje in ons eigen huis werd geboren."

„Onze zoon wordt onder ons eigen dak geboren," beloofde Albert stoer.

„Of onze dochter."

„Voor mijn part. Desnoods van allebei een," knikte Albert overmoedig. „En daarna koop ik een motorfiets."

„Een motorfiets?"

„Een Indian, zoals Crispijn Zoontjes er een heeft." Hij genoot van de gedachte alleen al. Hij keek naar het bedenkelijke gezicht van Maartje. „Wat wil je dan? Ik kan toch niet eeuwig op een geleende fiets mijn klanten bezoeken?"

„Nee, natuurlijk niet. Maar een motorfiets…"

Albert sloeg spijkers met koppen. Men had hem uitgenodigd om langs te komen en hij was niet van plan om ook maar één adres over te slaan. Hij ging de baan op, niet op een geleende fiets, maar

144

een goede tweedehandse die hij bij de fietsenmaker op de kop tikte. Hij fietste de hele Kempen af en sprokkelde zo enkele opdrachten bij elkaar die zeker de moeite waard waren. Terwijl hij die bezoeken aflegde, verbaasde hij zich met de dag meer over de heersende kinnesinne onder het groot volk. De een wilde nog hoger vliegen dan de ander. Vooral de dames vroegen hem de hemd van het lijf. Of hij al bij die en die was geweest en of hij daar succes had gehad. En vooral, wat er besteld was en hoe groot het kunstwerk was dat hij moest maken.

In zijn hart verafschuwde Albert deze kleingeestige mentaliteit, maar hij maakte er toch handig gebruik van. Als hij een engel van een halve meter hoog met uitgespreide vleugels moest maken die in de hal op de leuning van de trap moest komen, dat fantaseerde hij er bij de volgende klant een twintig centimeter bij. En als hij een schoorsteenmantel moest ontwerpen van wit geaderd marmer, dan moest hij op het volgende adres ook zo'n prachtstuk maken, maar dan van marmer van een meer verfijnde en in elk geval duurdere kwaliteit.

Albert deed het, omdat hij besefte dat hij nog niet het aanzien genoot wat hem in staat stelde om selectief te werk te gaan. Hij moest door deze fase heen, hij moest pluimstrijken en de salonjonker uithangen. Want ook dat had hij gemerkt. De dames van de grote heren waren zeer gecharmeerd van hem. En daarom dofte Albert zich 's morgens op voor hij de deur uitging.

Ten slotte had hij zoveel bestellingen binnengehaald, dat hij voor wel een jaar vol zat. Hij moest als de bliksem aan het werk. Wekenlang stond hij van de vroege morgen tot de late avond in zijn atelier. Hij hakte in steen, in mergel en hout. Hij boetseerde. En ondanks alle zakelijke belangen die nu een grote rol speelden, dwong hij zichzelf om de artistieke waarachtigheid in zijn werk tot uitdrukking te laten komen.

Crispijn Zoontjes kwam zo nu en dan bij hem langs, om te zien of Albert ruimte had voor een opdracht. Hij kwam elke keer voor niets. Hij waarschuwde Albert. „Je bent met massaproductie bezig," zei hij. „Als je zo doorgaat prijs je jezelf uit de markt. Je bent beeldhouwer, geen beeldenfabrikant. Vergeet dat niet."

„Het is makkelijker beeldhouwer te zijn met een goedgevulde portemonnee, dan met een knagende honger van armoe," schamperde Albert. „Zo gauw ik me de luxe kan veroorloven honderd procent kunstenaar te zijn, zal ik het je laten weten." Maar de woorden van Crispijn bleven wel door zijn hoofd spelen.

Maartje had ook zo haar bedenkingen over het doen en laten van haar Albert, sinds de onthulling van 'haar' beeld. Ze maakte zich bezorgd over zijn tomeloze werkdrift. En, al had ze weinig of geen verstand van kunst, ook zij vroeg zich af of hij wel op de goede manier bezig was. Ze had zich een kunstenaar altijd voorgesteld als een bezadigde, stille werker, een beetje wereldvreemd, en met een hoofd vol schone, creatieve denkbeelden. Ze zag dat bij Albert niet terug. Als ze zo nu en dan in het atelier kwam, trof ze daar een verbeten werkman aan die zwoegde alsof hij met de zweep werd opgejaagd.

En er was nóg iets dat haar dwarszat: Albert werd uithuizig. Naast zijn lange werkdagen, legde hij in de wijde omgeving bezoeken af bij klanten. In het begin was ze daar blij om geweest, maar toen ook de weekeinden werden opgeofferd aan die sociale contacten, zoals Albert die noemde, begon ze zich zorgen te maken. Oh, ze vertrouwde hem door dik en dun. Albert zou geen gekke streken uithalen, daar was ze van overtuigd. En toen eerst moeder en later ook Loes en Mientje er opmerkingen over begonnen te maken, reageerde ze daar fel op.

Het eerste steentje in de rimpelloze vijver van haar huwelijksgeluk viel op een avond toen ze in het atelier een knappe jongedame aantrof. Gekleed in een charlestonjurkje, met alle daarbijbehorende kralen en franjes en met een koket pothoedje op het zorgvuldig gekapte hoofd, stond ze heel vertrouwelijk, bijna tegen Albert aan, met een slanke hand op zijn schouder, toe te zien terwijl hij de laatste hand legde aan een sculptuur in donker ebbenhout. Albert schrok duidelijk toen Maartje zo onverwachts binnenkwam, maar ze deed alsof ze dat niet merkte. Ze keek naar het meisje dat een pasje opzij was gegaan. Die glimlachte wat verlegen en Maartje knikte: „Goedenavond."

„Dag," zei het meisje. „Je man had mij beloofd dat het vandaag klaar zou zijn en daarom ben ik zelf even langsgekomen om het op te halen."

„Zo helemaal alleen, in het donker?" vroeg Maartje. Haar blik ging naar Albert die er wat beteuterd bij stond. „Ben je niet bang in het donker?"

Albert schraapte zijn keel. „Ik heb haar opgehaald, Maartje."
„Daar had ikzelf om gevraagd, hoor," bekende het meisje.
„Dat klinkt anders dan wat je zojuist zei," merkte Maartje op. Ze begon zich op te winden. „Wat is het nu? Ben je uit jezelf even langsgekomen of hebben jullie afgesproken dat mijn man je wel zou komen halen?" Er viel een pijnlijke stilte. In die paar seconden voelde Maartje het zoete gewicht van haar al duidelijk zwellende buik en ze moest vechten om de opkomende achterdocht te bedwingen. Ze wachtte niet op een antwoord van het meisje, ze keek Albert strak aan en zei: „Ik vind dat je te lange dagen maakt. Ik wil dat je daarmee ophoudt."
Hij knikte, in het nauw gedreven.
„Ja, je hebt gelijk, schat. Het begint uit de hand te lopen."
„Daar heeft het inderdaad alle schijn van," zei Maartje scherp.
Het meisje was duidelijk van slag. „Ik moet nu echt gaan," zei ze.
„Moet je ver?" vroeg Maartje.
„Ze woont in de stad," antwoordde Albert in haar plaats. „Ik moet haar brengen."
„Waarom? Zo te zien heeft ze gezonde, jonge benen. Een wandeling zal haar goeddoen."
„Maartje, dat kun je niet menen! Je kunt Nina niet de donkerte i sturen."
„Oh, heet je Nina?" Maartje begon warm te lopen. „Dat wist ik nog niet. Nu ja, wat wil je, er lopen hier de hele dag dames in en uit. Ik kan het niet meer bijhouden. Mijn man heeft het zo vreselijk druk. Ik moet een beetje op hem passen, anders raakt hij nog overwerkt. Hij moet je dan maar voor deze keer thuisbrengen, er schijnt niets anders op te zitten. Nu meteen maar, Albert, je komt toch wel direct terug?"
„Natuurlijk! Ik zal me haasten."
„Dat is je geraden. Dag, Nina." Maartje ging en gooide de deur hard achter zich dicht.
Tijdens het korte stukje lopen om de kerk heen kregen de emoties haar te pakken. Ze voelde hoe haar ogen zich vulden met tranen en veegde ze driftig weg met de punt van haar schort. De stiekemerd, de lammeling, dacht ze.
Thuisgekomen ging ze meteen naar boven, zonder een woord tegen moeder of Loes te zeggen. Die keken elkaar stomverbaasd aan.

„Onweer op til," zei Loes.

„Ja," zei moeder Clara. „dat wordt donderen!"

Maartje lag in bed, maar ze sliep niet. Ze had de gaslamp klein gedraaid en nu staarde ze met open ogen in het halfdonker, luisterend naar elk gerucht. Ze wachtte. En intussen maalden haar hersenen. Ze was woest en tegelijk wist ze niet zeker of ze daar wel redenen voor had. Ze had een meisje aangetroffen in het atelier van Albert, moest ze zich daar zo over opwinden? Er kon toch een onschuldige verklaring zijn voor haar aanwezigheid? Had ze dan zo weinig vertrouwen in Albert? Hij was de liefste echtgenoot die een vrouw zich maar wensen kon. Hij werkte zich uit de naad, hij had ervoor gezorgd dat het ze nu voor de wind ging, niet alleen met hen beiden, maar moeder en haar zusters deelden ook mee in het succes. Dat hadden ze aan Albert te danken. De laatste maanden had hij zich opgeworpen als steunpilaar van het gezin. Ze kwamen niets tekort. Zo was Albert.

Ja, dat kan allemaal wel waar zijn, hield ze zichzelf voor, maar hij blijft tóch een man. En mannen zijn nooit te vertrouwen, hoe vaak had moeder dat niet gezegd. Albert zag er goed uit, vooral als hij in zijn goede goed op pad ging. En natuurlijk waren er vrouwen die een oogje op hem hadden. Maar dat hoefde toch niet te betekenen dat Albert daar gevoelig voor was?

Oh, nee? Natuurlijk was hij daar gevoelig voor. Hij was van de ene dag op de andere een gevierd kunstenaar en hij verkeerde in hogere kringen waar ze het met begrippen als hou en trouw niet zo nauw namen. Dat wist iedereen. Welke jonge vent zou zich daardoor niet mee laten slepen? Zeker wanneer er knappe jonge meisjes als die Nina aan zijn lijf gingen hangen!

Wat had dat kind eigenlijk zo laat te zoeken in het atelier? Dat deed je als fatsoenlijk meisje toch niet. En Albert had haar zelf gehaald, ook dat nog! Nee, dit was geen zuivere koffie. Het ergste wilde Maartje nog niet denken. Albert was haar niet ontrouw, dat kon, dat wílde ze niet geloven. Daar wilde ze niet eens aan denken. Maar ze zou zeker een hartig woordje met hem spreken!

Het wachten duurde lang, maar eindelijk hoorde ze zijn bekende voetstappen op de trap. Maartje trok de dekens op tot onder haar kin en sloot haar ogen. Ze hoorde de deur zachtjes opengaan en weer sluiten. Ze hoorde hoe hij zich uitkleedde, oh zo stilletjes. Ze wachtte tot hij de dekens terugsloeg om bij haar te kruipen.

„Albert!" Ze opende haar ogen, met een ruk ging ze rechtop zitten.

„Maartje! Je slaapt nog niet?"

„Verbaast je dat?"

„Toe nou, liefste! Het is al laat." Hij ging op de rand van het bed zitten.

„Dat hoef je mij niet te vertellen." Haar woede nam weer bezit van haar Woede en verontwaardiging. „Vertel op! Wat had dat te betekenen met die Nina? En kom niet met flauwe smoesjes aanzetten. Dat accepteer ik niet!"

„Smoesjes? Ik heb geen smoesjes nodig. Je windt je op voor niets. Nina is een klant. Ik heb een sculptuur voor haar gemaakt en die wilde ze per se vanavond nog hebben. En omdat ze geen eigen vervoer had, heb ik haar opgehaald. Dat is al."

„Oh, ja? Wat zou je denken van deze redenatie: ze moest die sculptuur vanavond nog hebben, zei je? Wat had er dan meer voor de hand gelegen dan dat jij als de bliksem dat ding had afgemaakt en het naar haar toe had gebracht? Waarom moest je haar zo nodig in de late avond gaan halen? Om te laten zien hoe mooi je kunt beitelen? Heb je er niet bij stilgestaan dat ze ook nog terug moest? Of... of was het helemaal niet de bedoeling dat ze terugging?"

„Zeg, maak het een beetje!" riep hij verontwaardigd. „Wat denk je wel van mij?"

„Albert, je houdt mij niet voor de gek! Wat heb je met die meid?"

„Daar heb ik niets mee. Hoe haal je het in je hoofd!"

„Ja, hoe zou dat komen, denk je? De laatste tijd ben je voortdurend op pad. Voor zaken, naar de klanten. Je bent bijna nooit meer thuis. Als ik je vraag bij wie je geweest bent, kom je met een wazige verklaring. Die mensen ken je toch niet, zeg je dan. Intussen zit ik me hier maar op te vreten van de onzekerheid, met mijn dikke buik! En jij maar de baan op, van hot naar haar. En nou kom ik je in de avond opzoeken en vind ik je met een knappe jonge meid aan je nek! Dat is toch om gek van te worden."

„Maartje, lieverd, doe toch niet zo. Vertrouw je mij niet meer? Weet je niet meer wie ik ben? Ik ben Albert, je man! Ik heb er geen enkele behoefte aan om een ander te zoeken wat ik bij jou kan vinden: liefde! Want je houdt toch van mij? En je gelooft toch dat ik ook van jou hou? Meer dan wie dan ook. Ik wil jouw liefde niet verliezen door een goedkoop avontuurtje. Vertrouw me toch."

„Maar die Nina…"

„Nina is een onnozel kind, ze betekent absoluut niets voor mij. Er is ook totaal niets voorgevallen waarvoor ik me zou moeten schamen."

„Dat moest er nog bijkomen!" Maartje zuchtte. „Goed, ik zal je geloven, ik móet je wel geloven omdat ik niet zou kunnen leven met de gedachte dat mijn man mij ontrouw was. Maar ik wil niet meer dat je nog zulke lange dagen maakt. Ik heb geen rust als je dat doet. Oh, ik wou dat je atelier hier achter ons huis lag. Dan kon…"

„Dan kon je me beter in de gaten houden?"

„Nee, dan had ik het gevoel dat je toch vlakbij mij was en kon ik je eens een kop koffie brengen en zo. Zomaar even tussendoor binnenlopen."

„Ja. dat zou prettig zijn." Hij greep haar hand en ze trok hem niet terug. „Ik heb daar ook al aan gedacht. Het wordt tijd dat wij iets voor onszelf hebben. We hebben lang genoeg onder het dak van je moeder gebivakkeerd. Wij moeten een eigen huis hebben."

„Daar hebben we het al eerder over gehad." Maartje zuchtte. „Ik zou niet weten hoe we dat voor elkaar moeten krijgen. En stel dat het ons lukt een huis voor onszelf te vinden, hoe moet het dan met Loes en Ricky en vooral met moeder en Mientje? Ik kan hen toch niet in de steek laten?"

„Daar gaan we weer! Het wordt tijd dat je inziet dat we recht hebben op een eigen leven en dat zij niet tot in het oneindige afhankelijk kunnen blijven van ons. Loes kan gaan werken, je moeder kan op haar zoontje passen. En Mientje verdient al."

„Dat moet je tegen hen zeggen. Moet je eens opletten wat je te horen krijgt."

„Ik heb geen zin om hen in de watten te blijven leggen," zei Albert nors. „Wij hebben hen verwend, dat kan zo niet langer."

„Dus jij wilt ook dat wij op onszelf gaan wonen?"

„Natuurlijk wil ik dat. Ik heb de laatste tijd al eens rondgekeken, maar ik ben nog niets tegengekomen dat geschikt is. Wat jij zegt wil ik ook. Een huis met een werkplaats of loods waarin ik kan werken. Maar waar vind je zoiets?"

„We moeten geduld hebben," besloot Maartje. „Laten we nu maar gaan slapen. Morgen is er weer een dag."

Eenmaal naast haar sloeg Albert zijn arm om haar heen en legde zijn hand op haar buik. „Alles vergeten en vergeven?"

„Dat ligt eraan hoe jij je in het vervolg gedraagt."

„Ik zal een brave jongen zijn en geen stomme streken meer uithalen."

„Het valt me nog mee dat je toegeeft dat het op zijn minst heel stom was." Ze voelde hoe zijn hand speels over haar lichaam gleed en ze verstarde. „Albert Hagelaar, wil je dat wel eens laten? Ik ben daar nu niet voor in de stemming!"

„Wanneer dan wel?" fleemde hij.

„Dat… dat weet ik nog niet. Ga maar slapen."

Ze voegde de daad bijna onmiddellijk bij het woord, maar Albert kon de slaap niet vatten. Hij was opgelucht omdat hij er op deze manier van afkwam en tegelijk voelde hij zich bezwaard. Hij besefte heel wel dat hij op het randje had gebalanceerd. Het had er zo duimendik opgelegen dat Nina heel ver met hem wilde gaan. En hij realiseerde zich dat hij zich daardoor gevleid voelde.

Nog even en ik had met Nina in de koffer gelegen, dacht hij. Ik heb op het punt gestaan om Maartje te bedriegen met een ander. En als dat was gebeurd en Maartje was er achtergekomen, dan was het leed niet te overzien geweest. Ze zou in staat zijn geweest mij buiten te gooien! En dat is het me toch niet waard. Ik wil Maartje niet verliezen, nog voor geen honderd Nina's!

# HOOFDSTUK 8

Er verliepen enkele weken. Weken waarin de boeren steen en been klaagden over het slechte weer waardoor hun hele oogst naar de bliksem dreigde te gaan. Het was een wisseling van bloed-hete dagen met een schroeiende zon, gevolgd door een diepe terugval van de temperatuur, met hevige, dagenlang aanhouden-de regen. Er was geen peil op te trekken. Iedereen snakte naar wat gelijkmatiger weer. In de kerk werd een bidstonde gehouden voor het behoud van het graan dat op de velden stond te verpie-teren. En er ging een processie naar de kapel van Sint Ben om zijn voorspraak af te smeken.

Het werd kermis en daar werd naar uitgezien. Een paar dagen alle last vergeten, even uit de band springen, de mensen hadden het nodig. Bij 'Het Wit Paardje' werd een danstent gezet, voor het geval dat het storm ging lopen.

De kermiswagens kwamen, begeleid door de joelende dorps-jeugd. Bij de danstent verschenen een zweefmolen, een schiet-tent, luchtschommels en een mallemolen. Marktkramen met snoepgoed, oliebollen, en prullerig speelgoed. Een onooglijk ten-tje van een waarzegster. Dat was alles, meer omvatte de kermis van het dorp niet. Dat was ook niet nodig. Het vertier moest toch van de mensen zelf komen. Vooral de jongelui barstten van onge-duld. Ze wilden ertegenaan.

Vanaf zijn preekstoel waarschuwde de pastoor voor uitspattin-gen. „Moeders, hou uw dochters thuis!" riep hij met stentorstem. „De duivel waart rond in deze dagen van tomeloos jolijt!" Nu, dat wilde de moeders wel, maar de jongens en meiden van het dorp hadden er geen oren naar. Het was maar eens per jaar kermis! En bovendien, waren de moeders zelf ook niet eens jong geweest?

Het feest barstte los op de zaterdagmiddag, toen de trommelaar van het gilde door het dorp ging ten teken dat de kermis was begonnen. De man zeulde zijn zware trom langs kroegen en de woningen van de notabelen en als beloning kreeg hij daar de ver-snapering waar het hem waarschijnlijk om te doen was: een neut. Ook bij de pastoor ging hij aan en ten slotte bij de burgemeester. Van de pastoorsmeid kreeg hij een slap biertje en bij de burger-vader een parelend glas vuurrode wijn. Dat deed hem de das om. Onmachtig om nog een trommelstok vast te houden zwalkte hij door de straten, tot de zoon van Manders medelijden met hem kreeg, hem op de kruiwagen laadde en naar huis bracht. Zo ging het elk jaar.

Het had Maartje moeite gekost om Albert te bewegen enkele dagen vrijaf te nemen. Hij wilde er niet aan, hij had het druk. Maar Maartje hield aan en hij gaf toe, om haar een plezier te doen. Ze wilden niet echt kermis vieren en in de danstent van 'Het Wit Paardje' zouden zij zich zeker niet laten zien. Dat had natuurlijk alles te maken met het feit dat Maartje nu hoogzwanger was. Ze wilde gewoon een paar rustige dagen doorbrengen met Albert, in de huiselijke kring. Ze wandelden een keer naar de kermis, kochten daar een bosje paling voor moeder en daar bleef het bij.

Mientje was niet te houden. Moeder wist dat het geen zin had om te proberen het meisje in huis te houden. Mientje had een paar vriendinnen waar ze mee op en af ging en die kwamen haar halen. Gillerig lachend en springerig als jonge geitjes gingen ze op pad.

Loes had gezegd dat ze de deur niet uitkwam, de kermis kon haar gestolen worden. Maar toen het feestgedruis tot in huis hoorbaar werd, kreeg ze de kriebels. Ze vroeg aan moeder of die een keer met haar wilde oplopen, maar Clara was daar niet voor te porren. „Ik heb op de kermis niets meer te zoeken," zei ze. „Jij trouwens ook niet."

„Moeder! Hoe kun je zoiets zeggen?" zei Loes geraakt. „Moet ik nu de rest van mijn leven op de blaren zitten omdat ik een kindje heb? Dat kun je niet menen."

„Je weet niet hoe de mensen zijn. Ze zullen je in de gaten houden, ze zullen weer gaan kletsen. Loes van Overveld is weer aan de rol, ze heeft er niets van geleerd. Dat zullen ze zeggen. Wees verstandig en blijf thuis."

„Ik ga niet aan de rol en ik heb schijt aan wat de mensen zeggen. Als je niet meegaat, ga ik alleen."

„En mij op de kleine laten passen? Vergeet het maar."

„Dan neem ik hem mee. Mag hij draaien en zich ziek snoepen aan een kaneelstok."

De afwijzende uitdrukking op moeders gezicht vervaagde. „Als je met Ricky gaat, wil ik wel meegaan. Maar we gaan nergens binnen."

„Afgesproken!" Loes kreeg meteen haast. Ze had alles goedgevonden, als ze maar de deur uitkon. Zo kuierden ze even later naar het kermisterrein. Ze kwamen bekenden tegen die hen aanspraken. Ze prezen Ricky, omdat het zo'n parmantig, gezond kereltje was. En ze vermeden angstvallig aan Loes te vragen hoe het nu met haar ging. Dat deed je niet, een ongehuwde moeder was nu eenmaal een getekende. Het zou lang duren voor ze van die smet werd verlost. Loes maakte er geen punt van, ze had lak aan de mensen. Ricky was haar kind, hoe ze eraan was gekomen, was haar zaak.

Moeder Clara vond het wel vervelend, maar ergens in haar binnenste dacht ze er hetzelfde over als haar dochter. Wat gebeurd was, was gebeurd. Daar kon het kleine joch ook niets aan doen.

Ze wandelden over de kermis. Loes zette de kleine jongen in de draaimolen op een paardje en bleef bij hem, bang dat hij zou vallen. De molen draaide en het kind kraaide van pret. Dus mocht hij nog een keer en nog een keer, tot Loes er zelf dol van werd. Ze tilde de protesterende Ricky van het paardje en wilde van de draaischijf stappen. Ze struikelde en zou gevallen zijn als een sterke hand haar niet bij de arm had gepakt. Ze keek op, recht in de ogen van Marius Stije.

„Pas op dat je je nek niet breekt," zei hij kalm.

Ze antwoordde niet meteen. Eenmaal op de begane grond bedankte ze hem. Hij negeerde haar dank. Hij keek naar Ricky en toen weer naar haar. „Zo, dus dat is 'm," zei hij.

„Dat is Ricky, mijn zoontje," antwoordde Loes vol trots. „Hoe vind je hem?"

„Groter dan toen ik hem de eerste keer zag. Hij is geweldig." Marius zocht naar woorden. Hij zag moeder Clara naderbij komen. „Kun je het nogal redden? Ik bedoel…"

„Wij floreren als kattenvlooien, nietwaar, manneke?" zei Loes, terwijl ze Ricky met beide armen omhoog stak. „Dat had je niet gedacht, hè?"

„Waarom niet? Ik heb wel degelijk zo nu en dan aan je gedacht."

„Is dat waar?"

„Loes, we moeten verder," kwam moeder tussenbeide.

„Oh, moeder, Marius denkt nu en dan aan mij. Tenminste, dat zegt ie."

„Loes, doe niet zo idioot!"

„Doe ik idioot, moeder?" Loes keek het kermisterrein rond. „Ik

154

denk dat iedereen zo nu en dan aan mij denkt. Ieder op zijn eigen manier, natuurlijk."

„Loes!" De klank in Marius' stem deed haar zwijgen. „Wij zijn niet allemaal hetzelfde. Ik... ik vind het rot voor je dat het zo gelopen is. Als het aan mij had gelegen, was dit niet gebeurd. Ik wil dat je dat weet."

Ze keek hem aan. „Maar het hééft niet aan jou gelegen. Die eer komt je fraaie broer Frans toe. Overigens heb ik geen zin om er nog één woord aan vuil te maken. Ben ik duidelijk?"

„Loes, zo is het genoeg," zei moeder. „We gaan naar huis."

„Ik wil het je uitleggen. Geef me daar de kans voor," drong Marius aan.

„Schei toch uit! Er válts niets uit te leggen. De dingen gaan zoals ze gaan. Laat me met rust Marius, ik wil er niks meer over horen! Ga kermisvieren. Zoek een leuke jonge meid, ga ermee aan de zwier. Maar wees voorzichtig!" Dat laatste zei Loes met al het opgekropte venijn dat in haar opwelde.

„Ik laat me zo niet wegzetten voor iets wat mijn broer je geflikt heeft!" beet Marius haar toe. „Ik ben een fatsoenlijke kerel, al kom ik uit hetzelfde nest. Weet je dat?"

„Goed, dat weet ik nu. En ik zét je niet weg, ik wil alleen dat je mij met rust laat. Dringt het nu tot je door? Het beste met je, Marius Stije. Kom moeder."

„Ik wil met je praten, verdorie!"

„Stuur maar een kaartje, met Kerstmis of zo." Loes liep weg, met moeder naast haar. Als ze had omgekeken, zou ze gezien hebben dat Marius haar lange tijd nakeek.

„Ik vind het geen stijl om die jongen zo te kakken te zetten," zei moeder onder het naar huis gaan. „Hij bedoelde het goed."

„Kan zijn. Maar het is een Stije," zei Loes geërgerd. „Als ik die naam hoor, moet ik al overgeven. Ik wil er niets meer mee te maken hebben, nooit meer."

„Wat een onzin. Die jongen wilde praten. Wat is daar nu mis mee?"

„Alles! Ik wíl niet praten, ik wil er niets over horen. Ook niet van jou, moeder. Ik heb al genoeg gejankt in mijn leven. Laat het rusten."

„Nu ja, als je er zo over denkt."

„Zo denk ik erover. Basta!" Moeder Clara zweeg. Ze begreep het wel, dacht ze. Als ze zelf in haar plaats was geweest, zou ze waarschijnlijk op dezelfde manier hebben gehandeld.

Thuisgekomen troffen ze Mientje. Het meisje was al helemaal in een kermisroes, maar zoals dat gaat met jongelui, kwam ze geld tekort. „Waar bleven jullie?" vroeg ze opgewonden. „Ik zit hier al een uur te wachten."

„Goed zo, kom je een beetje tot rust," zei moeder kalm. „En nu je toch uitgerust bent, kun je mij meteen helpen met het eten."

„Moeder, nu toch niet? Het is kermis!"

„Weet ik. Wij komen er net vandaan." Moeder keek met een schuine blik naar Loes. „We zijn nog een oude bekende van je tegengekomen: Marius Stije."

„Oh?" Mientje verschoot van kleur.

Loes zag het en trok er haar conclusies uit. „Ken jij Marius?"

„Natuurlijk ken ik hem."

„Zo natuurlijk is dat niet. Waar ken je hem dan van?"

„Dat zal ik jou aan je neus hangen," weerde Mientje af.

Loes werd nieuwsgierig. De houding van haar jongste zus beviel haar niet. „Wat heb jij met Marius? Zeg op. Je hoeft voor mij geen verstoppertje te spelen, hoor. Moeder!" Ze wenkte Clara. „Weet jij hier iets van?"

Moeder zweeg, met opeengeklemde lippen. Ze keek naar Mientje, die waarschuwend het hoofd schudde. Toen zei ze, afgemeten: „Het is niet wat je denkt."

„Jij weet hier meer van, moeder!"

„Waarvan? Waar maak jij je druk over? We hebben die jongen op de kermis gezien, hij heeft wat tegen je gezegd en je hebt hem zijn vet gegeven. Nu begin je tegen haar omdat ze die jongen kent! Mag ze alsjeblieft? Ze kent zoveel jongens."

„Maar hij is een Stije!" riep Loes opgewonden.

„Ze zijn niet allemaal hetzelfde," zei Mien.

„Zie je wel! Moeder, ze heeft iets met hem!"

„Ik heb niets met hem!" viel Mientje uit en haar gezicht vertrok alsof ze wilde gaan huilen. „Ik wou dat het zo was, maar het is niet zo. Hij heeft iets met jóu! Hij is, ik weet niet hoe vaak, bij mij in de winkel geweest om naar jou te informeren. Hij is met Frans op de vuist gegaan om jou. Hij is naar Ricky komen kijken toen die

gedoopt werd. Zo, nu weet je het! Zoek het verder zelf maar uit."
Nu kwamen de tranen en Mientje maakte zich uit de voeten, ze
ging de trap op. Halverwege keerde ze zich om en zei snikkend:
„Het is een hartstikke lieve jongen, als je dat maar weet."
Het bleef lang stil in de kamer. Moeder Clara keek naar Loes. Die
stond als aan de grond genageld. Ze was verbijsterd. „Wist jij dit,
moeder?" vroeg ze toonloos.
„Ja, ik wist het, maar niet meteen. Ik hoorde het pas bij de doop."
Loes schudde haar hoofd. Ze begreep het werkelijk niet en dat zei
ze ook. „Laat het op zijn beloop," adviseerde moeder „En gebruik
je verstand."
Loes hoorde het niet eens. Weer schudde ze het hoofd. „Zo zout
heb ik het nog nooit gegeten," mompelde ze.

De waarheid was dat de plotselinge confrontatie met de jonge
Marius Stije meer bij Loes teweeg had gebracht dan enkel brute
afwijzing. Waar het precies aan lag, wist ze niet. Maar ze wist wel
dat haar houding niet was ingegeven door de herinnering aan
Frans. Het had haar even geschokt diens broer plotseling voor
zich te zien, maar ook niet meer dan dat. Maar bijna op datzelfde
moment was dat andere gevoel gekomen. Ze dacht niet eens aan
Frans, ze had een knappe, vriendelijke jongeman in de ogen gekeken en dat had haar geraakt tot diep in haar ziel. Ze kende dat
gevoel en ze was er bang voor.
In het verleden had ze zich te vaak laten meeslepen door de aan-
blik van een flinke vent, door een brede lach, een onstuimige verliefdheid die haar alle grenzen deed overschrijden. Het was een
zwakte van haar, ze was altijd te vurig, te meegaand geweest en
het had haar zwaar opgebroken. Ze had er Ricky aan te danken en
de herinnering aan de man die haar onmiddellijk had laten vallen
toen het misliep. Frans Stije, in al zijn lompe onbeschoftheid, had
haar de ogen geopend. Na die vernedering had ze zichzelf gezwo-
ren dat ze zich nooit meer zou inlaten met een man. Ze wilde
voortaan alleen leven voor Ricky. Nooit meer een relatie!
Nu was Marius gekomen, de jonge Stije. Op zich was dat niet iets
om zich over op te winden. Maar door wat ze van Mientje had
gehoord, kreeg ze opeens een totaal ander beeld van hem. En
daardoor kwamen er gedachten in haar hoofd die ze niet wilde
toelaten, maar evenmin kon verhinderen. Hij had iets bij haar los-

gemaakt dat ze niet wilde, nooit meer! Voorgoed was dat verbannen uit haar leven.

De eerste uren liep Loes maar wat rond, ze deed wat er gedaan moest worden. Ze verzorgde Ricky, speelde met hem, legde hem in zijn bedje. Toen het avond werd, zat ze met moeder in de kamer. De anderen waren uit.

Het was stil in huis. Moeder zat sokken van Albert te stoppen. Loes was een jasje en een broekje aan het haken voor Ricky. De naald kwam en ging, vormde lusjes, omhalen, weer insteken, draad opnemen en daarna het volgende lusje. Keer op keer op keer. Ze hoorde Ricky huilen. Ze stond op en ging naar boven. Hij had zich blootgetrapt. Loes suste hem, knuffelde hem een beetje en gaf hem een kusje. „Nu gauw gaan slapen, kleine reus!" lispelde ze. „Je moet een grote jongen worden." Het jongetje keek vergenoegd, alsof hij het begreep. Ze gaf hem zijn fopspeen en liet hem alleen.

Toen ze beneden kwam keek moeder haar vragend aan. „Hij slaapt alweer."

Weer was het stil. Loes had haar haakwerk gelaten voor wat het was. Ze zette koffie. Moeder Clara vouwde het laatste paar sokken in elkaar. Ze zaten tegenover elkaar aan de tafel, dronken en aten er een plak peperkoek bij. Stilte.

„Ik denk dat ik er maar onder kruip," zei Loes even later.

Moeder keek op de klok. „Het is amper tien uur," zei ze.

„Ik ben moe." Loes stond op en pakte haar dingen bij elkaar. „Welterusten, moeder."

„Welterusten, Loes. Slaap lekker."

In het donker, alleen in het bed, kwamen de gedachten weer. Wat Mientje vertelde, had haar hart geraakt. Het had haar mening over de bedoelingen van Marius aan het wankelen gebracht. Maar dat niet alleen. Het had haar ogen en hart geopend en haar doen beseffen dat ze nog even ontvankelijk was voor de wervende blik van een man, het hunkerend verlangen naar een arm om haar heen. Het had haar teruggeworpen op haar jonge jaren!

Loes was ontzet over zichzelf. Ze wist zich geen raad. Ze kon het niet uit haar hoofd zetten. Turend in het donker zag ze die warme, zachte oogopslag van Marius voor zich, ze verzette zich er tegen,

maar het was zinloos. „Goede God, help me, alstublieft," smeekte ze. „Laat me niet verliefd worden op die jongen. Want het is nog maar een jongen en ik wil hem geen verdriet doen." En het was alsof een stem in haar binnenste antwoordde: „Het is te laat, Loes van Overveld. Je bent verliefd. In één seconde ben je aangeschoten wild geworden. Er is niets meer aan te doen."
„Oh nee? Dat zullen we dan nog wel eens zien!" zei ze opstandig. Maar het klonk niet erg overtuigend en wellicht was het een kreet tegen beter weten in. Want de onzekerheid bleef.

Marius Stije was jong. Vier jaar jonger dan zijn broer Frans, om precies te zijn. Toen die met Loes van Overveld vrijde, was hij nog een opgeschoten slungel geweest. Hij had er van gehoord, dat was alles. Marius was niet als zijn broers en zijn moeder. Hij had niet dat lompe, had het niet in zich om dwars door alles heen te willen drammen. Altijd gelijk willen hebben, lak hebben aan iedereen. Dat lag hem niet. En als gevolg daarvan werd hij door de anderen een beschouwd als een doetje, een zachtgekookt ei.
Die affaire van Frans met Loes was grotendeels aan hem voorbijgegaan. Hij stond er destijds niet eens bij stil. De meid van Frans was zo stom geweest om een kind te krijgen, dacht hij in het begin. Zo probeerde zij Frans aan zich te binden, maar dat feest ging niet door. Marius slikte heel even die doorzichtige smoes als zoete koek. Hij was tenslotte een Stije.
Maar hij was er getuige van geweest dat Maartje van Overvelt verhaal kwam halen bij zijn moeder, hoe die haar uitkafferde en hoe zijn broers Albert Hagelaar te grazen namen. En hij had het meegemaakt dat zijn vader in de late avond naar vrouw Van Overvelt was gegaan om daar iets te regelen. Hij was pienter genoeg om te beseffen wat dat was. Het had zijn ogen geopend.
Bijna onbewust, zonder er echt over na te denken, was hij zich voor Loes gaan interesseren. Dat had hem naar de WIBO gedreven, waar hij in Mientje een goede informante aantrof. Hij wist eigenlijk zelf niet goed waarom hij dat deed. Het was een bezorgdheid die niet bij een lustig levende jonge vent paste. Maar Marius was een denker een piekeraar. De affaire liet hem niet los en toen het verderging en het kindje van Loes Overveld werd geboren en gedoopt, was hij erheen gegaan alsof hij er door een sterke magneet naartoe werd getrokken.

159

Intussen was Frans plotseling met Lotte, de dochter van de rijke boer Pijpers voor de dag gekomen en zei dat hij ging trouwen met Lotte; toen vielen bij Marius de luiken pas goed open en hij besefte wat een rotstreek Frans met Loes had uitgehaald. Dat gevoel werd nog verstevigd door de kloppartij tussen hen beiden. Het huis was te klein geweest. En, moest Marius vaststellen, er was bijna niemand die het voor hem opnam.

Hij begon na te denken, iets wat hem onderscheidde van de rest van de familie. Hij sprak er met niemand over, omdat hij het zelf niet begreep. Het was Mientje die zijn ogen opende.

Toen hij Loes met haar zoontje en haar moeder op de kermis aantrof, had hij heel impulsief gehandeld. Hij had haar aangesproken. En dat was hem niet meegevallen. Maar tegelijk was hij getroffen door haar uitstraling, haar kordaatheid. En hij had gezien dat ze mooi was, een jonge vrouw in de bloei van haar leven. En met haar beeld in zijn hoofd was hij weggegaan, met het vaste voornemen haar beter te willen leren kennen. Aan het leeftijdsverschil dacht hij niet eens.

De kermis was voorbij en het normale leven hernam zijn loop. Loes leek haar ontreddering te boven te zijn. Ze ging weer zingend door het huis, speelde met Ricky, zette hem in de hoge kinderwagen met spaakwielen en ging met hem aan de wandel door het dorp, ze deed boodschappen met hem. Als ze wel eens aan Marius Stije dacht, onderdrukte ze dat meteen. Er was even een moment van zwakte geweest, maar ze had het verwerkt en achter zich gelaten. Goddank!

Maar het kon niet anders, ze moest hem toch weer tegen het lijf lopen. Marius was misschien wel uit haar gedachten, maar hij was de wereld niet uit. Hij kwam regelmatig in het dorp, enkele keren per week reed hij met de hoge wagen de boeren langs om de melkbussen op te halen die naar de coöperatie moesten worden gebracht. De boeren deden dat bij toerbeurt. En als Stije aan de beurt was, werd Marius met die klus belast.

Het was bij een van die gelegenheden dat hij Loes zag lopen achter de kinderwagen.

Ze kwam hem tegemoet, zonder hem op te merken. Marius haalde de teugels aan en wachtte. Toen ze vlak bij hem was, sprong hij van de wagen. „Dag Loes," zei hij.

„Ook goedendag, Marius," groette ze terug. Ze was verrast, maar liet het niet merken.

„Wat een toeval dat ik je tref."

„Zo'n toeval is dat toch niet."

„Nee," gaf Marius met een scheve glimlach toe. „We leven in een klein wereldje."

„Zo is het maar net." Loes zag een gordijntje bewegen. „De toon is al gezet."

Hij volgde haar blik. „Rustig laten zetten. Heb jij daar moeite mee?"

„Ik?" Loes trok een misprijzend gezicht. „Alsof ik daar nu nóg niet aan gewend ben. Ik heb een harde leerschool achter de rug. Wat wil je van me, Marius?"

„Dat heb ik je op de kermis al gezegd, ik wil met je praten."

Ze keek naar zijn jong, open gezicht. Niet afwijzend zoals toen, maar ze gaf geen krimp. „Ik heb je gezegd dat het geen zin heeft. Laat het achterwege, Marius. Het kan nergens toe leiden. Je haalt je er alleen narigheid mee op je nek."

„Dat moet ik toch zelf weten." Marius was niet van plan deze kans te laten glippen. Hij besloot te zeggen waar het op stond. „Ik mag je erg graag, Loes."

„Is dat waar, Marius Stije?" vroeg ze plagend. „Ik voel me vereerd."

„Ik meen wat ik zeg. Ik wil ook niet met je praten over wat geweest is. Ik wil praten over ons. Over jou en mij. Ben ik nu duidelijk genoeg?"

„Veel te duidelijk. Haal geen gekke dingen in je hoofd, jongen. Jij en ik? Dat kan toch nooit iets worden. De mensen zouden zich suf lachen als ze het hoorden. Weten ze het thuis al? Zijn je leuke broers en je ouders ervan op de hoogte dat je achter Loes van Overveld aanzit? Doe mij en jezelf een lol en vergeet het maar gauw."

„Je zegt veel, maar daarin hoor ik niet wat jij er zelf van vindt. Moet je me niet?"

Loes aarzelde een fractie van een seconde. Ze zei: „Je bent een aardige jongen, Marius. Ja, ik mag je wel, maar niet in de zin zoals jij het bedoelt. Denk toch eens na. Je bent nog zo jong. Te jong voor mij, in elk geval. Ik ben een vrouw met een kind! Wat moet je daarmee? Zoek een meisje van je eigen leeftijd, een jong ding.

Dat. bespaart je een hoop ellende, onder je vrienden en bij je thuis. Eigenlijk is het al fout dat wij hier midden op straat met elkaar staan te praten. Laat me met rust, jongen." Ze wilde weggaan, maar hij legde zijn hand op de kap van de kinderwagen. „Wat is er mis aan mij? Te jong, zeg je? Over hoeveel jaren verschil praten wij? Drie jaar? Vier jaar? Is dat zo'n ramp? Stel dat ik vier jaar ouder zou zijn dan jij, zou je dat wél goed vinden? Waarom eigenlijk? Waarom moet een man ouder zijn dan een vrouw? Het gebeurt toch wel vaker dat die vlieger niet opgaat. En wat mijn familie betreft, laat die maar aan mij over. Ik red me wel. Ik wil jou, Loes! Nu weet je het. En nu is het aan jou om mij voorgoed de laan uit te sturen of niet. Stuur me weg, nu, op dit moment en ik zal je niet meer lastig vallen." Marius zweeg, hij keek haar slechts strak aan. Loes ontweek zijn blik, de blik die ze niet kon verdragen omdat die haar raakte tot in haar ziel.

„Doe niet zo dwaas, jongen," zei ze zwak. „Het kan tóch niet."

„Het kan wél, als jij het wilt. Ik zweer je dat je er geen spijt van zult krijgen."

Loes voelde dat ze terrein verloor, ze vocht tegen zichzelf, zocht wanhopig naar woorden die hem op andere gedachten zouden brengen. Maar ze vond die niet, gewoon omdat ze het niet over haar hart kon verkrijgen hem weg te sturen. „Je kunt zoveel beter…" begon ze weer, maar hij sneed haar de pas af.

„Met jou heb ik het beste wat er te krijgen is. Ik wil niemand anders."

„Zeg dat toch niet. Laat mij gaan, Marius. Het kan niets worden tussen ons."

„Waarom jaag je me dan niet weg?"

„Omdat…"

„Nu keek ze hem vol aan en in haar ogen las hij haar antwoord.

„Loes! Lieve Loes! Plaag jezelf en mij toch niet zo. Geef me een kans. Ik wil een afspraak met je maken. Dat op zijn minst."

„Eén afspraak? Maar daarna is het dan ook echt afgelopen. Beloof je me dat?"

„Als je dat dan nog wilt, ja. Wanneer zie ik je?"

„Vanavond? Ik loop na het eten wel eens de zandbaan op."

„Ik zal er zijn. Je zult er geen spijt van hebben."

„Als jíj er maar geen spijt van krijgt. Laat me nu maar door ik moet naar huis."

„Tot vanavond, Loes," zei hij met ingehouden blijdschap, maar ze reageerde niet.

Ze kwam thuis en moeder merkte meteen dat er wat aan de hand was. Ze keek haar dochter onderzoekend aan, maar ze vroeg niets. Loes was meteen druk met de boodschappen en met Ricky. Ze liep voortdurend van voor naar achter en zo ontliep ze moeder en ook Maartje, die achter haar naaimachine zat.
Toen Loes met Ricky naar boven ging om hem in zijn bedje te stoppen, keken de twee vrouwen elkaar aan.
„Wat heeft ze?" vroeg moeder.
„Ik zou het niet weten," antwoordde Maartje. „Ze zal iemand gezien of gesproken hebben waardoor ze een beetje van slag is. Tenminste, daar ziet het naar uit. Toen ze vanmorgen de deur uitging, deed ze nog niet zo."
„Nee, toen was ze in een opperbeste stemming. Ze zal toch geen woorden hebben gehad met iemand? Je weet hoe ze kan uitpakken als er iets tegen haar gezegd wordt dat haar niet bevalt."
„Nee, dat is het niet," wist Maartje zeker. „Dan was ze furieus binnen komen vallen en dan had ze meteen haar gal gespuid. Nu zwijgt ze."
„Alsof ze iets te verbergen heeft," vulde moeder aan. Ze trok een bedenkelijk gezicht. „Er valt mij iets te binnen. Oh, God, ik hoop dat het dat niet is!"
„Je maakt me nieuwsgierig, moeder. Vertel eens."
„Laat maar. Ik zal me wel vergissen." Ze kreeg trouwens geen tijd om verder te praten want Loes kwam de trap af. Ze bleef op de onderste tree staan en keek naar hen. „Is er iets?" vroeg ze.
„Nee, wat zou er moeten zijn?"
„Oh, ik dacht het. Ik zal me wel vergist hebben." Ze liep naar het achterhuis.

Die avond, toen de tafel was afgeruimd en de afwas gedaan, trok Loes haar mantel aan. Ze weerstond de vragende blik van moeder. „Ik ga even een frisse neus halen," zei ze op onverschillige toon en weg was ze.
Het was inderdaad fris en ze trok de brede kraag van haar mantel hoog op. Ze ging door de tuin en via het wankele brugje over de brede stinksloot de ruigte in. Ze volgde een poosje een smal paad-

je dat tussen hei en struiken door naar de zandbaan voerde. Ze keek naar links en rechts en begon te lopen, weg van het dorp. Er waaide een stevige wind die haar loshangende haren dooreen blies. Ze vond dat wel lekker en ze schudde zo nu en dan haar hoofd om de wind vrij spel te geven. Het werkte kalmerend. Want al toonde ze het niet naar buiten, ze was toch nerveus.

De hele dag was ze met Marius bezig geweest en zichzelf grote verwijten gemaakt. Ze had hem meteen rigoureus af moeten wijzen. Door een afspraakje met hem te maken had ze zichzelf en hem in moeilijkheden gebracht. Ze had zich ook afgevraagd waarom ze had toegegeven en ze hoefde niet lang naar een antwoord te zoeken. De jonge Marius had iets in haar losgemaakt wat ze reeds lang verdwenen waande: de hunkering naar genegenheid.

„Hallo!"

Ze schrok hevig en bleef staan. Hij stond een paar meter van het pad tegen een boom geleund. Een brede sjaal bedekte een gedeelte van zijn gezicht. „Idioot! Je jaagt me de stuipen op het lijf!" viel ze uit.

„Dat was niet mijn bedoeling." Hij kwam naar haar toe en de wind blies de sjaal weg van zijn gezicht. Het zag bont en blauw en er liep een dun bloedspoortje van zijn neus naar zijn bovenlip.

„Wat is er met jou gebeurd?" riep Loes ontzet. „Je hebt gevochten!"

„Hoe raad je het zo." Hij probeerde te glimlachen, maar dat was pijnlijk.

„Met wie, in hemelsnaam? Heb je thuis op je falie gehad?"

„Eén van mijn lieve broertjes was het er niet mee eens dat ik naar jou toeging. Let er maar niet op. Het is niet de eerste keer, ik begin er aan te wennen."

„Je hebt het thuis verteld? Wat ben jij een oen, zeg! Tegen wie heb je het gezegd?"

„Wat dacht je?"

„Oh, nee toch zeker? Frans? Heb je tegen hem je mond voorbij gepraat?"

„Hij wist het, in elk geval raadde hij het. Iemand heeft ons gezien vanmorgen en dat overgebriefd. Toen ik thuis wegging, is Frans achter me aangekomen. We... we hadden... hebben een al lang slepend meningsverschil."

„Heet dat zó?" Ze raakte met een voorzichtige vinger zijn gebutste

164

wang aan, zijn blauwe oog, wat nu snel dikker werd. „Wat ben je toch een onnozele hals."

Marius greep haar pols. „Zoals ik al zei, dit is niet de eerste keer, Loes. Wij zijn al eens eerder met elkaar aan het borstelen geweest, Frans en ik. Heeft Mientje je dat verteld? Frans verwijt me dat ik hem te schande maak door met jou aan te pappen. Hij meent dat ik daardoor de eer van de familie wil redden."

„Is dat niet zo?"

„Nee, natuurlijk niet." Marius trok haar dichter naar zich toe. „Wat kan mij de eer van mijn familie schelen. Het is mij om jou te doen, dat weet je nu toch wel."

„Je bent een onmogelijke jongen, besef je dat," zei ze hees, meer aangedaan dan ze zelf wenste. „Wat jij wilt dat is zo... zo..."

„Ja? Zeg het maar."

„Ik weet niet wat ik moet zeggen."

„Zal ik het dan maar doen?" Hij trok haar nu vaster tegen zich aan en keek haar strak in de ogen. „Ik mag dan wel een idioot zijn, maar ik weet wat ik wil. En ik weet dat jij weet wat ik wil. Bovendien ben ik verwaand genoeg om te denken dat jij daar niet helemaal afkerig tegenover staat. Anders was je nu niet gekomen." Hij pakte haar bij de haren en dwong haar zacht haar gezicht naar hem op te heffen. „Lieve Loes, verzet je toch niet. Ik ben knetter op je en ik wil met jou gelukkig worden." Hij kuste haar, zacht en voorzichtig. Zij proefde zijn bloed op haar lippen.

„Marius, je weet niet wat je van mij vraagt," fluisterde ze ontdaan.

„Ik vraag je mij te vertrouwen. Jouw toekomst en die van Ricky in mijn handen te leggen. Je zult niet teleurgesteld worden, dat zweer ik je! Want ik heb je lief, Loes!" Weer kuste hij haar, heviger nu. Het was heerlijk en pijnlijk tegelijk. En toen hij merkte dat ze niet meer tegenstribbelde, dat ze zijn kus beantwoordde, jubelde zijn hart. Hij prangde haar tegen zijn borst alsof hij haar nooit meer wilde loslaten. „Wij gaan het helemaal maken, lieveling!" gromde hij in haar haren.

Ze wist werkelijk niet hoe ze was thuisgekomen. Na die heel opwindende minuten was ze weggegaan bij Marius, met de belofte dat ze elkaar morgen weer zouden zien. „En daags erna weer en de dag daarna weer!" had hij geëist. „En zo voortaan elke dag. tot wij voorgoed bij elkaar zijn!" Ze had niet geprotesteerd, ze was er niet toe in staat geweest. Ze was volkomen overdonderd, nog nooit eerder had ze in de armen van een man gelegen die dat bij haar teweegbracht.

Ze kwam door de achterdeur binnen, zoals ze was gegaan. Moeder Clara en Maartje zagen het meteen: het was een andere Loes die daar binnenkwam. Het waren niet haar verwaaide en verwilderde haren, haar loshangende mantel. Haar gezicht straalde gewoon geluk uit, haar ogen, groot en glanzend, verrieden haar gevoelens.

De vrouwen zeiden niets, ook Mientje kon niet anders doen dan haar verbaasd aankijken. Ze wachtten tot Loes haar mantel had weggehangen en bij hen aan de tafel ging zitten. Toen zei ze het, kort en bondig. „Marius Stije en ik zijn het eens geworden," zei ze. Toen er niet meteen een reactie kwam, keek ze moeder aan. Die trok een gezicht. „Als ik het niet dacht," zei ze.

„Is dat alles wat je weet te zeggen, moeder?" vroeg Loes.

„Wat moet ik dán zeggen? Als jij en die jongen iets met elkaar hebben, wat moet ik daar tegen i brengen? Je zou je toch niets aantrekken van wat ik zeg."

„Waarom wil je er iets tegen inbrengen?" vroeg Loes gekwetst. „Moeder, ik ben nog nooit zo gelukkig geweest! Hij houdt van mij en ik ben ook gek op hem. Hij wil met me trouwen, zo gauw mogelijk! Hoor je wat ik zeg? Hij wil met mij trouwen!"

„Zo, wil hij met je trouwen? Dat is dan fijn voor je. Tenminste, dat hoop ik. En zijn ouders, zijn familie, zijn die ook zo blij? Dat zou al te mooi zijn."

„Moeder! Dat is niet aardig," wees Maartje terecht. Ze lachte naar Loes. „Ik ben heel blij voor je, zus. Ik hoop dat je nu echt gelukkig wordt."

„Ik ook," zei Mientje. „Wanneer is de bruiloft? Mag ik bruidsmeisje zijn?"

„Bruiloft?" Loes was verrast, alsof alles nu pas in volle omvang tot haar doordrong.

„Dat… dat weet ik niet."

„Ik wel," zei moeder. „Trouwen, akkoord. Maar van een bruiloft kan natuurlijk geen sprake zijn. Je zou de mensen…"

„Moeder!" Loes sprong overeind. „Waarom doe je zo rot tegen me? Ben je niet een heel klein beetje blij? Je verpest het gelijk voor me!"

166

„Dat is niet mijn bedoeling. Natuurlijk ben ik blij voor je. Maar tegelijk denk ik aan de narigheid die je te wachten staat. Je gelooft toch zelf niet dat ze nu bij Stije staan te juichen? Er komt heisa van, reken daar maar op. En Marius moet wel heel sterk in zijn schoenen staan wil hij daartegen bestand zijn. Ik hoop dat hij dat is en ik wens het je toe. Toch raad ik je aan om niet te hard van stapel te lopen. Laat er een poosje overheen gaan, tot jullie honderd procent zeker zijn. Dan is het nog tijd genoeg om het aan de grote klok te hangen. Het voorkomt dubbele narigheid."

„Nee! En nog eens, nee! Ik heb lang genoeg gewacht op een man die echt van mij houdt, die mij respecteert. Marius, een jóngen? Je vergist je, moeder. Marius is een man! Een echte man, al is hij een paar jaartjes jonger dan ik. Herrie met zijn familie? Dat heeft hij al gehad. Frans heeft hem afgetuigd. En ik weet dat hij het thuis heel moeilijk zal krijgen. Maar hij zal er niet voor wijken, hij zal mij niet opgeven. Nooit!"

„Het is goed, hoor," suste moeder. En: „We zullen zien."

Op dat moment hield de familie Stije crisisberaad. Toen Marius thuiskwam, zaten ze allemaal om de grote tafel geschaard. Hij kreeg niet eens de kans om 'Hallo' te zeggen. Moeder Stije wees naar de enige, nog lege stoel. „Ga zitten, jij!" zei ze op scherpe toon. Marius keek de kring rond, zag de dreigende gezichten en haalde zijn schouders op. „Hebben jullie op mij gewacht?" vroeg hij opgewekt. „Wat gezellig!"

„Waar ben je geweest!"

„Ik?" Marius keek Frans brutaal aan. „Heb je hun dat niet verteld, grote broer?"

„Ja En ook dat ik je kop van je romp schroef als je niet stopt met die flauwekul."

„Toe maar. Verder nog iets? De andere broertjes nog, misschien?"

„Kop houden!" Moeder Stije legde haar grove werkhanden op de tafel. „Luisteren, dát moet jij! En doen wat er gezegd wordt. Is dat duidelijk?"

„Nee, niet voor ik weet wat er gezegd gaat worden."

„Je moet je bek houden, blaag die je bent! Wat heb jij te rotzooien met die meid van Van Overveld? Hebben we niet genoeg ellende met haar beleefd? Blijf bij haar vandaan. Er kan niets goeds van komen."

167

„Dat moet je niet zeggen," zei Marius luchtig. „Ze heeft een heel knap zoontje!"

„Gatver!" Frans vloog overeind en hij zou over de tafel zijn gekomen als de ijzeren vuist van vader hem niet had tegengehouden. „Kalm aan," zei de boer onbewogen. Hij keek zijn jongste aan. „Je bent nogal wat van plan, is het niet, jongen?"

„Ja, vader. Ik heb Loes gevraagd mijn vrouw te worden en ze heeft ja gezegd."

De woorden waren nog niet over zijn lippen toen de hel losbarstte. Frans sprong weer overeind, hij zou de zware tafel opzij hebben gegooid als moeder en vader die niet hadden tegengehouden. De andere broers schreeuwden door elkaar heen, ze dreigden, ze vloekten alle duivels uit de hel. En moeder Stije gaf haar jongste zoon een ordinaire oorvijg. „Dat zal niet gebeuren!" riep ze boven het geweld uit. „Nooit van mijn leven!"

Maar nu kwam de oude boer zelf in actie. Zijn zware vuist kwam als een donderslag op de tafel neer. Meteen was het stil. „Luister naar mij en luister goed. Jij ook, vrouw," gromde hij. „De ellende waar jij het over hebt is niet door dat vrouwtje veroorzaakt, maar door onze oudste zoon die een kind bij haar maakte en haar toen liet zitten! Dat even voor de duidelijkheid. Frans, hou je smoel of ik mep hem dicht! Jij bent degene die onze familie een slechte naam heeft bezorgd. Jij bent wel de laatste die zijn mond mag opendoen." Hij richtte zich tot zijn jongste zoon. „Marius, ik vraag jou: Weet jij wat je doet en ben je er zeker van dat zij de ware is voor jou?"

„Ja vader. Daar ben ik zeker van."

De oude man knikte. „Dan is het goed."

„Het is om de bliksem niet goed," viel zijn vrouw uit. „Ben je niet goed geworden?"

„Ik voel me beter dan ooit tevoren," was het grimmige antwoord. „En nu we toch zo plezierig met elkaar bezig zijn, wil ik nóg een paar dingen kwijt. Want jullie komen mij zo langzamerhand de strot uit! Lamzakken zijn jullie. En jij, vrouw, houdt ze de hand boven de kop. Dat moet afgelopen zijn. Ik heb veel geduld gehad en ik heb lang gezwegen, maar nu is het uit! Marius trouwt met Loes en wie daar nog een verkeerd woord over durft te zeggen, trap ik de deur uit! En jullie kunnen er verzekerd van zijn dat ik meen wat ik zeg. Denk eerst eens na voor jullie weer als varkens beginnen te schreeuwen. Als Marius zijn zinnen op Loes heeft gezet en hij trouwt met haar, wordt er in elk geval een deel weggenomen van de smet die op onze familie rust. Een smet waar hij en dat meisje part noch deel aan hebben."

„Dat moet ík me zeker aantrekken," zei Frans met een stuurs gezicht.

„Ja, dat moet jij! En ik raad jou vooral aan, vrouw, om heel goed na te denken voor je de zaak helemáál verpest! Er is niets mis met dat huwelijk. Verstaan?" De boer zweeg even en het bleef doodstil. Hij knikte tevreden. „Marius."

„Ja vader?"

„Ik begrijp dat je niet op de boerderij blijft als je getrouwd bent?"

„Dat zal moeilijk gaan, vader."

„Zo denk ik er ook over. Je hebt door de jaren heen laten merken dat je meer belangstelling hebt voor de landbouw dan voor het vee. Dat is toch zo?"

„Ja, vader. Ik zou het liefst landbouwer zijn, met wat kleinvee ernaast."

„Goed. Je krijgt je zin. Jij krijgt je akkers en nog een lap grond voor groenten of iets anders. Boer Luiten is oud en hij stopt ermee. Hij gaat bij zijn dochter inwonen. Als je wilt kun je daar gauw genoeg terecht."

„Dat… dat zou helemáál mooi zijn, vader!" zei Marius verrast.

„Dat is een schandaal. Dat kun je niet doen, vader!" riep een woedende Frans. „Dat is gadsamme voortrekkerij!"

„Had ik je niet gezegd je mond te houden, lammeling?" dreigde de boer. Hij keek de kring rond. „En die vlieger gaat op voor jullie allemaal! Ik trek niemand voor. Jij, Frans, hebt zelf verkozen op de boerderij te blijven, omdat je mijn oudste en opvolger bent. De anderen zullen hun eigen weg moeten zoeken. En ze zullen geen van allen met lege handen de deur uitgaan. Ook Marius niet. En wee jullie gebeente als ik nog íets merk wat mij niet bevalt over dit onderwerp. Waag het niet! Begrepen?"

Ze zwegen. Ze hadden het maar al te goed begrepen.

# HOOFDSTUK 9

De trouwpartij van Loes en Marius werd niet uitbundig gevierd. Het was hun eigen keus en beide families waren daar, om voor de hand liggende redenen, heel content over. Het had geen zin om het groots aan te pakken. Het zou de stemmen nog meer in beweging brengen. Want er werd toch al genoeg gekletst toen het bekend werd.

De pastoor had de eerste roep nog niet gedaan vanaf de kansel of de koppen werden bij elkaar gestoken. Want dit was geen gewone trouwerij, dit was een trouwerij met een voorgeschiedenis die iedereen kende.

De geschiedenis herhaalde zich. Want toen het jonge stel elkaar het jawoord gaf, was Maartje hoogzwanger. Maar ze verstoorde de koffietafel niet door plotseling te bevallen, zoals Loes had gedaan.

Er heerste niet bepaald een feestelijke stemming tijdens de koffietafel en ook niet daarna. De families bleven angstvallig bij elkaar vandaan. Alleen de ouders zaten braaf naast elkaar, met boer Stije kaarsrecht tussen de twee moeders. Hij overzag het traag voortkabbelende feest met argusogen, er op die manier voor zorgend dat de onderhuids smeulende onlustgevoelens geen kans kregen.

In de late namiddag ging ieder zijns weegs en Marius, Loes en kleine Rick werden met de hoge kar naar de boerderij van Luiten gebracht. Zonder enig feestelijk vertoon, want dat zou de duivel verzoeken zijn geweest.

Eenmaal alleen, legde Loes haar zoontje in zijn nieuwe bedje voor zijn middagdutje en Marius op zijn beurt loodste zijn bruid naar de opkamer, waar hun bed stond. En daarmee is alles gezegd.

Het ging niet goed met Albert. Waar Crispijn Zoontjes hem voor gewaarschuwd had, gebeurde. De overdreven grote belangstelling voor zijn werk ebde weg. Albert vroeg zich wanhopig af waar dat toch aan kon liggen. Crispijn opende zijn ogen.

„Je werkt niet als een bezonken kunstenaar," was zijn onverholen kritiek. „Je maakt wat de klanten willen, zonder je af te vragen of het wel strookt met je artistieke kwaliteiten. Ik heb de laatste tijd dingen van je gezien die gevaarlijk dicht tegen kitsch leunen.

Bovendien wil je te veel de indruk wekken dat je van alle markten thuis bent. Als ze je vragen om van een klot turf een beeld te maken dan doe je dat, om het maar eens te overdrijven. Je verliest uit het oog dat jouw grootste kundigheid het boetseren is. Daar ben jij ongelooflijk knap in. Daarmee heb je naam gemaakt. Niet met marmer, basalt of hout. De handigheid waarmee jij je tekort daarin tracht te verdoezelen, zal een leek niet opvallen, maar bij een kenner val je meteen door de mand. Blijf er af, Albert. Ga weer boetseren, giet je beelden in brons. Want daarin ben je groot, misschien wel de grootste die ik ken."

„Bedankt voor de complimenten," schamperde de geplaagde. „Je vergeet dat er geld op de plank moet komen. Binnenkort krijgen we gezinsuitbreiding. Maartje wil zo snel mogelijk een eigen huis hebben, liefst nog voor de baby geboren wordt. Vertel jij mij maar eens hoe ik anders aan de kost moet komen dan door alles te accepteren wat ik krijg aangeboden. Ik moet wel!"

„Dat begrijp ik. En voor een poosje kan dat geen kwaad. Maar nu wordt het toch tijd dat je definitief een grens trekt. Het roer moet om. Albert, beste jongen, jij bent geen hakker! Jij hebt niet het vermogen om een stuk steen van buitenaf te herscheppen in een beeld dat ontroert. Maar met klei kun jij toveren! Als jij daarmee bezig bent, dan zie ik de vervoering waarmee jij die stugge massa te lijf gaat. Hoe je met je vingers kneedt en vormt. Jij schept van binnenuit. Jij brengt zo'n stugge homp tot leven. En dat is het. Leven!"

„En het geeft minder rotzooi," vulde Albert spottend aan. In zijn hart moest hij Crispijn gelijk geven.

Maartje had natuurlijk ook gemerkt dat de vaart er bij Albert een beetje uit was. Hij was vaker thuis, hij hoefde niet meer zo nodig tot laat in de avond de deur uit. Ze veronderstelde dat het ook iets te maken had met dat ongelukkige incident met dat meisje Nina. Zeker wist ze dat niet. En ze sprak er ook niet meer over. Ze had nog voldoende vertrouwen in Albert. Het ging weer goed tussen hen. En ze waren allebei in gespannen afwachting van de komst van de baby. Als thuisnaaister had ze het drukker dan ooit. De donkere maanden kwamen er weer aan en de mensen haalden de warme kleren tevoorschijn. Jassen, broeken, hemden, die versteld moesten worden. Ze brachten het met manden vol naar Maartje. Die zat van de vroege morgen tot de late avond te naaien. Mientje hielp haar daarbij, met het aanzetten van knopen, het strijken en persen. Er ging geen dag voorbij zonder stapels kleren overal, manden vol goed naast de strijkplank, met de strijkbout gebruiksgereed op de kachel en dat alles overheerst door het onophoudelijk ratelen van de trapnaaimachine, die in de plaats was gekomen van het onhandige handmachientje dat Maartje zoveel jaren trouw had gediend. Er heerste constant een bedrijvige sfeer in het huis van moeder Clara.

„Het lijkt hier langzamerhand wel een atelier," merkte ze op. „Albert kan dat van hem wel sluiten als dat zo doorgaat. Je kunt hier niet meer fatsoenlijk door het huis lopen."

„Wat wil je dan, moeder?" vroeg Maartje. „Ik doe dit niet voor mijn lol, hoor."

„Je behoort dit niet eens te doen, met je dikke buik. Dat is niet goed, kind! Als er iets misgaat, zul je het je leven lang meeslepen. Je zou het jezelf nooit vergeven."

„Er gaat niets mis, moeder. Ik voel me prima."

„Daarom grijp je zeker voortdurend naar je rug," zei Mientje. „Ik heb het wel gezien, hoor. Als ik een kindje moest kopen, deed ik helemaal niets, ik zou wel wijzer zijn."

„Jij koopt helemaal níets! Daar ben jij nog lang niet aan toe. Laat ik het niet merken. Dat praat maar over kindjes kopen alsof het niets is." Moeder Clara was onthutst door de woorden van haar jongste dochter. „Maar ze heeft natuurlijk wel gelijk wat jou betreft," zei ze tegen Maartje. „Je moet je wat ontzien. Laat je man er maar voor zorgen dat er geld op tafel komt. Daar is hij man voor en, als hij geluk heeft, de vader van je kind. Het is zijn plicht dat te doen."

„Albert doet wat hij kan. Hij kan het ook niet helpen dat het nu wat minder gaat dan in het begin. Het lijkt wel alsof de mensen allemaal hun hand op de portemonnee houden. Dat kun je hem niet verwijten."

„Stil maar, hoor. Ik verwijt hem niets. Ik kan het alleen niet aanzien dat jij je zo afjakkert! Kijk eens om je heen, al dat werk. Dat houdt geen mens vol."

„Tot nu toe is het mij anders aardig gelukt," zei Maartje met enige trots. „En bovendien, ik kan de mensen toch niet in de steek laten? Ze gunnen het me. Ik kan ze toch niet aan de deur laten staan?"

„Waarom niet, als het anders niet kan? Als de baby er eenmaal is zullen ze het ook zonder jou moeten stellen. Heb je hun dat al verteld?"

„Natuurlijk. Dat is ook de reden waarom ze me nu overstelpen met werk, ze willen de bui vóór zijn. Ik kan dat heel goed begrijpen."

„Onzin. Zij moeten begrijpen dat er een grens is."

„Maak er toch geen drama van, moeder. Ik kan het heus wel aan. Ik beloof je dat ik ermee zal stoppen als ik merk dat het me te zwaar wordt. Dat beloof ik je."

„Jou kennende kan ik daar nog lang op wachten," zei moeder hoofdschuddend.

Moeder had natuurlijk gelijk. Dat besefte Maartje heel goed. Het kostte haar steeds meer moeite om urenlang achter de naaimachine te zitten. Ze kreeg last van haar rug, Mientje had dat goed gezien. Van slapen kwam ook niet veel terecht de laatste weken. Haar zware lichaam hinderde haar in bed. Ze wist niet hoe ze zich moest wenden of keren.

Albert was een lieverd. Hij was zo bezorgd. Hij hield zich koest in bed, maakte zich zo smal mogelijk, maar dat hielp niet veel. Hij had al voorgesteld om in het lege kamertje van Loes te gaan slapen, maar dat wilde ze niet. Moeder zou er wat van denken. Trouwens, Mientje eiste de kamer van Loes op. En ze kreeg haar zin.

Elke morgen stond Maartje geradbraakt op, met de dag kostte het haar meer moeite zich aan te kleden en naar beneden te gaan, waar het werk op haar lag te wachten. Toch zette ze door, omdat het niet anders kon.

Albert verdiende de laatste tijd bijna niets. Hij had het advies van Crispijn Zoontjes opgevolgd. Hij had hamer en beitel aan de kant geschoven en was aan het boetseren gegaan. Het was als een hernieuwde kennismaking geweest. De vervlakking die hem in de greep dreigde te krijgen, viel van hem af. De bevlogenheid kwam terug, hij kon zijn fantasie weer de vrije loop laten. Hij maakte wat hij wilde maken, wat hij zag als hij door de straten liep, als hij naar de vogels in de bomen keek.

Zo boetseerde hij een prachtig beeld van een hardlopende jongen, op weg naar school. Albert zette hem neer op een mager spille-

been en het andere ver naar achteren, met de armen wijd zwaai-
end en de romp voorovergebogen, het smalle, spichtige gezicht in
de wind, met wapperende haren. Het effect was verrassend. Er
zat vaart in de plastiek, je voelde als het ware de wind waartegen
de jongen vocht.

Crispijn, die even langskwam was er totaal kapot van. „Zo ken ik
je weer!" jubelde hij. „Dit leeft tenminste, het is energie, vurig-
heid. Albert, kerel, leg je daarop toe: op beweging, actie. Het is je
grootste kracht."

Albert glimlachte maar eens. De woorden van Crispijn bevestig-
den wat hijzelf al had gevoeld. De ontlading die in hem naar
boven borrelde als hij zijn handen aan de weerbarstige klei sloeg,
vertelde het hem. DEit was het wat hij al die jaren had gezocht en
hij was er Crispijn dankbaar voor dat die hem het laatste zetje in
de goede richting gaf. Hij had sindsdien geen hamer, beitel of guts
meer aangeraakt. Hij had zijn bestemming gevonden.

Een andere kwestie waarvoor nog steeds geen oplossing was
gevonden, was een eigen huis voor hem, Maartje en de op komst
zijnde baby. Door het huwelijk van Loes was er wat meer ruimte
ontstaan in moeders huis. Mientje had de grotere slaapkamer
gekregen, maar het kamertje waar ze eerst sliep, was heel geschikt als babykamer. Dat was een luxe die veel mensen moesten
ontberen. Meestal waren het grote gezinnen. Acht, tien, twaalf
kinderen waren eerder regel dan uitzondering. De vraag hoe zo'n
hele kolonie kon leven in een huisje met enkel een opkamertje en
een open zolder werd niet eens gesteld. Het gebeurde gewoon,
omdat het niet anders kon.

In dat opzicht waren Albert en Maartje bevoorrecht. En nu Loes
weg was, praatte Maartje ook niet meer zo over een ander huis.
De voortdurende aanwezigheid van moeder werkte kalmerend,
het had iets vertrouwds, iets van geborgenheid. En daar had
Maartje in die laatste weken van haar zwangerschap wel behoefte aan.

Tot de laatste dag zat ze achter haar naaimachine. Ze hield zich
doof voor de vermaningen van moeder en ze hield zich groot voor
Albert. De gevolgen bleven niet uit.

Ze had de hele dag zitten werken, moeizaam gebogen vanwege
haar zware lijf. Laat in de middag kreeg ze plotseling een pijn-

scheut die haar verschrikt deed rechtzitten.

Moeder in haar makkelijke stoel, zag het en kwam meteen overeind. „Wat heb je?" vroeg ze ongerust.

„Niets. Het is niets," zei Maartje. „Het is al over."

„Ophouden! En wel onmiddellijk. Weg van die naaimachine."

„Moeder, doe niet zo dramatisch! Er is niets aan de hand."

„Kan me niet schelen. Ophouden, zeg ik je. Jij gaat naar boven en ik ga Janna de Meerdere waarschuwen. Vlug een beetje."

„Moeder, het is nog niet zover."

„Wat weet jij daarvan? Hoeveel kinderen heb je al gebaard? Ik heb ogen in mijn hoofd en die bedriegen me niet. Ga naar boven, zeg ik je." Het was een commando, maar er klonk grote bezorgdheid in door.

Maartje gehoorzaamde. Ze ging de trap op, maar toen ze halverwege was, moest ze zich opeens vastgrijpen aan de leuning, omdat ze weer zo'n steek kreeg die haar de adem afsneed. Het kostte haar inspanning om de laatste treden op te gaan. Aan uitkleden kwam ze niet toe. Ze liet zich willoos op het bed vallen.

Het leek een eeuwigheid te duren eer moeder met Janna terug was, in werkelijkheid waren het slechts enkele minuten. Janna, de ervarene, had aan één enkele oogopslag genoeg. „We gaan een kindje kopen, meid!" zei ze opgewekt en stroopte haar mouwen op. „Clara, zorg jij voor warm water en de rest?" Moeder was al naar beneden. Janna hielp Maartje bij het uitkleden.

„Zou het lang duren?"

„Je bent gezond en sterk. Maar de eerste keer is de eerste keer. De poort is nog nooit eerder open geweest," antwoordde Janna botweg. „Maar maak je niet ongerust, we zullen die kleine dondersteen er wel uit krijgen."

Maartje was er niet gerust op. Ze was bang.

Hoe lang mag een bevalling duren? Voor de omstanders meestal enkele uren, maar voor de kraamvrouw is het soms een eindeloze marteling, een zwarte tunnel waar geen einde aan wil komen. Janna kon zo opgewekt praten als ze wilde, maar voor Maartje was het een hel. Toen de weeën kwamen, steeds vlugger na elkaar, had ze het gevoel alsof haar lichaam telkens opnieuw uiteengescheurd werd. Ze had zich voorgenomen niet te gillen of te krijsen, zoals sommige vrouwen deden. Maar nu het met haar gebeurde, kon ze zich niet inhouden. Ze schreeuwde de hele buurt bij elkaar.

Mientje kwam thuis met bolle ogen van schrik. Ze hoorde haar zuster tekeergaan en ze zag moeder met de ogen gesloten en een rozenkrans in de hand in haar stoel zitten. „Moeder! Is Maartje... Gaat het niet goed?"

„Het gaat wel goed," suste moeder, „maar het duurt lang. Ga Albert waarschuwen, zeg dat hij meteen naar huis moet komen. Ik kan het huis niet uit."

Weg was Mientje en binnen vijf minuten was ze terug met Albert. Die stormde meteen de trap op. Hij kwam de slaapkamer binnen, zag wat er gebeurde en schrok zich lam.

„Godallemachtig!" riep hij uit.

„Weg jij!" commandeerde Janna meteen. „Ik kan jou niet gebruiken. Dit is vrouwenwerk."

„Maar ik wil..."

„Jij wilt níks. Ga naar beneden en vraag aan Clara of er brandewijn in huis is."

„Brandewijn? Voor Maartje?"

„Nee, natuurlijk niet, idioot. Voor mij. Ik ben er aan toe." Janna kreeg haar brandewijn en toen begon het eindeloze wachten.

Er verstreek een halfuur, een uur. Albert liep met gebalde vuisten door het huis te ijsberen, hij had wel met zijn kop tegen de muur willen bonken van machteloosheid. En in een opwelling zei hij tegen moeder Clara: „Dat is eens, maar nooit weer."

Moeder glimlachte moeizaam. „Dat zeggen ze allemaal, de eerste keer."

„Ik meen het!"

„Het is goed, jongen."

Het werd stil daarboven. Alledrie richtten zij hun blikken naar het trapgat. En toen klonk plotseling het protesterende gehuil van een pasgeboren kindje. Albert was al halverwege de trap toen Janna hem de weg versperde.

„Ga dokter Mommers halen!" zei ze kortaf. „Vlug wat!"

„Wat is er? Is het niet goed, wat..."

„Klets niet en doe wat ik zeg. Ga!"

Hij vroeg niets meer, hij was alweer beneden en na een verwilderde blik naar Clara stormde hij de deur uit.

„Wat gebeurter, Janna?" vroeg moeder op dringende toon.

„Vrouw, er gebeurt iets wat ik nog nooit heb meegemaakt. Ik kan het niet aan."

„Wat dan? Is er iets niet goed? Zég het dan toch, mens!"

„Er komt er nóg een en dat heb ik nog nooit bij de hand gehad! Maar het komt goed, maak je niet ongerust. Als de dokter maar gauw komt."

Clara schrok even, maar algauw verjoeg een blijde lach de bezorgdheid van haar gezicht. Een tweeling nog wel.

Dokter Mommers kwam en overzag de situatie op zijn kalme manier. „Wat valt hier nog te doen?" vroeg hij. Een voor de hand liggende vraag, want intussen had Maartje het karwei in haar eentje afgewerkt. De tweede boreling had zich zonder de hulp van Janna of wie dan ook al aangediend en lag rustig naast de eerste op verzorging te wachten.

Nu hij er toch was, controleerde de dokter de moeder en de beide baby's en constateerde dat alles dik in orde was. „Gezonde spruiten, allebei," stelde hij vast. En bij het weggaan voegde hij de volkomen lamgeslagen Albert toe: „Een vruchtbaar vrouwtje, Hagelaar! Daar kun je nog plezier mee beleven."

Twee baby's. Twee kerngezonde zonen schonk Maartje haar Albert. Die wist van gekkigheid niet hoe hij het had. Hij was naar boven gegaan toen alles aan kant was. Hij zag Maartje in bed liggen, met in elke arm een kleine wereldburger. Ze was moe, doodop, maar ze straalde. „Heb ik het goed gedaan, pappie?" vroeg ze met een dun stemmetje.

„Het kon niet beter, lieveling," antwoordde hij met een prop in zijn keel. Hij knielde naast het bed en kuste haar zacht. Toen waren de baby's aan de beurt. Hij raakte de gerimpelde snuitjes voorzichtig één voor één aan, met een aarzelende vinger.

„Zijn ze niet mooi?" vroeg Maartje trots.

Albert durfde geen eerlijk antwoord te geven. Want hij vond ze ronduit lelijk, net twee oude mannetjes. „Ze zijn prachtig!" jokte hij. Meer kon hij niet kwijt want daar waren moeder Clara en Mientje al. Albert werd naar de achtergrond verdrongen en ging naar beneden waar hij een uitgebluste Janna aantrof.

Ze keek hem triomfantelijk aan. Haar vinger wees naar het lege glas voor haar.

„Ik wil klinken met de vader," zei ze met een wat slingerende stem.

„Dat lijkt mij een goed idee. Want ik heb een gevoel alsof ik zelf een kind heb gekregen," zei Albert.

„Twee, je hebt er twee," fazelde Janna. „En je hebt er zelf helemaal niets voor behoeven te doen. De wereld hangt van oneerlijkheid aan elkaar."

En terwijl boven de vrouwen van het huis zich uitsloofden in loftuitingen en vreugdekreten over de wolken van kinderen, dronken de vader en de vroedvrouw zich zoetjes een stuk in hun kraag.

Er kwam een vervolg, want de volgende dag stond de hele familie Hagelaar op de stoep. Albert werd door zijn broers bijna de vernieling in gestompt. Ze maakten hem opgewekt uit voor al wat lelijk is en zeiden ronduit dat hij er nu wel een knoop in kon leggen. Moeder Hagelaar was in alle staten, ze vergoot tranen van vreugde toen ze de tweeling in haar armen kreeg.

En vader Hagelaar? Die zei niet veel. Hij had Albert bij binnenkomst een stevige hand gegeven, zonder woorden. Hij was vervolgens de trap opgegaan en had lange tijd bij de wieg gestaan, waar de tweeling met de voetjes naar elkaar inlag.

„Ik zal zorgen dat er zo'n ding bijkomt," zei hij tegen Maartje. „En als je soms iets nodig hebt, laat het me dan weten."

„Wij komen niets tekort, vader Hagelaar," zei Maartje. „Maar toch bedankt."

Toen dook de stugge man in zijn portefeuille en stopte haar wat in de hand. „Voor de kleine Hagelaars," zei hij. „En pas goed op jezelf."

Het aangeven op het gemeentehuis en de doop door de pastoor in de kerk moesten geregeld worden. En waarop gewacht kon worden gebeurde. Er kwam kwestie over, iets waar vooral moeder Clara zich over verbaasde. De Hagelaars waren toch niet praktiserend katholiek? Het dopen van de jongetjes moest hen toch koud laten?

Maar daarin vergiste Clara zich. Om welke reden dan ook, er werd een heftige strijd gevoerd tussen de broers van Albert, die alledrie de rol van peetoom voor zich opeisten. Ze gingen daarbij heel wervend tewerk. Hein was van mening dat hem die eer toekwam omdat hij de oudste was. Toon maakte een punt van het feit dat hij de jongste was en dat de dopelingen dus het langste en dus het meeste profijt van hem konden hebben.

Cor, de timmerman, pakte het handig aan. Hij had bij eerdere bezoeken aan de Heistraat al eens rondgekeken en hij wist dat Albert en Maartje druk op zoek waren naar een wat ruimere woning. Nu nam hij de kersverse vader bij de arm en ging met hem de tuin in, achter het huis. „Waarom zou je verhuizen?" vroeg hij langs zijn neus weg. „Je hebt hier toch ruimte genoeg om uit te bouwen?"

„Uitbouwen?" Albert lachte schamper. „Heb je er enig idee van wat dat kost? En al hád ik het geld, Maartjes moeder zal mij aan zien komen. Ze was dolblij toen ze Loes en haar kind kwijt was. Ze wordt ouder en ze wil eindelijk een beetje rust om zich heen hebben. Ik kan dat goed begrijpen."

„En ík geloof daar geen klap van," zei Cor. „Dat mens is in de wolken met die tweeling. Die ziet ze niet graag de deur uitgaan. En bovendien zijn de moeder en jouw vrouwke vier handen op één buik, je mag mij corrigeren als ik ongelijk heb. En wat de kosten betreft, die vallen nogal mee. Met mij kun je knoeien, hoor. Ik kom wel eens hier en daar, ik kan je matsen. Ik ken een jonge aannemer, dat is een vriend van me. Ik kan bij hem op de stoep kakken, bij wijze van spreken. Die zet hier voor een appel en een ei een ruim achterhuis neer."

Albert keek eens rond. Hij had aan die mogelijkheid nog nooit gedacht. „Denk je echt dat het zou kunnen?" vroeg hij aarzelend. „Ik denk niet, ik weet het. Je hebt hier twintig meter tuin. Haal er de helft af, dan hou je nog tien meter over. En op de andere tien meter kun je heel wat bouwen, hoor."

„Heremetijd, je overvalt me wel," dubde Albert. „Daar zou ik eerst met Maartje en haar moeder over moeten praten. Heb je er erg in dat ik mijn atelier dan ook naar hier moet halen?"

„Ik heb aan alles gedacht. Naast het huis ligt ook nog een meter of drie, vier. Het kan niet beter. Als je wilt, laat ik je binnen veertien dagen de tekeningen zien," zei Cor. En toen kwam hij met het addertje onder het gras. „Er staat natuurlijk wel iets tegenover."

„En dat is?"

„Dat je mij minstens van één van die twee aapjes peetoom maakt."

„Hein en Toon zullen me de nek omdraaien als ze het horen."

179

„Alleen Toon. Hein kun je tevreden stellen, je hebt toch twéé kindjes."

„Nu ja, eigenlijk is het logisch. De twee oudste broers…"

„Dat is dan afgesproken," onderbrak Cor. Laat de rest maar aan mij over."

De verontwaardiging van Toon viel mee, waarschijnlijk omdat hij in het bijzijn van de beide families geen stampij wilde maken. Hij trok een verongelijkt gezicht en daar bleef het bij.

En zo werd de tweeling in alle eer en deugd aangegeven en gedoopt, met Hein en Toon Hagelaar als de peetvaders en Loes en Mientje van Overveld als de peetmoeders. Albert en Maartje hadden luisterrijke namen voor de jongetjes bedacht. Ze werden ingeschreven als Timotheüs Josephus en Christianus Maria, respectievelijk naar Alberts vader en Maartjes vader. In het dagelijks gebruik zouden ze gewoon Tim en Chris heten.

Maartje had Albert gesmeekt om direct na de doop naar huis te komen. Hij beloofde dat hij zijn best zou doen, maar er kwam natuurlijk niets van terecht. Er moest een glas gedronken worden op de tweeling, dat eiste de traditie. Maartje wachtte eindeloos, in het gezelschap van Janna de Meerdere, die voor de koffie zou zorgen.

Toen de bende eindelijk thuiskwam, krijsten de baby's van de honger en waren de mannen dringend aan koffie toe. Maartje legde Tim en Chris aan haar luisterrijke borsten, vol bewondering gadegeslagen door de beide opoe's.

„Ze drinken als echte Hagelaars," zei de moeder van Albert trots.

„Ze hebben het karakter van mijn man zaliger," zei Maartjes moeder.

„Ze stalen op allebei," verzekerde Maartje.

Cor had geen loze kreten geuit. Nog geen week later kwam hij met een aannemer aanzetten die het huis van Clara in ogenschouw nam. Moeder en Maartje keken daarvan op, want Albert had er nog met geen woord over gerept. Toen hij vertelde wat de bedoeling was, toonde moeder zich niet erg enthousiast.

„Ik heb altijd met dit huis kunnen leven zoals het is. En nu moet op mijn oude dag alles anders en groter?" mopperde ze. „Dat hoeft niet van mij." Maartje zei niets, ze keek haar gemaal alleen aan en schudde haar hoofd.

„Het idee komt niet van hem af," bekende Cor gauw. „Het is mijn idee, omdat ik weet dat jullie naar een geschikte woonruimte zochten. En omdat die niet zo gauw voorhanden was, ben ik met het plan gekomen om dit huis voor iedereen bewoonbaar te maken."

„Moeder Clara, jij zit er toch ook niet om te springen dat wij vertrekken?" merkte Albert op.

Daarmee raakte hij een gevoelige snaar bij Clara. „Jij mag gerust gaan, Maartje desnoods ook. Als je de jongetjes maar hier laat," zei ze, nog een beetje stuurs. En ze gaf toe: „Als het inderdaad mogelijk is iets fatsoenlijks te maken van mijn kot, doe het dan maar. Maar ik betaal geen cent, denk erom. Mijn knipbeurs blijft dicht. Ik ben al blij dat ik het leven heb."

„Maak je daar geen zorgen over, vrouw Van Overveld," wuifde Cor weg. „En je wordt overal bij betrokken, we doen niets zonder jouw toestemming. Nu komt de aannemer alleen maar even kijken naar de mogelijkheden. Als je het goedvindt."

„Ga je gang maar," zei Clara gelaten.

De aannemer constateerde dat er best wat van te maken was, maar hij zei ook dat het een hele klus zou worden. Op een vel papier schetste hij in de gauwigheid hoe hij één en ander gedacht had. Albert was ervan onder de indruk. Hij schrok ervan. „Je kunt net zo goed het hele huis tegen de grond smijten en een nieuw bouwen," stelde hij ongerust vast. „Dit gaat kapitalen kosten!"

De aannemer keek Cor met een blik vol verstandhouding aan. Die schudde bijna onmerkbaar het hoofd, maar Albert zag het.

„Wat zijn jullie van plan?" vroeg hij argwanend.

„Kom even mee," verzocht Cor en met zijn drieën gingen ze naar buiten. Daar nam de aannemer het woord.

„Vraag niet hoe het mogelijk is, maar ik ga je alle materialen leveren die er nodig zijn. We praten niet over geld. En wat het werk betreft en de mensen die daarvoor nodig zijn, daar passen we ook wel een mouw aan. Het is niet mijn bedoeling jou of je schoonmoeder een poot uit te rukken. Akkoord?"

„Nee, niet akkoord," zei Albert huiverig. „Ik wil weten waar ik aan toe ben. Cor heb je hem verteld hoe wij er hier voor staan?"

„Hij weet ervan," was het korte antwoord.

„Maar het is toch van de zotte! Jullie kunnen kletsen wat jullie willen, maar dit gaat veel geld kosten. Geld dat ik niet heb. En het is nog maar de vraag of er in de stad één bank te vinden is die mij zo'n kapitaal wil lenen."

„Dat is ook niet nodig," zei de aannemer droogjes. „Ik zal je een beetje uit de droom helpen. Ik ben onlangs aan een project begonnen waarmee duizenden guldens gemoeid waren. Toen ik bij mijn opdrachtgever aankwam om geld, gaf hij niet thuis. Hij kon of wilde niet betalen, dat laat ik in het midden. Natuurlijk kwam hij daar niet onderuit, maar de bouw ging niet door. Om een lang verhaal kort te maken: ik zit nu met een kwak bouwmaterialen waar ik wel een kasteel van kan bouwen. En dat ga ik ook doen, ik ga voor jou en je vrouwtje en je kindjes een kasteel bouwen."

„Maar waaróm dan toch?"

„Cor, vertel het hem," zei de aannemer.

„Vertel het hem zelf maar," zei Cor.

„Ik doe dit omdat ik je een geluksvogel vind," zei de aannemer. „Cor heeft mij het een en ander over jou en je vrouwtje verteld. Over je kindjes. En dat… dat heeft me geraakt. Daar! Nu weet je het. Ik heb vorig jaar mijn vrouw verloren bij de geboorte van onze eerste. Die ben ik daarbij ook kwijtgeraakt. Ik was de rijkste vent van heel De Kempen, en boem… ineens was ik alles kwijt waarvoor ik leefde en werkte. Dáárom doe ik dit. Bedank me er dus niet voor, ik doe het uit puur egoïsme, uit lijfsbehoud. En nu wil ik er geen woord meer over horen. Wat doen we? Bouwen of niet bouwen?"

„Bouwen," zei Albert, diep onder de indruk. „Hoe heet jij eigenlijk?"

„Bram!" was het korte antwoord. „Bram van Dongen."

Het was eigenlijk te mooi om waar te zijn. Albert en Maartje hadden het gevoel dat ze in een sprookjesachtige droom waren beland die elk moment als een zeepbel uiteen kon spatten. Toch waren er binnen enkele dagen de tastbare bewijzen dat het hier niet om een droom ging. Dat het allemaal wel degelijk waar was. Bram van Dongen kwam al heel gauw met tekeningen en bestek op de proppen. Er zou opzij van het huis een ruime kamer komen met een tussendeur naar het woongedeelte. Albert kon die kamer gebruiken als atelier, er zouden grote ramen in komen voor zoveel mogelijk licht, en een stookplaats. De achterbouw met de spoelkeuken, de berging en de plee ging op de schop, in zoverre dat de berging bij de keuken werd getrokken. De plaats direct achter het huis werd opgeofferd aan de verruiming van het woongedeelte. Zo zou er een achtergevel ontstaan over de volle breedte van het huis en daardoor ruimte voor twee nieuwe vertrekken. Dat nieuwe gedeelte kreeg een plat dak met een deur naar de bovenverdieping. En er kwam een nieuwe berging, achterin de tuin, met washok.

„Wat moeten eenvoudige mensen zoals wij met zo'n kast van een huis?" vroeg moeder zich sceptisch af. „De mensen zullen zeggen dat het ons naar de kop is gestegen. Zo'n huis, hier in de Heistraat! Ze zullen ons met de nek aankijken!"

„Dat is óók een manier om dankjewel te zeggen," reageerde Albert scherp.

„Zo bedoel ik het niet. Bram heeft het goed met ons voor, daar gaat het mij niet om, dat weet je wel. Maar het is allemaal zo groot, overdreven bijna."

„Je zult zien, moeder, dat het een geweldige verbetering wordt," zei Maartje. „Als je wilt, kun je zelfs apart gaan zitten als de drukte van de kinderen je te veel wordt. Er komen twee kamers bij. En in de grote keuken die we krijgen, zullen we elkaar ook niet meer voor de voeten lopen. Dat is toch heerlijk."

„Ik ben er bang voor. Daar, nu weet je het. Ik geloof niet in sprookjes, allang niet meer. Die Van Dongen kan nu wel zeggen dat hij ons een plezier wil doen, maar waaróm eigenlijk? Hij heeft bouwmateriaal te veel, zegt ie. Nou, laat hem het dan gebruiken voor iets waar hij geld mee kan verdienen. Het stinkt, op een of andere manier stinkt het. Het is te mooi om waar te zijn."

„Wat ben jij toch een ondankbaar mens!" viel Albert uit. „Kun jij nu nooit iets goeds in de mensen zien? Bram wil ons een plezier doen. Of mag dat soms niet?"

„Jawel, hoor. Maar waarom gunt hij dat plezier juist aan jullie? Tot hij hier kwam, had hij nog nooit iets van jullie gehoord of gezien. Hij komt, en boem, ineens wil hij ons huis verbouwen voor wie weet hoeveel geld. Dat is toch niet normaal. Maar aangenomen dat alles goed zit, dat ik inderdaad schimmen zie die er niet zijn, ben ik maar een eenvoudig mens, ik ken mijn plaats. Voetjes aan de grond, vergeet nooit waar je vandaan komt. Dat zei mijn vader altijd. En jouw vader zaliger was net zo, Maartje. De mensen in de straat zullen van ons vervreemden, ze zullen denken dat we het te

hoog in de bol hebben gekregen. Ze zullen hier niet meer over de vloer willen komen. We zullen onze goede vrienden kwijtraken. En wat koop ik dan voor zo'n groot huis? Ik krijg nu al spijt dat ik ja heb gezegd."
Albert gebaarde naar Maartje. Er valt niet met haar te praten, gaf hij daarmee aan. En toen hij even met haar alleen was, zei hij: „Ze moet er aan wennen. Ze zal er wel achterkomen dat het goed is wat er gebeurd."
„Helemáál ongelijk heeft ze niet, lieverd," aarzelde Maartje. „Het is ook wel erg vreemd, als je er goed over nadenkt."
„Toe nou, schat. Begin jij nu ook al? Het wordt ons in de schoot geworpen. Laat ons er dankbaar voor zijn. En wat je moeder betreft, ze draait wel bij."

Daar leek het voorshands niet op. Vooral niet toen de bouw begon. Voor het huis verschenen hoge stapels stenen, steigerpalen, cementkuipen, en bergen zand. Moeder Clara mopperde de hele dag door, ze klaagde over de herrie, en het stof dat tot in alle hoeken van het huis doordrong door de sloopwerkzaamheden.
Opzij en achter het huis werd graafwerk verricht voor de funderingen. Daarna kwamen de steigers. Die bestonden uit lange, rechte palen die stevig in de grond werden gezet. Ze werden met elkaar verbonden door dwarsliggers die met dik touw onwrikbaar werden vastgemaakt. Daarop kwamen de planken, steeds maar hoger. Lange ladders werden tegen de steiger gezet, waarlangs de metselaars de stenen en cement op hun schouders naar boven droegen. Keer op keer.
Clara ontvluchtte het huis. Elke morgen, als het weer het even toestond, liet ze Maartje de twee kleintjes in de brede kinderwagen stoppen en dan ging ze. Ze had nog nooit in haar leven zoveel gewandeld. Ze zei dat het te veel was voor haar oude, stramme benen, maar in werkelijkheid genoot ze ervan. Ze ontmoette dorpsgenoten die ze anders in geen jaar zag. En ze was o, zo trots op de tweeling. Iedereen was vol lof over de schattige, gezonde jongens. Vaak zette ze koers naar de kapel van Sint Ben, niet om er te bidden, maar omdat er voor de kapel een bank stond waar ze uren kon toeven. Ze had daar veel bekijks.
Als ze dan terugkwam, soms laat in de middag, en ze zag dat de metselaars en de timmerlui alweer flink waren opgeschoten, dan

gaf haar dat toch voldoening. Het zou haar tijd wel duren, zo besloot ze. Haar achterdocht nam af, misschien had Bram van Dongen het toch goed voor met hen, al begreep ze nog steeds niet waarom. Ten slotte kwam ze tot de conclusie dat het waarschijnlijk allemaal wel goed zou komen.

Maar er kwam een kink in de kabel. Op een zonnige namiddag, toen het in en om het huis daverde van de activiteiten, kwam er een deftige automobiel de straat in getuft. En uit de automobiel stapt een oude bekende.
Maartje was op dat moment niet thuis, ze was met de twee kleintjes naar Loes. Albert was wel thuis, hij was boven met iets bezig en toen hij de auto hoorde, keek hij benieuwd door het raam. Toen hij zag wie er op bezoek kwam, was hij aangenaam verrast. Hij klopte gauw wat stof van zijn kleren en haastte zich naar beneden. Zo kon hij de onverwachte bezoeker bij de voordeur opvangen. „Jonkheer Lots! Wat een verrassing! Komt u toch binnen. En let vooral niet op de rommel. U ziet waar we mee bezig zijn."
„Dag Albert," groette jonkheer Lots-van Genderingen-Dubois een beetje afgemeten. Hij stapte over de drempel, maakte een stijve buiging in de richting van moeder in haar leunstoel en ging zitten op de stoel die Albert hem aanbood.
„Meneer Lots, ik ben aangenaam verrast," herhaalde Albert voor zijn doen ongewoon plechtig. „Vertel mij het doel van uw bezoek."
„Dat is niet in enkele woorden samen te vatten, beste Albert," antwoordde de jonkheer. Hij werd overstemd door het getimmer achter het huis en pauzeerde even. Toen hij zich weer verstaanbaar kon maken, vervolgde hij: „Het is een bizar en nogal onaangenaam verhaal. Deze verbouwing wordt uitgevoerd door aannemer Van Dongen? Dat heb ik toch goed begrepen? Het is mij ter ore gekomen en ik wilde mij er zelf van overtuigen of dat waar is."
„Het is waar! Bram van Dongen is door bemiddeling van mijn broer Cor zo goed geweest om dit karwei voor ons te willen doen. Maar neem mij niet kwalijk dat ik het vraag, waarom wilt u dat weten?"
De jonkheer antwoordde niet meteen. Hij slaakte een diepe zucht en toen kwam het. „Van Dongen is jullie huis aan het verbouwen met materialen die mij toebehoren!"

Albert schrok en even meende hij dat hij het niet goed had verstaan. „Wat zegt u daar?"

De jonkheer wees naar buiten. „Dat daar zijn mijn stenen. Gekocht en betaald. Van Dongen heeft voor mij na de renovatie van mijn huis een dubbele paardenstal annex garage gebouwd. Toen dat was gebeurd, bleef er flink wat materiaal over. Ik verlangde van hem dat hij dat terugnam en de overeengekomen kosten dienovereenkomstig bijstelde. Ik wilde wat van mijn geld terugzien. Van Dongen heeft de spullen wel opgeladen en meegenomen, maar sindsdien heb ik niets meer van hem vernomen. Ook niet nadat ik hem daar enkele malen schriftelijk om verzocht heb. Door toeval hoorde ik dat hij in dit dorp een huis aan het verbouwen is, met mijn spullen. Ik wist niet dat het om jouw huis ging, Albert. Daar kom ik nu pas achter."

„Het is míjn huis, meneer," zei moeder Clara. „Albert en mijn dochter wonen hier in."

„Dat doet er weinig toe," zei Albert. Hij richtte zich tot de jonkheer. „Wat nu? Ik wist hier helemaal niets van, gelooft u mij. Bram van Dongen heeft ons verteld over een klant die niet wilde betalen. Daarop ging de bouw niet door en haalde hij zijn stenen terug. Wij vonden het wel een vreemd verhaal, maar hebben geen moment getwijfeld aan zijn oprechtheid."

„Bram van Dongen is geen slechte kerel," zei Lots. „Een beetje te handig, zo nu en dan. Ik neem aan dat hij jou de stenen heeft aangeboden voor een schappelijk prijsje?"

„Nog sterker, hij heeft ze ons geschonken!" zei Albert met een grimmig lachje. „Nu weet ik waarom!"

„Geschónken?" Daar werd de jonkheer even stil van. „Is dat zo? Maar… maar als dat zo is, dan verandert de zaak."

„Niet voor mij," zei moeder. „Als het is zoals u zegt en daar twijfel ik geen moment aan, dan moet ik u betalen wat Bram u tekort heeft gedaan. Dat is zo helder als glas."

„Nee, mevrouw, geen sprake van!" De jonkheer stond op. Hij was opeens totaal ontregeld. „Ik moet met Van Dongen praten. Daarna kom ik erop terug. Kunt u daarmee akkoord gaan?"

„Kunnen? Móeten, zult u bedoelen," schamperde moeder. „We hebben dit niet gewild, maar nu de situatie zo ligt, moeten wij…"

„Mevrouw, ik wil er nu niets meer over horen. Ik wil eerst Van Dongen spreken."

„Natuurlijk komen wij onze verplichtingen na," hield Albert zich groot.

„Ja, dat zal best." De jonkheer kreeg haast. „Ik kom hier op terug," herhaalde hij. Toen bedacht hij zich. „Misschien is het beter dat jij met mij meegaat, Albert."

„Naar van Dongen? Met u?"

„Jazeker. Want hij heeft ook ten opzichte van jou en je moeder het een en ander recht te zetten, lijkt jou dat ook niet?"

„Ja, dat wel, natuurlijk. Maar…"

„Meneer heeft gelijk," zei moeder. „Als ik er niet te oud en te stram voor was, deed ik het. Ik wil het gezicht van die kerel wel zien als hij jullie zo samen ziet aankomen."

„Goed, dan ga ik mee," knikte Albert. „Even mezelf wat opknappen."

„Nergens voor nodig. Stap maar in," wuifde de jonkheer weg.

Clara keek hen na toen de deftige automobiel de straat uitreed. Ze zuchtte diep. „Daar zijn we mooi klaar mee! In de aap gelogeerd, dat zijn we!"

Ze kwam nooit aan de weet wat er in de stad tussen Bram van Dongen en de jonkheer was besproken. Toen Albert na enkele uren weer keurig voor de deur werd afgezet door Lots, weigerde die om binnen te komen, teneinde verslag te doen. „Alles is geregeld, mevrouw," was het enige wat hij kwijt wilde. „Albert is op de hoogte. Hij kan u alles vertellen." En weg was hij.

Maartje was inmiddels thuisgekomen en Clara had haar verteld wat eraan de hand was. Nu keken beide vrouwen Albert vol verwachting aan. Maar hij zei niets. Hij glimlachte alleen geheimzinnig. „Nou? Komt er nog wat van?" drong moeder aan.

„Je hebt toch gehoord wat de jonkheer zei? Alles is geregeld. We kunnen bouwen."

„Is dat alles?" riep Clara uit. „Die fratsenmaker komt hier de zaak op zijn kop zetten, hij jaagt mij in de gordijnen van de zenuwen en nu is ineens alles opgelost. Vertellen, Albert. Hoe is het gegaan? Wat heeft Bram van Dongen gezegd."

„Och, het had niet zoveel om het lijf," deed Albert vaag. „Die twee hebben samen gepraat, ik ben daar niet bij gebleven. Toen ze klaar waren, hebben ze mij erbij geroepen en toen is het rondgepraat. De problemen zijn opgelost."

„Zomaar?" vroeg Maartje ongelovig. „Van Dongen licht Lots op, wij zitten er tussen, en dan praten ze even met elkaar en ineens is er geen vuiltje meer aan de lucht. Daar geloof ik geen snars van." „Toch is het zo." Albert trok een gezicht. „Natuurlijk ging het er behoorlijk op. Er werd harde taal gesproken. Ik was er niet bij, zoals ik zeg, maar ik kon toch wel wat opvangen. Lots had Bram in de klem, hij kon geen kant op. Hij had de zaak geflest en speelde mooi weer met het eigendom van de jonkheer. Bram verweerde zich, hij hield vol dat hij nog steeds geld te goed had van de jonkheer. Afijn, de beschuldigingen gingen heen en weer, maar uiteindelijk moest Bram op zijn knieën, zoveel heb ik er wel van begrepen. Hij had die stenen in een onbewaakt ogenblik teruggehaald en daarna had hij niets meer van zich laten horen.

Toen ze uitgekibbeld waren en ik er weer bij kwam, leken ze weer de beste maatjes. Daar begreep ik niets van en dat zei ik ook. Onderweg naar huis zei Lots dat er sprake was van een misverstand, hij zei dat hij er niet zoveel ophef over had gemaakt als hij had geweten hoe de vork in de steel zat. Nu hij dat wist, stond hij erop dat de bouw gewoon doorging. Dat was hij overeengekomen met Bram van Dongen, zei hij. Wij hoefden ons nergens meer druk over te maken, zei hij. Ik blij, natuurlijk. En toen, opeens, kwam hij met heel iets anders op de proppen. Hij vroeg of ik zo goed wilde zijn een beeldentuin voor hem in te richten bij zijn landhuis. Het beeld wat ik voor hem heb gemaakt bij de inrit, is een groot succes, zo vertelde hij mij. Nu wil hij een gedeelte van zijn tuin vol zetten met beelden van mij. Een soort openluchtexpositie, noemde hij het. Hij wil mijn werk promoten."

„Nu snap ik er helemáál niets meer van," riep moeder Clara uit. „Dat komt hier een hoop heisa maken, en uiteindelijk loopt alles met een sisser af en krijg jij nog een extraatje op de koop toe! Het is toch te gek voor woorden!"

„Dat is het, maar ik ben er wél blij mee," zei Maartje aarzelend. „Tenminste, als hier ook geen luchtje aan zit. Eerlijk gezegd vertrouw ik nu niets en niemand meer. Lots heeft je een opdracht gegeven? Je moet beelden voor hem maken? Begrijp ik dat goed?"

„Niet helemaal. Hij vroeg of ik iets in mijn atelier had dat geschikt was voor een tuin. Hij had dat beeld van die rennende jongen gezien bij de kunsthandel in de stad en daar was hij van onder de indruk. Hij wilde meer van dat soort beelden, een stuk of tien, met beweging, spanning. Zo zei hij het. Ik zei dat ik wel wat in voorraad had, maar niet zoveel. Toen zei hij dat ik maar gauw aan de slag moest gaan."

„Dat klinkt toch heel goed," zei Maartje. „Het wordt tijd dat je weer aan het werk gaat."

„Ho, niet zo vlug. Na de verbouwing," remde Albert af. „Dat heb ik met de jonkheer afgesproken. Maak je huis af en ga daarna voor mij aan het werk, zo heeft hij het letterlijk gezegd. En hij zei ook dat hij graag aanwezig wilde zijn als ons huis-kant-en-klaar wordt opgeleverd."

„Jou huis? Ons huis?" zei Clara geraakt. „Daar is niets van jou bij, jongeman! Vergeet dat alsjeblieft nooit."

„Bij wijze van spreken, moeder Clara, bij wijze van spreken," suste Albert.

„lk heb niet om deze rotzooi gevraagd. Het zit me langzamerhand tot hier! Dat doet maar, dat steelt, dat belazert elkaar, en dat allemaal met mijn huis!"

„We kunnen altijd nog verhuizen," merkte Maartje gepikeerd op.

„En mij zo laten zitten? Daar komt niets van in. Jullie blijven hier!"

„Wees gerust, moeder," zei Albert met een grijns. „Wij laten je niet in de steek."

De verbouwing ging door. Weken vol activiteit, stof, ongemak en behelpen. De laatste week gingen moeder en Maartje met de kinderen bij Loes op de boerderij logeren.

Toen ze terugkwamen, had het huis zijn definitieve aanzien gekregen. Het zag er als nieuw uit, al het houtwerk was in frisse kleuren geschilderd, binnen en buiten. Nu alle rommel was opgeruimd, kwamen de nieuwe ruimte en indeling pas goed tot hun recht en zelfs moeder Clara was er verrukt over. „Het heeft kruim gekost, maar het is de moeite waard geweest," zei ze.

Jonkheer Lots-van Genderingen-Dubois kwam over en hij bracht een mooie, staande schemerlamp mee. Over de problemen die er waren, werd met geen woord gerept. En voor Maartje en Albert was het alsof er een nieuw hoofdstuk in hun leven begon.

# HOOFDSTUK 10

Zoals op alle dagen die voorbijgingen, rees de zon aan een strakblauwe lucht en zond zijn koesterende stralen naar de aarde. Ook over De Kempen spande het blauw en het zonnelicht kleurde de rode pannendaken dieper rood, het wuivende koren goudgeel en het groen van bomen en beemden was warmer en intenser dan ooit.

Het was een doordeweekse dag en het dorp lag tussen de akkers en weilanden als een oase van rust. De kleine leefgemeenschap hield een zomerslaap, zo leek het. Ja, het was schijn, want de zon was nog niet op, het was nog nauwelijks licht, als de boeren hun stramme benen al uit de bedstee staken om weer aan de slag te gaan.

Het was met dit mooie weer oogst- en hooitijd tegelijk. Men kwam handen tekort. Losse handlangers, meiden en ook vrouwen van wat gevorderde leeftijd, vulden het normale personeel aan en zij allen zwoegden op de open, hete akkers van vroeg tot laat, als de zon allang in het westen in een zee van vuur was weggezakt. Maar dat gebeurde buiten het dorp. Daar, op de verspreid liggende boerderijen, was de bedrijvigheid en op de omliggende velden. Daar reden de hoge karren met de zware schonkige paarden ervoor leeg naar de akkers en de weilanden, en hoog opgetast terug naar de boerderij.

Het koren viel onder de flitsende zeis, vlugge handen bonden het tot schoven, rij na rij, zover het oog reikte. Vrouwen met opgebonden schort, kinderen groot en klein, met een mand aan een touw om de nek, gingen achter de maaiers aan en raapten de achtergebleven korenaren. Het grootste deel zouden ze moeten afstaan aan de boer, een klein deel mocht mee naar huis, om er brood van te bakken.

In het dorp was het stil. Maar het was een bedrieglijke stilte. Het was de stilte van een dorpsgemeenschap die de lasten van elke dag in ogenschijnlijke berusting verdroeg. Waarin de mannen de kost bij elkaar scharrelden, ieder op zijn eigen manier en waarin de vrouwen met taaie vasthoudendheid hun gezinnen op de rails trachtten te houden. De vrouwen accepteerden de mannen als die hen nodig hadden en zij aanvaardden de kinderen die daar weer het gevolg van waren. Er werd geen kwaad woord over gezegd, want zo was het leven. Zo was het hun bijgebracht, door hun ouders en door meneer pastoor. Een leven vol zorg, dat was hun deel, ze zouden er de hemel mee verwerven.

En dus kreeg Loes weer een kindje, weer een jongetje, dat Sis werd genoemd. Marius was er razend blij mee. Marius, de jonge vent die zich aan een oudere vrouw met een kind had verslingerd en zijn schouders ophaalde over het geklets van de mensen. Die met opgestroopte mouwen en haast bovenmenselijke ijver zijn akkers bewerkte en oogstte.

Boer Luiten, van wie hij de hofstee had overgenomen, had er zijn laatste jaren niet veel energie meer ingestoken. Het zou zijn tijd wel duren. Het kostte Marius een vol seizoen om de zaak weer draaiende te krijgen. Daar plukte hij nu de vruchten van.

Veel contact met zijn familie had hij niet. Hij had er ook geen tijd voor. Loes vond het prima dat ze een beetje met rust werd gelaten. Ze had haar bestemming gevonden en niets herinnerde nog aan de wilde, levensblije griet van vroeger. Ze was nu de trotse moeder van Ricky en van de kleine Sis. Daarmee en met de niet-aflatende aanhankelijkheid van haar man Marius, vulde zij haar dagen.

Soms dacht ze nog wel eens aan de onstuimige tijd die nu ver achter haar leek te liggen. Ze had geen greintje spijt van haar dolle streken, haar onbekommerd flirten met de kerels uit het dorp. Het deed haar wel pijn als ze eraan dacht hoe ze Frans Stije vol vertrouwen haar hart en lichaam had geschonken, en hoe hij haar als oud vuil aan de kant had geschoven toen het mis ging. Dan kwam het zelfverwijt weer even opzetten. Dan verweet ze zichzelf dat ze zich als de eerste de beste goedkope del had laten gebruiken door die egoïstische deugniet. Maar algauw stelde ze daar het goede tegenover dat haar deel werd door de komst van Marius.

In het begin had ze toch wel getwijfeld aan zijn oprechtheid als hij zo vurig getuigde van zijn liefde voor haar. Ze had hem ervan verdacht dat hij, door met haar te trouwen, iets goedmaakte van wat zijn oudere broer haar had aangedaan. Maar die twijfel ging voorbij. Nu wist ze dat zijn liefde voor haar oprecht was. Ze kon het zien aan de blijdschap in zijn ogen als hij naar haar keek, ze kon het proeven aan de gretigheid waarmee hij haar in zijn armen nam, 's avonds laat, na een dag van zwaar werk.

Nee, ze hoefde zich niet meer af te vragen of ze er goed aan had gedaan door met Marius te trouwen. En het kostte haar geen moeite om zijn gretige liefde met gepaste munt terug te betalen.

Over Frans Stije gingen de wildste verhalen in het rond. Hij was nu met Lotte getrouwd, ze waren bij hem thuis ingetrokken. Dat was zo beslist omdat hij als oudste van het gezin de boerderij van vader zou overnemen. Even leek dat goed te gaan. Het huwelijk was een gevolg van goede afspraken tussen boer Stije en boer Pijpers. Pijpers had geen zonen. Als zijn tijd gekomen was, zou hij zich terugtrekken en dan kwam zijn bedrijf aan Lotte en haar man. Als dat gebeurde, kon Frans zich de rijkste boer van de wijde omgeving gaan noemen. Tenminste, áls dat gebeurde...
Want Frans Stije was niet uit het goede hout gesneden. Hij had maling aan plichten en verantwoordelijkheid. Het was alleen het aanlokkelijke vooruitzicht wat hem ertoe kon brengen de rol van boer te blijven spelen. Voor het oog van zijn vader en moeder gedroeg hij zich als de steunpilaar en opvolger die zij in hem zagen. Maar eenmaal buiten vizier liet hij het masker vallen.
Hij gaf niets om Lotte. Hij had haar getrouwd om van het gezeur over Loes van Overveld af te zijn. En omdat Lotte geld meebracht, veel geld. Het was een jonge, willige meid, dus wat wil een levenslustige kerel nog meer? Het antwoord op die vraag is eenvoudig: meer willige meiden! Uitgaan zodra hij Lotte goed en wel in bed wist. De zwarte moor voor de tilbury spannen en er op uittrekken, terwijl zijn broers en de knechten zich uit de naad stonden te werken. Tot ongenoegen van zijn broers, dat spreekt, maar hij wist hen te paaien met mooie praatjes en met zwijggeld.
De mensen in het dorp wisten ervan. Frans dook overal op, meest in de kroegen. Hij was gezien in de stad, als een grootvorst gezeten in een duur restaurant, met een of andere zwaar geschminkte, opgetuigde speelpop. Er werd over gepraat, dat kon haast niet anders. Maar vreemd genoeg kwam het niet de ouders van Frans ter ore. Misschien lag dat aan de broers, die het gedoe van Frans wel vervloekten, maar hun vader en moeder onkundig lieten omdat ze hen dat leed niet wilden aandoen.
En Lotte? Accepteerde zij het gedrag van Frans? Of was ze zo simpel van geest dat ze niets in de gaten had? Het één noch het ander was waar. Vanaf de eerste dag dat ze met Frans te maken kreeg,

had ze haar twijfels over zijn gevoelens voor haar. Want ze kende zijn reputatie, toen al. Frans Stije was een begrip in het enge wereldje van jongelui die wekelijks de bloemetjes buiten zetten. Het was een engerd, een zuiper en een meidenjager eerste klas. En dat maakte hem bij de meisjes tot een soort idool, een knakker waar je beter niet mee kon aanpappen, omdat hij altijd tot het uiterste wilde gaan. Maar zij die eenmaal met hem te maken kregen, verwierven zich daarmee een aureool van lichtzinnigheid en durf. Daar kwam afgunst bij te pas, zo van: „Wat is zij meer dan ik? Waarom probeert Frans zoiets niet met mij?" Met als volgende stap dat ze zelf probeerden in het kringetje van uitverkorenen door te dringen. En als Frans dan zo gek was om aandacht aan zo'n lichtelijk getikte griet te besteden, dan steeg die in aanzien bij haar leeftijdsgenootjes.

Lotte wist dit wel toen ze met Frans aanlegde. Want zij was zelf een van die meidjes die bijna om zijn aandacht smeekten. Ze was veel jonger dan hij. Hij was een bink, een echte ruigpoot. En dat hij Loes van Overveld zwanger had gemaakt en daarna had laten stikken, dat maakte hem tot een gevaarlijke vent, waar je toch niet met je vingers vanaf kon blijven. Omdat een donkere zucht naar sensatie, het bronstige verlangen om ook in zijn armen te liggen, alle reserves en waarschuwingen om zeep bracht. Het berouw en de schaamte kwamen later.

Lotte was met Frans in zee gegaan omdat ze voor zichzelf wilde vaststellen hoever ze met hem wilde gaan. Als ze eerlijk was geweest tegen zichzelf had ze kunnen weten dat er geen grens was aan haar bereidwilligheid. Dat haar hetzelfde lot beschoren was als Loes van Overveld, als ze niet heel goed oppaste. En het was díe overweging geweest, díe plotselinge ingeving die haar op het laatste nippertje deed besluiten om hem dat laatste niet toe te staan. Liggend in zijn armen in de hei, terwijl zijn handen over haar jonge lichaam dwaalden, had ze hem plotseling weggeduwd en gezegd: „Ik vind alles goed, maar dan zul je toch eerst met mij moeten trouwen." Ze wist niet, kón ook niet weten, dat haar weigering op een cruciaal moment kwam.

Frans lag overhoop met zijn familie over die kwestie met Loes. Zijn vader had van hem geëist dat hij zijn leven zou beteren, dat hij serieus op zoek zou gaan naar een vrouw. En nu was er een vrouw die hij best aardig vond, een jonge, aantrekkelijke vrouw nog wel, die hem op deze manier voor het blok zette.

En Frans zei: „Oké, ik trouw met je." Zo was het gegaan. Vader Stije was met vader Pijpers gaan praten, er werd het een en ander bekonkeld en er werd getrouwd. En Lotte wist dat ze door met Frans te trouwen, een wolf in schapenvacht bij haar in bed haalde.

Ze maakte zich geen illusies, ze wist maar één ding heel zeker: dat ze eens de rijkste boerin van heel de Kempen zou zijn. En dat maakte zelfs deze zure pil zoet en licht verteerbaar. Door haar tolerante houding jegens Frans kreeg ze ook macht over hem. Want hij was als de dood voor zijn vader. Die was in staat hem op slag te onterven als hij achter het voze nachtleven van zijn oudste zoon kwam. Tegelijk stelde het Lotte in staat om ook haar eigen gang te gaan. Niet zo opvallend en doortrapt als Frans het deed, ze was wel wijzer. Maar er waren nog een paar broers en enkele jonge knechten op de boerderij. En een paar van hen zagen Lotte maar wat graag!

Al met al had het huwelijk van Frans Stije met Lotte Pijpers niet veel om het lijf, om het zo maar uit te drukken. Het was een beerput waarvan je het deksel beter kon dichtlaten...

Het kon niet uitblijven, Marius kwam zijn oudste broer zo nu en dan tegen. Het was niet zo dat ze elkaar ontliepen, dat was ook niet goed mogelijk in zo'n kleine leefgemeenschap. Vooral de boeren kenden elkaar van haver tot gort. Ze deelden de voorspoed en de tegenslag waar elke hofstee mee te maken kreeg, de een meer dan de ander. Via de coöperatie gebruikten ze dezelfde oogstmachines, de combines. En ze sprongen elkaar bij tijdens de drukste dagen van het jaar. Ze waren bij de boerenbond, kwamen bij elkaar in 'Het Wit Paardje' om de stand van zaken te bespreken en ga zo maar door.

Marius zag zijn oudste broer wel eens als het zijn beurt was om 's morgensvroeg de melkbussen op te halen bij de boeren in de buurt. Dan kwam hij ook langs zijn ouderlijk huis en natuurlijk ging hij dan even aan. En dan wilde het wel eens gebeuren dat hij Frans tegen het lijf liep.

Door alles wat er was voorgevallen gebeurde dat in een sfeer van een soort grimmige wapenstilstand. Ze zeiden elkaar goedendag, informeerden hoe het erbij stond en dat was het dan. Over vrouwen of kinderen werd niet gesproken. Als zo'n treffen in de grote woonkeuken plaatsvond, in het bijzijn van vader en moeder, deden ze zo gewoon mogelijk tegen elkaar. Want ze wisten allebei dat vader hen met argusogen in de gaten hield.

Tegenover Loes zweeg Marius zoveel mogelijk over die ontmoetingen. Ze vroeg er ook niet naar. Ze vermoedde wel wat, maar het liet haar koud. Ze had haar handen vol aan haar kleine gezin en haar werk op de boerderij. Want Loes was in korte tijd een echte boerin geworden. Het ging haar goed af. Ze schrok voor geen enkel karwei terug. Ze melkte de koeien elk morgen in alle vroegte, en hield de stallen bij. Ze dreef de beesten naar de wei als daar de tijd voor was. De kippen eisten haar aandacht. De varkens niet minder.

Marius was landbouwer en de beesten waren slechts een noodzakelijke aanvulling. Daar kwamen de eieren van, de melk, de ham en het spek en het vlees in de kuip in de diepe kelder. Marius stond op het land, elke dag, in weer en wind. Daar groeide hij, daar stond hij als een koning onder de weidse hemel en genoot. Het was te zien aan zijn houding, zijn spieren werden hard, zijn schouders werden breed. De mensen in het dorp constateerden het met ontzag. „Die Marius Stije doet het toch maar goed met zijn Loes!" zeiden ze tegen elkaar.

„Het is maar goed dat die twee bij elkaar zijn gekropen. Zij zullen het nog ver schoppen!"

Voor sociaal contact bleef niet veel tijd over door de drukte op de boerderij. Zo eens in de week, meestal op zondagmiddag, gingen ze naar de Heistraat.

Nu het huis van moeder Clara was verbouwd, stond het nogal prominent in de overigens wat povere buurt. Want je kon van Bram van Dongen zeggen wat je wilde, hij had een knap stuk werk geleverd.

In de aanbouw, links tegen het huis, had Albert zijn atelier. Hij had er de ruimte en hij had het licht dat hij voor zijn kunstzinnige werk nodig had. Het werkte heel inspirerend en dat was wel nodig ook, want jonkheer Lots wachtte op zijn beeldentuin.

Binne in het huis was nu ook alles veranderd. Het was een heel ander huis geworden. „We lijken wel rijkelui," zei moeder wel eens en helemaal ongelijk had ze niet.

Albert had weten te voorkomen dat alle muren weer gewoon wit werden gekalkt. Hij was aan de slag gegaan met kleurtjes en zo hadden de wanden een zachte tint gekregen, iets meer naar oker. En de houten plafonds hadden hun sombere, donkergroene kleur verloren. Ze waren heel lichtgrijs geworden. Dat gaf een warme uitstraling, het nodigde uit tot toeven in de huiskamer aan de grote tafel.

Als Marius, Loes en hun kinderen er waren, was het één grote gezellige familie bij elkaar. Dan glorieerde moeder Clara en dan zei ze wel eens: „Dit had jullie vader zaliger mee moeten maken!" Over wat voorbij was, werd nooit gesproken, de naam van Frans Stije werd nooit genoemd, over zijn, bij eenieder bekende, trapatsen werd gezwegen. Het zou de gezellige sfeer maar bederven en wat had je er aan?

Maar als Albert en Marius laat in de middag even de tuin inwandelden, zoals de gewoonte was, dan kwam die kwestie natuurlijk wel ter sprake. Marius kon er dan niet over zwijgen. De meeste mensen hielden hun kennis van zaken voor hem verborgen, maar zo nu en dan ving hij toch het een en ander op. En aan Albert vroeg hij wat er allemaal waar was van die geruchten.

Albert wond er geen doekjes om, hij wist dat hij daarmee niet bij Marius moest aankomen. „Je broer is druk bezig zichzelf en zijn familie een slechte naam te bezorgen," zei hij. „Hetgeen jij ervan hebt gehoord, is maar een schijntje van wat er werkelijk aan de hand is. Hoe hij het voor elkaar krijgt, snapt niemand, maar hij smijt met geld. Hij komt in de duurste gelegenheden in de stad. Hij is altijd omringd door vrouwvolk, en dikwijls niet eens van de minste soort. Het lijkt wel alsof hij een goudmijn heeft ontdekt. Hoe valt het anders te verklaren dat hij zo tekeer kan gaan?"

„Vader weet niets," stelde Marius somber vast. „Als die op de hoogte was, zou je nog eens wat beleven. Frans mag wel oppassen dat hij het niet te bont maakt. Als vader er achterkomt is hij in staat om hem met kop en kont buiten te gooien."

„Iemand moet hem de hand boven het hoofd houden," veronderstelde Albert. „Toch niet Lotte?"

„Nee. Tenminste, dat denk ik niet. Bovendien heeft ze zelf ook boter op haar hoofd."

„Dus dat weet je?"

„Van mensen die bij mij komen werken. Ze zijn eerst op de hoeve van vader beziggeweest. Ze hebben daar het een en ander gehoord en gezien. Lotte schijnt een heel meegaande bazin te zijn. Als je bij haar in de smaak valt, kun je een potje breken." Marius snoof minachtend. „Een huwelijk van niks. Drekkig en goor! Maar Lotte zal niet zo gek zijn om Frans te ondersteunen bij zijn strooptochten."

„Wie dan wel?"

„Mijn moeder. Ik weet hoe ze is. Altijd heer en meester geweest op de hoeve, tot vader eindelijk zijn bek opendeed. Dat was toen Frans Loes had laten zitten. Het heeft toen een poos flink gedonderd bij ons thuis. Later leek ze zich bij de situatie te hebben neergelegd, maar dat is volgens mij maar schijn. Moeder is een te dominante vrouw om zich zomaar opzij te laten zetten. En Frans heeft bij haar een streepje voor. Dat is altijd zo geweest, van kinds af aan."

Albert reageerde niet meteen. Hij keek Marius eens goed aan en zei na een poosje: „Loes mag blij zijn dat ze niet met je broer is getrouwd. Met jou is ze een stuk beter af. Want jullie gaan lekker, of niet soms?"

„Het kon niet beter!" zei Marius enthousiast, blij dat het gesprek die wending nam. „Als Frans ons gezinnetje zou zien, zou hij zich de haren uit zijn kop trekken omdat hij haar zo heeft behandeld." Hij lachte grimmig. „Ik moet hem eigenlijk dankbaar zijn."

„Je spreekt hem toch nog wel eens, neem ik aan?"

„Dat is niet te voorkomen. Maar opzoeken zal ik hem nooit. Geen haar op mijn hoofd dat daaraan denkt. En ik moet hem ook niet in de buurt van mijn hoeve aantreffen!"

„Je bent nog steeds bang dat…"

„Nee, ik ben niet bang! Niet voor hem, voor niemand. Maar toch, soms speelt die affaire tussen Loes en Frans mij parten. Weet je, in vertrouwen gezegd, Loes is een vrouw uit duizenden. Ik kan mij geen trouwere, lievere vrouw voorstellen. Ze betekent alles voor mij. Maar Frans heeft haar ook gekend. Hij heeft haar ingepalmd met zijn mooie praatjes en… en hij heeft haar gehad! En ik weet nu wat dat betekent. Hij draagt die ervaring nog steeds met zich mee. Dat ik, zijn jongste broer, met haar ben getrouwd, moet hem vreselijk dwarszitten. Dat kan niet anders. En het zou mij niets verbazen als hij vroeg of laat zou proberen het oude spelletje nog eens te herhalen."

„Dat geloof je zelf niet!"

„En óf ik dat geloof. Ik ken hem. Over Loes hoef ik me niet ongerust te maken. Maar dat hij vroeg of laat iets zal proberen, daar ben ik zeker van. Maar dan… dan…"

„Wat dan? Wat haal jeje in je gekke hoofd, Marius?"

„Dan maak ik hem af als een dolle hond!" Het was een dreigement dat geuit werd in het vuur van het gesprek. Marius onderkende er zelf de draagwijdte niet van. Het was een manier van zeggen, zoals moeders wel eens tegen hun ondeugende jong doen: „Als je niet ophoudt met je eeuwige gedrein, krijg je een pak rammel!" Een waarschuwing was het, zonder inhoud. Meer niet. En daarom nam Albert de woorden van Marius voor kennisgeving aan, zonder er veel waarde aan te hechten.

Hij geloofde wel dat het er hard aan toe zou gaan als die twee met elkaar in botsing kwamen. En dát het ooit zover zou komen, daar twijfelde hij ook niet aan.

Frans Stije had een vervelende dag. De avond tevoren hadden ze hem in de stad uit een bar gezet, omdat hij de nog lopende rekening niet kon voldoen. De gerant had hem aangeraden zijn biezen te pakken als hij niet met geld op de proppen kwam. En dat in het bijzijn van Elise, zijn nieuwste verovering!

Het was heel pijnlijk geweest allemaal en Frans had het later, op weg naar huis, op een drinken gezet in een gewone, bruine kroeg. Daar had hij het aan de stok gekregen met een potige fabrieksarbeider. Het ging hard tegen hard en Frans had veel moeten incasseren aleer zijn tegenstander er genoeg van kreeg. Met een hoofd, bonzend van de drank en de keiharde dreunen, was hij in de tilbury geklauterd en had de zwarte moor de vrije teugel gegeven, want die kon de weg naar huis wel dromen.

Tot overmaat van ramp liep hij bij thuiskomst zijn vader op het erf tegen het lijf. Met zijn suffe kop had hij de tilbury laten staan, want hij wilde alleen maar naar binnen en naar bed. Maar de stem van zijn vader riep hem terug. „Zou je niet aftuigen en dat beest op stal zetten, voor je in je nest kruipt?" had hij met een dreigende ondertoon in zijn stem gevraagd.

Frans was geschrokken, hij had wat onduidelijk gemompeld. Het had hem moeite gekost om gewoon te doen, maar de boer was niet blind. Om de gat niet! Hij voorkwam dat Frans stiekem de trap opging en riep hem ter verantwoording. „Ik wil weten waar je zo laat en in deze toestand vandaan komt," eiste hij. „En draai er niet omheen. Iedereen denkt wel dat ik totaal blind en doof ben voor wat er om mij heen gebeurt, maar ik ben niet gek. Nou?"

Frans begreep de boodschap en bedacht razendsnel een aannemelijk verhaal, waardoor hij niet al teveel schade kon oplopen. „Ik ben een avondje uit geweest," bekende hij vlot. „En ja, het is een beetje uit de hand gelopen. Er was een kerel die vervelend begon te doen. Je weet wel, vader, hoe dat gaat."

„Nee, dat weet ik niet," zei de rechtlijnige vader. „Je hebt dus gevochten? Dat hoef je me trouwens niet te vertellen. Je ziet eruit! Waar ging het over? Een vrouw?"

„Vader!" Frans greep naar zijn bonzende kop.

„Geef antwoord!"

„Die knokpartij had niets met vrouwen te maken," zei Frans naar waarheid. „We hadden allebei wat te veel op, er kwamen woorden van… Nou ja, dat was het."

De oude Stije knikte, met opeengeperste lippen. „Ik geloof je, omdat ik wel móet. Als ik beter wist, kwam je er zo niet vanaf. Ik zeg het je nog één keer: ik zie en hoor meer dan je denkt. En wat ik daarbij opvang, over jou, dat stinkt! Ik waarschuw je! Jij wordt straks de baas van de hoeve. Maar ik zal nooit goedvinden dat mijn hoeve in handen komt van een lapzwans! Pas op je tellen, Frans, ik waarschuw maar één keer!"

„Vader, ik ben…"

„Zeg niet te veel. Zeg geen dingen waar je later spijt van krijgt. Hoe er alleen rekening mee dat ik je vanaf nu in de gaten hou. Jou én je vrouw! Want dat is ook geen zuivere koffie."

„Lotte?" deed Frans verontwaardigd. „Wat valt er op haar aan te merken? Wat mankeert er aan haar?"

„Moet ík dat zeggen? Wil je dat echt horen? Goed dan. Lotte begint jou naar de kroon te steken! Want zij is wel een boerin die haar zaakjes goed voor elkaar heeft. Zij kent het klappen van de zweep en ze werk keihard. Daar zou jij een voorbeeld aan kunnen nemen."

„Dat is toch alleen maar goed?"

„Er is nog een andere kant. Ik ga daar niets over zeggen. Je weet wat ik bedoel."

„Nee, vader, dat weet ik niet."

„Dan ben je nog dommer dan ik dacht. Er wordt gekletst over haar. Als ik de helft van die kletspraat als onzin beschouw, blijft er nog genoeg over waar een man woedend over zou worden." Boer Stije snoof minachtend. „Jullie zijn een mooi stel voor de schoorsteen. Maar niet op míjn schoorsteen, Frans. Denk erom!" „Je durft veel te beweren, vader." Frans speelde de verontwaardigde. „Ik vraag me af wat moeder zou zeggen als ze je zo tekeer hoorde gaan."

„Dat weet ze, grote jongen," zei vader grimmig. Hij richtte zich hoog op. „Dat weet ze. En vergeet één ding nooit! Of je nu moeders lieveling bent of niet, als de dingen hier uit de hand gaan lopen, als ik merk dat mijn gedoente en mijn gezin, in een poel van slechtigheid en verval terechtkomen, dan maak ík daar een einde aan. En dat zul jij, noch je moeder kunnen verhinderen! Dan trap ik jou en je wijf van het erf en, als het moet, je moeder erachteraan! Ben ik nu duidelijk?"

Frans had zijn vader nog nooit zo boos gezien. Hij werd er bang van. En hij sloop weg als een geslagen hond. In bed, met de rustig slapende Lotte naast zich, probeerde hij na te denken over wat hem te doen stond. Maar hij was er te suf voor en viel in slaap.

Frans was laat opgestaan. Lotte was al weg, zoals dat meestal het geval was. Hij had zich in het washok zo goed mogelijk opgeknapt. Maar de dikke straal ijskoud water uit de pomp kon het gebons in zijn kop niet verdrijven. Na zich te hebben aangekleed, was hij zonder te eten naar buiten gegaan. Door het raam zag hij zijn vader en zijn moeder in de keuken zitten. Hij voelde niets voor een herhaling van gisteravond in het bijzijn van moeder, hij had zijn portie gehad. Hij wilde weg, hij wilde niemand zien. Hij was geschoffeerd, vader had hem rottig behandeld en hij vond dat hij dat toch niet had verdiend. Hij had toch een aannemelijk verhaal verteld? Trouwens, wat ging het de ouwe aan wat hij in zijn vrije tijd deed? Dat hij maar naar zichzelf keek!

Er was een knecht bezig in een van de stallen, maar Frans ontweek hem. Even stond hij besluiteloos. In zijn kop maalde het als in een wilde mallemolen. Hij moest weg, hij hield het niet uit. Hij pakte een fiets en trapte weg. Waarheen, dat wist hij zelf niet.

Hij voelde zich gammel en algauw merkte hij dat hij met een lege maag niet ver zou komen. Hij moest iets eten en vooral iets drinken. Hij kwam langs de kroeg van Bram Jolen en zette zijn fiets tegen de gevel. Er was geen mens in de gelagkamer en het duurde even voor Bram met een slaperige kop van achteren kwam. Hij keek Frans met een zuur gezicht aan.

„Jij bent er al vroeg bij," gromde hij. „Moet je nu al aan de bak?"

„Zeur niet, man. Ik sta in brand. Geef me een glas bier."

„Koffie zou beter voor je zijn. Zwarte koffie. Je hebt een kop om op te schieten."

„Dan kunnen we elkaar een hand geven," gaf Frans terug. „En praat niet zoveel, ik kan nu even niet veel hebben." De kroegbaas reageerde al niet meer. Hij zette het gevraagde voor Frans zijn neus en liet hem alleen. Frans dronk gulzig en het bezorgde hem meteen een oprisping.

Er hing een suizende stilte in de naar rook en verschraald bier ruikende gelagkamer. De naargeestige sfeer droeg er niet toe bij om Frans wat vrolijker te stemmen. Integendeel. De woorden van vader gonsden constant door zijn hoofd. Die hadden hem wakker geschut. Vader wist meer van zijn handel en wandel dan hij had gedacht. En hij kende hem als een man van zijn woord. Wat hij zei, stond recht overeind. Als hij iets beloofde, gebeurde dat ook. Vader heeft mij door, wist Frans. Ik heb altijd bij moeder kunnen aankloppen, maar dat is nu ook voorbij. Hij zou zelfs haar van het erf trappen als dat nodig was, had hij gezegd. En hij zou het doen ook, de ouwe doordrijver! Hij was ertoe in staat.

Frans klopte met zijn bierglas op het tafeltje. Bram verscheen weer in de deuropening en Frans hief zijn glas op. „Maak vol!"

Bram schudde zijn hoofd en blies eens tussen zijn lippen door. „Je kunt er nog één krijgen, van het huis, maar dan moet je oprotten. Het is te vroeg dag om het nu al op een zuipen te zetten en er moet hier gepoetst worden."

„Ja, ja, het is goed. Schiet maar op." Weer was hij alleen en ineens begonnen de wanden voor zijn ogen te draaien. Hij kreeg kramp in zijn maag en probeerde dat met een stevige slok in de kiem te smoren. Maar het lukte niet, hij moest vliegensvlug naar buiten en daar kotste hij alles uit. Het luchtte op en tegelijk voelde hij zich doodziek. Toen hij terug naar binnen wilde gaan, versperde Bram hem de weg. „Ga naar huis, Frans," zei hij. „Dit is niks gedaan. Kruip in je nest en wacht tot je de hemel weer blauw ziet worden. Van mij krijg je niets meer."

„Och, barst toch vent," grauwde Frans. Hij pakte zijn fiets. „Ik kom hier nooit meer."

„Fijn. Dan kan ik eindelijk de vlag uitsteken. Mieter je nu op?"

Frans fietste, zonder doel, zonder plan. Hij waagde zich niet in het dorp. Hij verkoos de stille landwegen. En zo, zonder enige bedoeling, zonder dat hij er erg in had, belandde hij op het smalle karrenspoor tussen de velden en de akkers van Marius. Hij realiseerde het zich pas toen hij zijn jongere broer in het veld bezig zag met de zeis, een heel eind bij hem vandaan.

Er gebeurde iets in het hoofd van Frans. Een herinnering stak plotseling de kop op, de gestalte van een jonge vrouw, beelden die hem opwonden. Een gevoel dat hij voor Lotte niet meer kon opbrengen, nam bezit van hem. Hij wilde dat niet, hij probeerde het te onderdrukken. Maar het lukte niet. Het was sterker dan hemzelf. Hij keerde om en ging ervandoor.

Hij trapte nu flink door, de misselijkheid leek over. Hij had een doel. „Ik had dit al veel eerder moeten doen," mompelde hij voor zich heen. „Het is die kleine rotzak zijn schuld dat ik nu in de ellende zit. Ik zet het hem betaald. Dat wijffie van hem! Loes! Ik neem... Ik ga..." Wat hij van plan was, liet zich niet onder woorden brengen. Hij kon het alleen maar dénken, een sardonische gedachte die hem vleugels gaf. Hij móest nu naar Loes, de rest was een zwarte bladzijde.

Loes was voor de boerderij de rulle, zwarte grond aan het bijharken. Ze deed het elke dag, omdat ze van netheid hield. Er kwam weinig volk deze kant op, maar dat maakte voor haar niets uit. Als er iemand langskwam, al was het maar één per dag, dan kon die met één oogopslag zien dat hier keurige mensen woonden. Ze konden het ook zien aan de kleine Rick, die gewassen en in een door tante Maartje gemaakt overalletje achter de kippen aanzat. Loes moest een lach onderdrukken toen ze hem tot de orde riep. „Laat de kippetjes met rust, Ricky! Je mag ze niet opjagen. Dan leggen ze windeieren. Dan kan ik geen eitje meer voor je koken."

„Eitje, mama!" Ricky zond haar een stralende lach. „Kip vangen."

„Nee, deugniet die je bent. Zul je dat wel eens laten." Ze pakte hem bij de schouder en schudde hem zacht door elkaar. „Je maakt de kippen bang."

202

Ricky keek langs haar heen en wees. „Boze man komt. Nu is Ricky bang."

Loes volgde zijn blik en nu zag ze de fietser die snel naderbij kwam. Ze had niet meer dan een enkele oogopslag nodig om te zien wie het was en ze schrok. „We gaan naar binnen, manneke!" Ze pakte de kleine jongen op en liep om de boerderij naar achteren. Ze ging naar binnen, deed de houten knevel op de deur en liep door het washok naar voren, naar de woonruimte. Daar bleef ze staan, met bonkend hart en met Ricky op haar arm.

Door het raam zag ze Frans Stije afstappen en zijn fiets tegen de gevel zetten. Hij klopte op de deur. Loes verroerde zich niet. Weer klopte hij en hij riep: „Volk!" Loes begon te beven. Ze probeerde te denken dat er geen reden was om bang te zijn van Frans. Hij kwam gewoon even langs, zo gewoon als wat. Maar dat was niet waar, dat wist ze maar al te goed. Frans was de enige van de familie die nog nooit op de boerderij was geweest en nu kwam hij zo opeens aanzetten?

Weer werd er geklopt, harder nu. „Loes, ik ben het! Frans. Je bent binnen, ik heb je gezien toen je naar binnen ging. Wil je me zo aan de deur laten staan? Nee, toch zeker?"

„Marius is niet thuis. Kom maar terug als hij er wel is," riep ze.

„Wat maakt dat uit? Ik kom niet speciaal voor hem."

Loes aarzelde. Eigenlijk was het te zot om hem met alle geweld buiten de deur te willen houden. Wat had ze van hem te vrezen? „Wat wil je van me, Frans?" vroeg ze onzeker.

„Ik wil niets van je, lieve schoonzuster. Stel je niet aan, Loes." Ze slikte, drukte Ricky nog wat vaster tegen zich aan. Met de klink van de deur in haar hand aarzelde ze nog even. Toen deed ze de deur resoluut open.

Frans, groot en massief en met rood dooraderde ogen, keek haar spottend aan. „Hé, Loes! Nu kunnen we tenminste zien wat we zeggen." Hij was de drempel over voor ze hem kon tegenhouden en hij duwde zelf de deur achter zich dicht. Loes week onbewust een stapje terug. Frans bleef lachen.

„Wat kom je doen, Frans?"

„Wat een domme vraag. Ik kom even langs, toevallig. Ik heb een heel eind gefietst. Niets is zo goed als een lekker eind fietsen met dit weer. Ik was hier in de buurt en ik heb dorst. En ik dacht: laat ik eens bij Loes aangaan. Dat had allang moeten gebeuren.

Misschien heeft ze nog een kop koffie in de ketel staan. En nu sta ik hier."

„Ik vertrouw je niet." Loes zei het zonder het te willen. „Je hebt gedronken, ik zie het aan je. Doe me een plezier, ga weg en kom terug als je nuchter bent. Dan is Marius er ook. Ik wil niet dat je op bezoek komt als ik alleen thuis ben. Dat geeft geen pas."

„Hela, waar zie je me voor aan?" Frans was bij haar voor ze hem kon ontwijken. Hij keek naar Ricky, knipoogde tegen hem. „Zo, grote jongen. Weet jij wie ik ben?"

„Frans! Waag het niet!"

„Ik ben jouw pappie! Jazeker, dat wist jij niet, hè? Kom eens bij je pappie." Hij deed een poging om Ricky van haar over te nemen, maar ze sloeg beide armen om het joch heen en deinsde terug.

„Je laat het!" riep ze luid. „Raak hem niet aan! Ga weg! Nu, onmiddellijk."

„Rustig maar." Frans ging zitten. „Ik ga wel. Maar eerst koffie."

„Goed. Koffie kun je krijgen. Maar van de jongen blijf je af."

„Het is míjn jongen, Loes," fleemde hij.

„Nee, geen sprake van. Hij is van míj, van mij alleen. Dat heb je zelf zo gewild."

„Al goed, al goed!" Frans stak afwerend beide armen op.

„Je blijft hier zitten terwijl ik koffie ga halen voor je." Ze ging, nee, ze vluchtte naar achteren en zette Ricky in het opkamertje. „Mooi zoet zijn. Mamma komt je zo weer halen." Met bevende handen schonk ze een kop koffie in op het zink en liep ermee naar voren. Bij het binnenkomen van de kamer zag ze Frans niet zitten en op datzelfde moment besefte ze dat er iets vreselijk mis was. Maar toen had hij zijn armen al om haar heengeslagen. De koffie kletterde tegen de grond en ze gilde.

„Nu heb ik je!" hijgde Frans in haar oor. „Verdomd mag ik zijn als dat niet waar is!"

# HOOFDSTUK 11

Marius was klaar met zijn werk. Hij had het gras gemaaid en met de houten reek over het veld verdeeld. Het was aan de zon om er geurig hooi van te maken. Hij strekte zijn rug en keek tevreden om zich heen. „Genoeg voor vandaag," mompelde hij voor zich heen. Hij deed een jutezak over het scherp van de zeis en bond hem vast met een eindje touw. Met de zeis en de reek over zijn schouder ging hij op huis aan.

Hij zette er flink de pas in. Hij had honger en verlangde naar vrouw en kinderen. Onder het voortgaan liet hij zijn gedachten de vrije loop. Hij had plannen voor de toekomst, net als elke jonge boer. De moeite die hij zich getroost had om de boerderij nieuw leven in te blazen, was niet voor niets geweest. Nog één jaar, misschien twee, en hij zou aan uitbreiden kunnen gaan denken. Als het weer zich koest hield en hij niet geplaagd werd door teveel nattigheid en storm waardoor zijn rogge, tarwe en boekweit verzoop en platgeslagen werd, als dat niet gebeurde, dan kon hij het wagen om er een lap grond bij te nemen. Aan de noordkant van de wei waar hij zojuist bezig was, lag een grote plak hei. Moeilijk te ontginnen, maar daar schrok hij niet voor terug. Het lag daar gunstig voor hem, geen andere boer had er kijk op. Hij was ervan overtuigd dat hij het voor een appel en een ei kon krijgen. Ja, dat zou hij doen. En hij zou er ook een paar koeien bij nemen. Misschien de stal uitbouwen...

Marius naderde de hoeve en hij zag een fiets tegen de voorgevel staan. Bezoek? Wie kon dat nu zijn? vroeg hij zich verbaasd af. Onwillekeurig hield hij even de pas in. Hij wist niet wat hij ervan moest denken. Hij vervolgde zijn weg, begon vlugger te lopen. En toen hoorde hij het. Het was een gil, een schreeuw van een vrouw in nood! Godallemachtig! Loes! Wat gebeurde daar?

Marius begon te rennen, hij smeet zijn gerei tegen de grond en gooide de deur open. Hij zag Loes, liggend op de vloer, de rokken ver omhoog en een kerel op haar die haar vloekend in toom probeerde te houden, zijn wil op te leggen.

Er kwam een rood waas voor Marius zijn ogen. Zijn denken viel stil. In een fractie van een seconde was hij bij dat gruwelijke tafereel, gedreven door een duivelse, onbeheersbare drift. Hij greep een stoel, hief die hoog boven zijn hoofd en sloeg toe met alle kracht van zijn jonge lichaam. Juist op dat moment keek de overweldiger op en de als dodelijk bedoelde slag trof hem middenin het gezicht.

Frans schreeuwde als een gewond dier. Hij rolde van Loes af en probeerde op te staan, maar een ongenadige trap van Marius wierp hem omver. Hij probeerde zich op handen en knieën uit de voeten te maken, maar weer trapte Marius hem als was hij een beest. „Ik maak je kapot, gore rotzak die je bent!" tierde Marius. „Tot stront trap ik je!"

„Marius…! Broer, ik…" Maar een volgende trap scheurde zijn lippen kapot.

Loes was nu overeind, ze huilde vreselijk, probeerde boven het tumult uit te komen: „Marius! Nee! Niet doen! Bega geen ongeluk!"

„Kapot moet-ie! Ik vermoord hem." Marius keek heel even naar haar. „Wat heeft hij je aangedaan? Heeft hij…?" Ze schudde haar hoofd, maar kreeg geen tijd om te antwoorden en misschien kón ze dat niet eens.

Frans maakte van de gelegenheid gebruik om op te springen, hij liep naar de deur, wankelend op zijn benen. Maar voor hij die kon bereiken, was Marius weer bij hem en gaf hem een ongenadige trap in zijn rug, zodat hij door de deuropening naar buiten vloog en in het stof op het erf neerviel. Marius kwam hem achterna.

Frans week zittend achteruit, zijn handen graaiden, zochten naar iets waarmee hij een verdere afstraffing kon stoppen. Hij voelde een stok en een jutezak. Het volgende moment had hij de zeis te pakken. „Ha!" schreeuwde hij. Hij kon overeind komen omdat Marius even aarzelde. „Ha! Jij wilt mij kapotmaken? Hè! Hè! Wacht even… Wacht…!" Frans rukte aan het jute dat de vlijmscherpe kling bedekte. Marius deed een stap om dat te voorkomen, maar hij kwam te laat. Ineens stond zijn broer vóór hem, met een door bloed besmeurd gezicht, met moordlust in zijn ogen en met een afschuwelijk moordwapen in zijn knuisten.

Wat volgde, gebeurde in een fractie van een seconde. Frans zwaaide, het blanke staal van de zeis schitterde in het zonlicht. Marius dook weg en viel. Weer flitste de zeis. Marius rolde opzij… Een ijzige gil van Loes. Frans schrok op, hij keek haar aan, keek naar de zeis, die diep in de zij van Marius was gedrongen. Hij deinsde achteruit, nauwelijks beseffend wat hij had gedaan. Weer gilde Loes. „Moordenaar! Moordenaar!"

„Nee! Nee!" Frans strompelde naar zijn fiets, sleurde die van het erf af. „Dit niet… dit wilde ik niet."

„Blijf! Help me," riep Loes.

„Nee, dat doe ik niet. Kan ik niet." Frans liep weg, met de fiets aan de hand. Hij probeerde op te stappen, viel, stond op en probeerde het opnieuw. Toen fietste hij weg alsof alle duivels uit de hel hem op de hielen zaten.

Loes lag al op haar knieën bij Marius. Er was geen beweging in hem, alleen zijn ademhaling ging zwaar en moeizaam. Voorzichtig raakte ze hem aan. „Marius, liefste! Zeg iets," smeekte ze. Maar hij reageerde niet. Ze begreep dat ze moest handelen, en snel. Ze keek naar de zeis die diep in de zij van Marius zat. Zijn kleren eromheen waren al doordrenkt van het bloed Hij bloedt dood, dacht ze. Als ik niet gauw iets doe, bloedt hij dood. Ze sprong op en liep het huis in. Ze kwam terug met een laken dat ze onder het lopen al in repen probeerde te scheuren. Ze brak er haar nagels op, maar het lukte na veel inspanning. Weer knielde ze bij haar man neer.

„Marius, ik ga je helpen," fluisterde ze. „Maar ik moet je pijn doen. Ik moet er dat ding uithalen. Hoor je me?"

„Doe het!" Ze kon hem nauwelijks verstaan, zo zacht klonk zijn stem.

Ze greep de steel van de zeis, sloot haar ogen en met een snelle beweging trok ze het vreselijke moordwapen weg en gooide het ver van zich vandaan. Ze maakte zijn broek los en trok die omlaag, ze schoof zijn hemd omhoog. De brede, gapende wond waaruit nog steeds bloed gulpte, deed haar kokhalzen. Ze begon hem te verbinden. Ze schoof een reep van het laken onder zijn lichaam, legde een stuk laken opgevouwen op de wond en bond het stevig vast. Marius kreunde als een gewond dier. Ze lette er niet op, bang als ze was niet verder te durven gaan als ze daar aandacht aan besteedde. Ze werkte door tot ze klaar was.

„Ik haal de kar," hijgde ze in zijn oor.

Ze was al onder het afdak waar de hoge kar stond, toen ze zich bedacht. Het paard! Ze haalde de zware Zeeuwse ruin en spande hem in. Wat een geluk dat Marius haar dat had geleerd. Nu, in nood, deed ze het in enkele minuten. Ze bracht het gerei tot vlak naast Marius en haalde het zijbord van de kar. Ze ging naar hem toe. „Ik moet je optillen, Marius, mijn lief," zei ze. „Ik ga je pijn doen."

Hij kon alleen maar knikken, het bloedverlies begon hem parten te spelen.

Ze schoof haar armen onder zijn knieën en zijn schouders. Ze haalde enkele keren diep adem en kwam overeind. Marius woog meer dan tachtig kilo, maar ze had hem in haar armen als een baby. De meeste moeite had ze nog om hem op de kar te leggen. Daarvoor moest ze boven haar macht tillen, maar ook dat kreeg ze voor elkaar. Ze liep naar binnen, haalde Siske uit de wieg en verloste Ricky uit het opkamertje. „We gaan rijden," zei ze tegen de kleine jongen. „Kom vlug. Papa is een beetje ziek. En braaf stilzitten hoor!"

Ze zette de kinderen op de kar en klom zelf op de bok! Ze nam het einde van de teugel en haalde hard uit op de zware billen van het paard: „Vort, Peer! Allee, vort!" Ze mepte nog een keer en nu kwam Peer in beweging. Eerst langzaam, maar algauw op een sukkeldraf.

Zo reed Loes van Clara van Overvelt met haar gewonde man het dorp binnen, recht naar dokter Mommers. Ze ontzag daarbij niets en niemand. Ze schreeuwde naar Neider Stoepkes, zodat die verschrikt opzijsprong. Ze joeg vrouwke Bukkem de stuipen op het lijf toen ze met zwaar hoefgekletter rakelings langs haar stoof. Loes stopte pas toen ze voor de deur van de dokter stond.

Ze sprong pardoes op de straat en bonsde op de deur. Ze wachtte niet tot er werd opengedaan, maar ging terug naar Marius om te zien hoe het met hem was. Ze schrok van zijn bleek gezicht, zijn gesloten ogen. Hij was bewusteloos. Ze keerde zich om met de bedoeling de deur opnieuw te bewerken met haar vuist, maar die werd op dat moment geopend. In de deuropening stond de dokter. „Vrouw, wat doe je?" vroeg hij volkomen verrast.

„Mijn man. Het is mijn man!" antwoordde ze ademloos. „Hij is er erg aan toe. Hij is… ze hebben hem met een zeis…"

Dokter Mommers wachtte haar woorden niet af, hij duwde haar ruw opzij en met enkele passen was hij bij de kar. Hij had aan één blik genoeg. „Sta daar niet zo, vrouw! Help me hem naar binnen dragen!"

Even later lag Marius op de onderzoektafel in de spreekkamer. De dokter haalde het noodverband weg en onderzocht de wond. „Je man moet naar het ziekenhuis in de stad, en vlug wat," gromde hij. Hij keek Loes onderzoekend aan. „Hoe is dat gekomen? Wie…?"

„Zijn broer Frans," antwoordde Loes met een harde klank in haar stem. „Ik ga hem aangeven bij de rijksveldwachter."

„Goeie genade, een broedertwist! Ja, daar moet de veldwachter van op de hoogte worden gesteld. Laat dat maar aan mij over. Eerst moet er een ziekenwagen komen." De dokter ging naar het telefoontoestel dat daar aan de muur hing. Hij nam de hoorn eraf, drukte die tegen zijn oor en zwengelde. Toen hij contact kreeg, zei hij in de spreekbuis: „Dokter Mommers hier. Verbind mij onmiddellijk met het ziekenhuis in de stad. Er is haast bij."

Terwijl hij verdersprak, liep Loes naar buiten naar de kinderen. Ricky zat braaf te kijken naar de mensen die van alle kanten kwamen toelopen. Siske sliep. Ze nam ze mee naar binnen.

Dokter Mommers verbond Marius opnieuw en gaf hem een spuitje. „Jij gaat naar huis, vrouw," commandeerde hij. „Pas op je kinderen."

„Ik ga mee naar het ziekenhuis," zei Loes glashard.

De dokter zwichtte. „Goed, ga dan maar mee. Maar de kindertjes, dat kan niet."

„Een ogenblik." Loes was alweer naar buiten en daar zag ze Jacob de Meerdere staan. Ze wenkte hem. „Jacob, help me uit de nood. Ik moet met Marius naar het ziekenhuis. Breng jij de kinderen even bij mijn moeder? Wil je dat doen?"

Daar was Jacob niet te beroerd voor, maar hij wilde eerst weten wat er met Marius aan de hand was. Loes hield het vaag, deze keer. En ze drukte Jacob op het hart haar moeder niet de stuipen op het lijf te jagen. „Zeg maar dat alles goedkomt."

„En is dat zo?" vroeg Jacob.

„Ja. Tenminste… dat hoop ik. Zeg maar dat ik straks langskom om de kinderen op te halen."

Het duurde enige tijd eer de ziekenauto kwam. Voor het zover was, stond de straat vol mensen. Marius werd op een brancard in de auto gezet. De dokter en Loes gingen bij hem zitten en daarna ging het in vliegende vaart en met gierende sirene naar de stad. Voor ze het ziekenhuis hadden bereikt, wist heel het dorp het al.

Frans Stije had zijn jongere broer Marius met een zeis bewerkt en het was nog maar de vraag of die het er levend vanaf zou brengen. De dader was voortvluchtig.

Joris de Bruin was een veldwachter van het gemoedelijke soort. Dagelijks doorkruiste hij het dorp en het natuurgebied eromheen op een hoge, statige fiets. Hij maakte een praatje met de mensen die hij tegenkwam, arresteerde zelden een stroper en als er ergens heibel was, suste hij dat op een vaderlijke, vermanende manier.

Hij was er de man niet naar om jacht te maken op de geweldpleger Frans Stije. Men vertelde hem dat hij gezien was in de bossen achter de hei. Dat men hem had zien dwalen in het moerasgebied verderop. Maar Joris de Bruin dácht er niet aan om in zijn eentje die meldingen op waarheid te toetsen. Hij had de aanslag gemeld bij de politie in de stad en die kwam. Twee kordate agenten te paard, met de sleepsabel opzij. Joris legde hun de situatie uit en zei er tegelijk bij dat hij zijn post niet kon verlaten. De agenten zagen dat in. Misschien hadden ze er Joris ook liever niet bij, maar dat zeiden ze niet.

„Voor het avond is, brengen we je de voortvluchtige," beloofden ze.

„Liever niet," zei Joris huiverig. „Wat moet ik met zo'n moordlustige vent? Hier in het cachot onder het gemeentehuis? Nee, neem hem maar mee naar de stad als jullie hem te pakken hebben. Daar komt hij uiteindelijk toch terecht." De agenten zagen de redelijkheid van zijn verzoek in en gingen op jacht.

De mensen zagen hen door het dorp rijden en de velden ingaan. Opgeschoten kerels staken de koppen bij elkaar en gingen achter de politie aan, gewapend met knuppels en ander angstaanjagend tuig. Ze waren niet zozeer gebeten op Frans Stije als wel op het vooruitzicht van een opwindende klopjacht.

In het huis van Clara was het een komen en gaan van buren, sinds Jacob de Meerdere de kindjes van Loes had afgegeven. Jacob had het niet kunnen laten, en met een dramatische grafstem had hij verteld dat Marius zwaargewond naar het ziekenhuis in de stad was gebracht en dat er voor zijn leven werd gevreesd. Zijn vrouw Janna was meteen daarna komen aanlopen en had er met haar gejammer nog een schepje bovenop gedaan. Na haar was vrouw De Vries gekomen, ze was met haar zware lijf in Clara's makkelijke stoel gaan zitten alsof ze van plan was heel lang te blijven. Het had Albert moeite gekost om hen met zachte hand de deur uit te werken.

De boodschap had Clara aan de rand van een zenuwinstorting gebracht. Ze trok zich de haren uit het hoofd alsof ze krankzinnig werd. „Ik wist het! Ik wist het wel!" krijste ze tegen Maartje. „Dit moest ervan komen! Oh, arme Loes! Heeft ze nu nóg niet genoeg ellende gekend? Moet ze nu ook nog alleen, als weduwe verder? Dat heeft ze toch niet verdiend."

„Dat heeft ze zeker niet," probeerde Maartje te sussen. „En het zal ook niet gebeuren, moeder. Bedaar toch! Ze zijn in het ziekenhuis zo kundig, Marius komt er wel weer bovenop. Het is een sterke man, hij redt het wel."

„Hoe kun jij dat nu weten?" wierp moeder snikkend tegen. „Daar weet jij toch niets van. Als dokter Mommers hem in grote haast naar het ziekenhuis laat brengen, met een ziekenauto nog wel, dan is er toch meestal niets meer aan te doen."

„Marius is gewond, ja. Maar hij is niet in levensgevaar," hield Maartje koppig vol.

„Dat kan ik niet geloven! Dat wíl ik niet geloven! Albert!" Moeder klampte zich aan haar schoonzoon vast. „Albert, ga kijken. Ga naar het ziekenhuis. Loes is daar zo alleen."

„Ik laat jullie niet alleen," zei Albert. Hij keek Maartje aan. „Ga jij maar."

„Nee, dat heeft geen zin. Loes is niet alleen, dokter Mommers is bij haar. We moeten thuisblijven, op de kinderen passen en rustig afwachten. Meer kunnen we niet doen."

„Ik kan in het dorp poolshoogte gaan nemen," stelde Albert voor.

„Doe dat, maar blijf niet te lang weg."

Albert ging, maar hij kwam al vlug terug met de boodschap dat er mensen bij het gemeentehuis stonden. Op sensatie beluste lieden die wilden meemaken hoe Frans zwaar in de boeien zou worden opgebracht. „Ik had geen zin om daar bij te gaan staan," zei hij. „Blijf maar thuis," verzocht Maartje. „Je bent hier nodig."

Het wachten op een bericht uit de stad duurde eindeloos, zo leek het. Neider Stoepkens kwam vertellen dat op de boerderij van

Stije de hel leek losgebroken. De oude Stije was tekeergegaan als een dolle hond. Hij had zijn zonen en knechts bij elkaar getrommeld en was met hen de hei ingetrokken, op zoek naar Frans.

„Als hij hem vindt, vermoordt hij hem," zei Neider.

„Dan hoop ik dat de politie hem eerder te pakken heeft," zei Maartje kalm. Ze was er zelf verbaasd over dat ze zo rustig kon blijven. Iemand moet het hoofd koelhouden, hield ze zichzelf voor. En omdat Mientje als een zielig hoopje verdriet bij moeder hing, die zelf ook in alle staten was, bleef haar geen keus over. Dus zorgde ze voor de kinderen, maakte eten klaar en eiste dat iedereen aan tafel kwam toen het klaar was. Daarna dwong ze Mientje om haar te helpen bij de afwas.

„Je maakt moeder nog meer overstuur dan ze al is," waarschuwde ze haar jongste zus. „Bedaar een beetje. Aan janken heeft niemand iets."

„Oh, wat ben jij hard, Maartje," zei Mientje snikkend.

„En jij bent een huilebalk," gaf Maartje terug.

De avond begon al te vallen toen de agenten terugkwamen in het dorp. Ze hadden Frans Stije na lang zoeken gevonden in het moerasgebied en nu voerden ze hem, geboeid tussen de paarden, met zich mee. Boer Stije en zijn zoons en knechten waren er gelukkig niet aan te pas gekomen. Er was niet veel fantasie nodig om te bedenken wat daar het gevolg van zou zijn geweest.

Er kwam een toeloop van het volk, er werd gejoeld en geschreeuwd. Frans, diep ineengedoken, met het hoofd tussen de schouders, werd uitgemaakt voor al wat lelijk was. Er werd zelfs met stenen gegooid. Het was beschamend, maar begrijpelijk. De agenten namen Frans mee naar de stad waar hij zou worden opgesloten. Pas daarna keerde de rust in het dorp weer.

En nog steeds was er geen nieuws over de toestand van Marius. Dat kwam later op de avond, toen het al pikdonker was. Dokter Mommers bracht Loes bij moeder Clara thuis Hij kwam maar heel even binnen. „Jullie kunnen gerust zijn," zei hij kort, bijna korzelig. „De verwonding zag er lelijk uit, hij had veel bloed verloren, maar nu gaat het goed met hem."

„Ze hebben hem geopereerd!" zei Loes met een bleek, afgemat gezicht.

„Een noodzakelijke ingreep," vulde de dokter aan. „Er waren vitale organen geraakt. Meer kan ik daar op dit moment niet van zeggen."

„Is het ernstig?" vroeg Albert. „Of komt alles weer goed."

„Wie het weet mag het zeggen," deed de dokter vaag. „Over een paar dagen weten we meer. Afwachten dus. En nu moet ik weg. Er wachten nog meer patiënten."

Het gezin van Clara van Overveld maakte een sombere tijd door. Moeder Clara leek door het gebeuren op slag jaren ouder geworden. Zij, die altijd alles met straffe hand regelde en stuurde, liet nu alles aan Albert en Maartje over. Het interesseerde haar niet meer. Alle levenslust was uit haar weggevloeid. Ze dwaalde door het huis als een schim, ze kwam aan tafel als Maartje het vroeg, maar in de huishouding stak ze geen vinger meer uit. Ze ging wel elke dag naar Loes en haar kinderen.

Loes had al daags na de aanslag besloten om terug te keren naar de hoeve. Nu Marius er niet was, moest ze al het werk alleen doen. Een onmenselijk zware taak, maar ze schrok er niet voor terug. In deze moeilijke tijd toonde Loes haar ware aard. Met een verbetenheid waar elke man jaloers op kon zijn, runde ze de boerderij. Ze stond om vijf uur naast haar bed en rolde er soms na het middernachtelijk uur pas weer in, met pijnlijke armen en schouders, met een rug die haar kwelde. Maar ze klaagde niet, ze zette de tanden op elkaar en ging door. Tussendoor fietste ze om de andere dag naar de stad om Marius op te zoeken in het ziekenhuis, terwijl moeder Clara op de kinderen paste.

Marius genas snel, maar tegelijk kwamen de gevolgen van zijn verwonding aan het licht. Hij zou nooit meer de oude Marius zijn. Waar dokter Mommers over wenste te zwijgen, kreeg Loes te horen in het ziekenhuis. Hoe het medisch allemaal in elkaar zat, begreep Loes niet. Maar Marius zou altijd last ondervinden van zijn linkerbeen. Daar had hij geen macht meer over.

Toen hij het bed mocht verlaten en in de gang wat heen en weer mocht lopen, merkte hij het pas zelf. Hij sleepte dat been met zich mee, als was het verlamd.

De dokters bezwoeren Loes dat het geen verlamming was, dat de tijd helend zou werken, maar Loes geloofde er niet in. En voorlopig kreeg ze gelijk. Toen Marius eindelijk uit het ziekenhuis werd ontslagen, kreeg Loes een invalide man thuis. Het bericht dat

Frans Stije drie jaren in de paraplugevangenis in Breda moest boeten voor zijn daad, was een schrale troost.

Loes had zich bezorgd afgevraagd hoe Marius zou omgaan met zijn handicap. Hij was zo'n levendige, werklustige kerel. Het moest vreselijk zijn voor hem dat hij nu niet meer zo goed uit de voeten kon. Letterlijk. Toen hij thuiskwam, zei Loes tegen hem: „We gaan gewoon op dezelfde manier verder. Ik heb veel bijgeleerd in de tijd dat jij weg was. Ik ben er trouwens zeker van dat je er weer helemaal bovenop zult komen. Jij bent zo'n kanjer!" Daarop had Marius een beetje meewarig geglimlacht. Hij maakte er niet veel woorden over vuil.

„We zullen zien," was alles wat hij zei.

De eerste dagen scharrelde hij maar wat rond, een beetje onwennig alsof hij alles opnieuw moest verkennen. Hij raakte geen stuk gereedschap aan. Maar gaandeweg kwam daar verbetering in. En er kwam een dag waarop hij Peer uit zijn stal haalde en het lapje grond ging ploegen dat pal achter de boerderij lag. Het moest vreselijk zwaar voor Marius zijn, met die onwillige voet, maar toen het gedaan was en hij binnenkwam, lag er een tevreden trek over zijn eerst nogal stuurse gezicht. Hij kuste zowaar Loes die aan de tobbe stond. Hij trok haar tegen zich aan en gromde in haar hals: „We gaan er weer tegenaan, meid!"

„Dat wist ik wel," zei ze gelukkig.

Albert Hagelaar maakte het allemaal mee en eigenlijk ook weer niet. Hij hielp zoveel hij kon, dat spreekt vanzelf. Hij had er begrip voor dat Maartje veel aandacht aan moeder Clara en aan het gezin van Loes besteedde. Bovendien had zij haar handen vol aan de tweeling Tim en Chris. Het was begrijpelijk dat haar belangstelling voor hem daardoor een beetje in de verdrukking kwam. Hij maakte er geen praat over. Het zou wel slijten, zo meende hij.

Om zijn zinnen te verzetten, zocht hij zijn heil in zijn atelier. En niet alleen daarom. Albert had het druk. De beeldentuin die hij voor jonkheer Lots-van Genderingen-Dubois had ingericht was er de oorzaak van dat hij nu op het goede spoor zat. Er waren positieve reacties op gevolgd. Er werd aandacht aan besteed in kranten en weekbladen. Ook in toonaangevende publicaties werd in lovende bewoordingen en met kennis van zaken over zijn beelden geschreven. Hij werd eindelijk in brede kring geaccepteerd en

gewaardeerd als een kundig en gedreven beeldhouwer en vorm-
gever. Men prees hem om de manier waarop hij 'de mens in beweging' vormgaf. In één woord: Albert Hagelaar werd in korte tijd
een begrip.

Er kwamen vererende opdrachten binnen. Albert kon zich de
luxe veroorloven kritisch te zijn. Iets klakkeloos accepteren was
er niet meer bij. Hij had leergeld betaald. Elk verzoek dat ook
maar een beetje naar het kleinburgerlijke, het kitscherige neigde,
wees hij van de hand. En hij verlangde voldoende tijd om een
werk op een zodanige manier te kunnen maken, dat hij er zelf
tevreden over was.

„Ik maak geen rommel meer, liefste," zei hij tegen Maartje. „En ik
laat ze betalen. Reken maar! De grote jongens boven de rivieren
vragen bedragen waarvoor ik me tot voor kort geschaamd zou
hebben. Nu niet meer. Liever voer ik een opdracht minder uit met
behoud van mijn goede naam. En daar zit een prijs aan vast."

„We zullen nog rijk worden," zei Maartje benauwd. „Ik moest daar
blij om zijn, maar het is niet zo. Als ik er aan denk, word ik al
zenuwachtig. Wij zijn maar eenvoudige mensen, Albert. Vergeet
dat nooit."

„De meeste kunstenaars beginnen als straatarme, gesjochte jongens," zei Albert. „Maak je dus niet ongerust, schat van me. Wij
blijven die we zijn." Voor het gemak zweeg hij over het vaste voornemen dat al heel lang door zijn hoofd speelde.

Op een dag ging hij naar de stad, om een boodschap, zoals hij
tegen Maartje zei. Laat in de middag kwam hij terug. Maartje zág
hem niet aankomen, ze hóórde hem! Er klonk een zwaar, dokkerend geluid in de smalle Heistraat, een gegrom als van een in
toom gehouden monster dat tegen de hoge muren van de kerk
weerkaatste. Maartje liep naar buiten om te zien wat er aan de
hand was. En daar zag ze haar man aankomen, fier rechtop gezeten op een enorme, vuurrode motorfiets. Met een lange leren jas
aan en een dito kap op het hoofd, een grote stofbril voor de ogen.
Maartje sloeg haar handen in elkaar. Ze lachte en huilde tegelijk.
Albert Hagelaar had zijn lang gekoesterde droom in vervulling
laten gaan. Hij had een Indian gekocht.

„Hij is niet nieuw," zei hij toen hij met een plechtige zwaai van zijn
been was afgestapt. „Ik heb hem overgenomen van Crispijn Zoontjes. Die mocht van Arsis een nieuwe aanschaffen."

„Duur, natuurlijk," veronderstelde Maartje.

„Niet duur, gekocht en betaald," antwoordde Albert. „Ik heb dat ding nodig, lieverd. Ik kan toch niet eeuwig op de fiets door stad en land blijven trappen?" Nee, dat kon ook niet, moest Maartje toegeven. En toen ze, toch een beetje huiverig, achterop het hoge zweefzadel was gaan zitten, achter de brede rug van Albert, en een ritje rond de kerk had gemaakt, was ze helemaal verzoend met de aankoop.

„Door stad en land," had Albert gezegd en hij had niet overdreven. Zijn bekendheid in de wijde omtrek nam zichtbare vormen aan. En zo gebeurde het dat er in het centrum van de stad een standbeeld kwam te staan van een held des vaderlands uit de Middeleeuwen. Een ruiter te paard, in volle draf, waarbij alleen de achterbenen steun vonden op de sokkel. Het was niet statig, maar had vaart en vuur. Men prees het beeld om zijn gewaagdheid en zijn fiere uitstraling. En de kenners zeiden tegen elkaar: „Dat is een beeld van Albert Hagelaar! We zullen nog wel meer van hem horen."

Of dat zo is, zal de toekomst uitwijzen. De toekomst die voor Loes en haar gezin zo onzeker is geworden nu Marius niet meer zo best vooruit kan.

Ook voor Frans Stije, zijn broer, is de toekomst nog een gesloten boek. Hij zit zijn verdiende straf uit, en dan...?

En Mientje, de jongste dochter van Clara, hoe zullen de komende jaren er voor haar uitzien?

Moeder Clara vraagt het zich niet af. Het zal haar tijd wel duren. Tot nu toe is haar leven een aaneenschakeling van narigheid en zorgen geweest. In de jaren die haar nog resten, zal dat niet veel anders zijn. Zij beseft dat en berust er in.